張込み

一

柚木《ゆき》刑事と下岡《しもおか》刑事とは、横浜から下りに乗った。東京駅から乗車しなかったのは、万一、顔見知りの新聞社の者の眼につくとまずいからであった。列車は横浜を二十一時三十分に出る。二人はいったん自宅に帰り、それぞれ身支度をして、国電京浜線で横浜駅に出て落ちあった。

列車に乗りこんでみると、諦《あきら》めていたとおり、三等車には座席はなく、しかもかなりの混《こ》みようである。二人は通路に新聞紙を敷いて尻《しり》をおろして一夜を明かしたが、眠れるものではなかった。

京都で下岡がやっと座席にありつき、大阪で柚木が腰をかけることができた。

夜が明け放れて太陽がのぼり、秋の陽《ひ》ざしが窓硝子《ガラス》ごしに座席をあたためた。柚木と下岡は、欲もトクもなく眠りこけた。

柚木は、岡山や尾道《おのみち》の駅名を夢うつつのうちに聞いたように思ったが、はっきり眼がさめたのは、広島あたりからだった。海の上には日光が弱まり赫《あか》くなっていた。

「おたがい、よく眠ったなあ」

新潮文庫

張込み

傑作短編集(五)

松本清張著

新潮社版

1664

目次

張込み

とさきに眼をさまして洗面所から帰った下岡が煙草《たばこ》を喫《す》いながら笑った。岩国で駅弁を買い、昼食とも夕食ともつかぬ飯を食った。

「君はもうすぐ降りるんだな」

と柚木が話しかけた。

「うん、次の次だ」

と下岡が答えた。絶えず車窓に見えていた海は暮れて黝《くろず》んでしまい、島の灯がちかちか光度を増していた。二人ともこんな遠い出張ははじめてだった。

「君は、これからまだまだだなあ」

と言って下岡が柚木の眼を見た。柚木は、ああ、と言ってなんとなくその眼を逸《そ》らした。灯台の灯が点滅していた。

小郡《おごおり》という寂しい駅で下岡は降りた。彼はここで支線に乗り換えて、別の小さい町に行くのだった。下岡は発車まで窓の下に立っていてくれて、列車が動きだすと、

「やあ、元気で。ご苦労さん」

と手をふった。見知らぬ小駅の夜のホームに立って、しだいに小さくなっていく同僚の姿が、柚木の胸に寂寥《せきりょう》を投じた。

柚木はこれから九州に向かうのである。門司に渡って、さらに三時間乗りつがねばならない。下岡が、君はこれからまだまだだなあ、と言ったのは、そのことであった。そ

れは長い旅への同情でもあるが、柚木のこれからの捜査への気づかいでもあった。

柚木は、ひとりになると、文庫本の翻訳の詩集を読みだした。彼は同僚たちから文学青年と笑われているので、独りの時でないとこんな本は読まないことにしていた。

その事件は一カ月前に東京の目黒で起こったことである。ある重役の家に賊がはいり、主人を殺し、金を奪《と》って逃げた。当時は犯人の手がかりもつかめなかった。捜査は難航していた。それが三日前、偶然に路上の職務質問にひっかかって犯人が挙げられた。二十八歳の男で、山田という某土建業者の飯場《はんば》にいる土工であった。

はじめは単独犯行だと言い、新聞にもそのとおりに出た。が、二日前になって共犯があると言いだした。

「やろうと言いだしたのは私のほうですが、殺したのは、そいつなんです。同じ飯場で一緒に働いていた石井《いしい》久一《きゅういち》という男です」

調べてみると、自白に間違いないことがわかった。そこで石井の身もとを洗った。原籍地は山口県の田舎で、現に、兄弟も親戚《しんせき》もある。三十歳で独身。故郷は三年前に出て、東京で働いていた。はじめは商店の住みこみ店員だったが、のちに失職して、さまざまなことをしてきたらしい。日雇人夫や血液を売ったりした。飯場にはいってきたのは、最近であった。

「無口な男で、東京がイヤだと言っていました。胸を患《わずら》っているようで、おれはどうせ自殺するんだと冗談のように言っていましたがね。それでも、故郷に帰りたいとよく呟《つぶや》いていましたが、旅費もないしね。飯場じゃ食わせてもらうだけです」

山田の自白から、すぐ石井の原籍地の警察に手配をたのんだ。返電は、石井は戻っている形跡はないとあった。しかし、立ちまわる公算は充分ある。その手当てに捜査課から誰か現地に向かうことになった。これはいわば定石である。下岡刑事がその役を当てた。

ところが、山田は石井についてこんなことも言った。

「あいつは、いつか、近ごろ昔の女の夢をよく見る、と言っていました。私が、その女はどうしているのかときいたら、ひとの女房になって九州の方にいる、その住所もわかっている、と言いました。それだけの話で、女の名前も何も聞いていません」

しかし、それは念のために石井の原籍地の警察に打った照会電報でわかった。向こうの警察で調べてくれたのだ。女はたしかに当時石井と恋仲であったが、彼が東京に出奔したあと一年ばかりで、九州にわたり他家に嫁に行ったという。女の名前も縁づき先も知らせてきた。

捜査課では、これをめぐって意見が二つに割れた。一つは石井がその女が忘れられずに女の家に立ちまわるのではないか、というのと、三年前に別れた女にそんな未練があるだろうか、ことに女は他人の妻となり九州に行っていればなおさらだという説とであった。

柚木は、前説を主張した。

柚木には石井が、昔の女の夢を見る、と言ったり、肺を侵されていることや、冗談まじりだが自殺したいと言っていたことなどが頭から離れなかった。犯行もやけで捨身なところがあった。心を躍らせて東京に出てきた男が、失業したり、日雇人夫になったり、血を売ったり、土工になったりして果ては胸を病む絶望を考えた。

「石井はどこかで自殺するかもしれぬ。昔の女には必ず会いにくる」

柚木の出したこの線に、賛成者は少なかったが、消極的ながら課長の支持を得た。それで下岡は石井の故郷に、柚木はその女のいる九州に出張することになったのである。

新聞社は犯人として捕まった山田のことは知っていたが、彼が自白した共犯者の石井のことは知っていなかった。警視庁では、東京電で地方新聞に騒がれ、三時間違いで犯人に逃げられて未《いま》だに解決できない事件がある。それに懲《こ》りて、今度は石井のことは、新聞社には秘密にしておいて、柚木と下岡が東京を発《た》つ時も、そのほうへは気づかれぬようにしたのであった。

二

夜遅くS市に着き、柚木は駅前の旅館で寝た。東京から直行した身体《からだ》は疲れ果てていたが、それでも一晩じゅうを泥《どろ》のように眠ると、朝は元気が出ていた。

まずS署に行って署長に会い、捜査協力の依頼状などのはいっている書類を封筒のまま出した。

署長は司法主任を来させた。全面的に協力するから係りを何人でも出すと言ってくれたが、柚木は断わった。いちおうのワタリだけつけておけばよい気持だった。必要なときはお願いすると礼を述べて出た。柚木には自分なりに思うところがある。

彼は署長にも司法主任にも言った。

「この事件はこの土地の新聞記者には絶対に勘づかれないようにしてください。その女は石井とは関係のない人妻です。女にとっては、今どき石井に来られるのは災難なんです。もし新聞に書きたてられて、せっかくの家庭が滅茶滅茶《めちゃめちゃ》になっては気の毒ですからね」

女の夫は何も知ってない。女も夫に告白したことはないだろう。それはそれでいいのだ。善良で、平和な市民生活を営んでいる。女はその家庭生活に安心しきっている。そこにとつぜん、前に交渉のあった男が凶悪犯人として女のもとに立ちまわってくるかもしれぬと夫にも世間にもわかったら、どんなことになるか。過去が牙《きば》をならして立ち現われ女を追いつめるのだ。

柚木は町を歩いた。電車もない田舎の静かな小都市である。堀《ほり》がいくつも町を流れている。

S市△△町△番地、横川仙太郎《よこかわせんたろう》。同さだ子。——女の名前と夫の名と住所だった。裏通りであった。低い垣根《かきね》のある平屋。門標に〝横川〟とあった。主人はここの地方相互銀行に勤めている。それらしい小さくてこぎれいな家であった。よく見ると郵便受けに家族の名を書いた紙が貼《は》ってあった。仙太郎、さだ子、隆一、君子、貞次。女は後妻なのだ。

人の影も声もなかった。

柚木はぐるりを見まわした。斜め向こうに、〝肥前屋〟と書いた目立たない小さな旅館があった。あつらえむきだった。

宿の二階から横川の家はまる見えであった。垣根の内側はコスモスがいっぱい咲きみだれている。狭い庭ながら掃除がゆきとどき、盆栽が幾鉢《はち》かならべてあった。主人の横川の趣味であろう。庇《ひさし》にかくれて内部《なか》は見えないが、座敷の端と縁側が見えた。

さっそくに宿と滞在の交渉を決めた。刑事の出張費は安い。この宿が安直なのは都合がよかった。

柚木は障子を細目にあけたまま、すわりこんだ。眼はいつも横川の家に注がれていた。割烹着《かっぽうぎ》の女が姿を出した。縁先に蒲団《ふとん》をひろげて干している。柚木は視線を凝らした。二十七八の中肉の女。眼がぱっちりとして大きい。さだ子であろう。平凡な主婦の印象である。恋愛の経験の想像も感じさせない女である。

六つぐらいの男の子が現われて、女にまつわりついている。末子であろう。継母子の間はよくいっているらしい。何を話しているのか声は届かない。しずかな秋の陽と同じように、よそ目には、おだやかな家庭風景である。

この様子では、石井からまだ〝連絡〟はないようだ。あったら、女がこんなに平静でいられるはずがないと思った。

ひる近くなった。さだ子は編物器を縁近くに持ちだして毛糸を編みはじめた。一心にうつむいて手を動かしている。がちゃがちゃと器械の音だけが聞こえた。

一時ごろ、十五六の男の子と十二三の女の子とが学校から帰ってきた。継子《ままこ》の長男と長女。さだ子は編物をやめて奥にはいった。食事の用意のためであろう。しばらくして、姿をまた現わした。ふたたび編物器にとりついて、一時間以上つづいた。男の子は野球のグローブを手に持って出ていき、女の子も遊びに出た。

さだ子は雑誌を持ってきて眺《なが》めだした。読んでいるのではなく、付録の編物図案模様でもさがしているらしい。ときどき眺めて考えたりしていた。

それから奥の方へ立っていったままで四時ごろまで姿を見せなかった。現われたときは買物籠《かご》を手に提げて裏口から通りに出てきた。夕食の買物であろう。顔がはっきり見えた。整っているが、乾いた顔である。年齢よりは老《ふ》けた身装《つくり》をしていた。どこか元気がない。

四十分ばかりで彼女は帰ってきた。買物籠には新聞紙で包んだものがはいっている。片手には五合瓶《びん》を抱えていた。亭主は晩酌《ばんしゃく》をするらしい。

その亭主は六時近くに帰宅した。痩《や》せて背がひどく高かった。うつむいて歩く癖らしく、猫背《ねこぜ》であった。わずかな間に見ただけだが、頬骨《ほおぼね》が高く、皺《しわ》がある顔だった。背を屈《かが》めてわが家の玄関の中に消えていく。

夫婦の年齢が開いている。男はどうしても五十近くであろう。三人の子もある。そんな家に初婚の女がどうして来たか。あるいは女の過失が、そのような結婚の場より他に得られなかったのか。柚木はそんなことを考えたりした。

柚木は、晩飯を運んできた女中をつかまえてさぐりを入れた。

「退屈だから、外ばかり眺めていたが、あのコスモスのある家の奥さん、よく働くな」

「でけんばんた、よその奥さんばこんなところから目をつけんしゃっては」

と女中は土地の言葉で言って笑った。

「ばってん、よか嫁ごさんでしょ。あいで後妻さんですもんな。容貌《きりよう》もよか、気立てもほんによか人ですもん。そう言うちゃ悪いばってん、横川さんにはもったいなかごとありますたい」

「なんでもったいないのかね？」

と柚木は言葉尻を捉《と》えた。

「そら、亭主さんは四十八ですばい。嫁ごさんより二十も上ですけんな。それに吝嗇《けち》な人で、財布は自分で握って、嫁ごさんには毎日百円ずつ置いて銀行に出んしゃるそうです。嫁ごさんの来んしゃったころは、米櫃《こめびつ》に錠がかかって、毎日亭主さんが米を計って出してやったそうですけんな。自分な晩酌ばやっても、嫁ごさんな映画一つやったことが無かそうですたい」

「それじゃ、夫婦仲はよくないだろうな」

「そいが、あなた、嫁ごさんがよかけん、べつに喧嘩《けんか》もなかとです。まま子ばってん、よう子供も可愛《むぞう》がりんしゃるしな、あげな奥さんはほかにそう無かばんた」

三

痩せた亭主は朝八時二十分に家から銀行に出勤した。長身の背を前屈みになって歩いていく。眉《まゆ》をひそめ皺を刻んだ横顔を見せて、気むずかしげな顔つきであった。

妻のさだ子が門のところにたたずんで見送った。朝の太陽がその顔を白くしている。どこか疲れて見えるのは柚木の気持からか。石井とのことがあったとは考えられないほど、情熱を感じさせない女である。二人の子供は父親より前に学校に行った。

朝の掃除がはじまる。座敷、廊下、玄関、庭。二時間はたっぷりかかる。吝嗇な夫は掃除にも口やかましいかもしれない。しかし、この家には、世間なみな平和がまだあった。

午前十時、郵便配達夫が来た。二三通の手紙かはがきかを郵便受けに投げ入れていった。あの郵便物の中に、この平和を破るものがはいっているかもしれない。その郵便物の端が白く郵便受けからはみだしている。柚木は誘惑を感じた。しかし無断で検《しら》べることは許されない。それには捜査令状が必要であった。

が、石井からの〝連絡〟はどの方法であるだろう。郵便か、電報か、人を使っての伝言か。この家には電話がない。どこか近所の電話を借りて、さだ子を電話口に呼びだすか。それとも本人が訪ねてくるだろうか。柚木はいろいろな場合を想定してみる。

庭の掃除の途中で、さだ子は郵便受けのところに来て郵便物をとりだした。立ちどまって手紙の裏をかえして見ている。興味はないらしい。

はがきが一通。裏を一心に読んでいる。柚木は息を詰めた。読みおわってさだ子は家の内にはいったが、変わった様子はなく、洗濯物《せんたくもの》を干しはじめた。違ったらしい。

それから編物。下の子が遊びから戻った。一時ごろに学校に行った子供が二人帰ってくる。昼飯。あと片づけで奥に引っこんだまま。四時になると買物籠を提げて現われ市場に行った。あまり元気のあるほうではない。四十分ぐらいで帰ってきた。それから姿を見せない。夕食の支度であろう。六時前。背の高い夫が前屈みになって帰ってきた。

相変わらず気むずかしげな顔で歩いている。

日が暮れた。橙色《だいだいいろ》の電灯が家の障子に明かるい。ラジオが流れている。近所のラジオかもしれない。人影が障子をときどきよぎる。平穏な、家庭の団欒《だんらん》がある。柚木は東京にのこした自分の家庭を思いだして、旅愁のような憂鬱《ゆううつ》を感じている。

九時ごろに雨戸を閉めた。これもさだ子の役らしい。真っ暗な家になった。垣根のコスモスがそれらしく夜目にわかる。暗いが、平和な家がこれから眠るのだ。これで、今日は無事にすんだらしい。

朝になった。猫背の主人が長身をまげて、八時二十分かっきりに門を出ていく。妻の掃除がはじまった。十時。郵便屋が来た。柚木は眼を光らせたが、今日は素通りである。編物。二時には子供が学校から帰った。四時にはさだ子が市場に出かけた。六時前には、背の高い男が、ゆっくりゆっくり歩いて帰ってきた。この男は間違いなく、この時間に帰宅するらしい。

何事も起こらなかった。今日もこれですむのだ。

柚木は仰向《あおむ》けになって考えた。見込みが異《ちが》ったかもしれない、という危惧《きぐ》が心を落ちつかせなかった。

(三年も前に別れて、しかも人妻になっている女に未練があるものだろうか)

と捜査会議で柚木の意見に反対した同僚の言葉が胸に浮かんでくる。あるいはその意見が勝ったかもしれない気がした。

（しかし石井は死ぬ決心でいる。彼はほかに女もいない。逃げまわっている彼がこの女に会いにくるかもしれないという見方を捨てることはできない）

まだ三日めではないか、と柚木は心に言いきかせた。石井は何万円かを持って逃げているはずだ。被害者が必要があってその日に銀行から出したばかりの現金を犯人二人が奪《と》ったのである。彼はまだどこかに逃げているが、金がなくなるまでには、必ず、さだ子のところに会いにくるはずだと思う。女の嫁入り先の住所も知っている。女の夢を見ると述懐したというのは何を意味しているか。別れたとはいえ女に心が残っているのではないか。世に敗れて追われている彼は、もう一度女の愛情にたとえ五分間でも甘えたいのだ。この見込みに自信はあった。が、やはり不安はつきまとう。

思いきって、さだ子ひとりの時に会って事情を打ち明けようかと思ったが、やはりよした。こんな場合、女がこちらの側の味方をすることは、まず、あるまい。みすみす犯人を逃がす手伝いをさせるようなことが今まで多かった。

朝になった。八時二十分、亭主が出勤。掃除。今朝も郵便屋は素通りだ。編物。洗濯。買物。六時前、猫背の主人が戻った。

きまりきった単調な繰り返しである。あるいは単調な日々の繰り返しだから平穏無事なのである。今に、石井の出現という災厄《さいやく》がこの均衡を破るだろう。

四日め、変わりはなかった。

五日め、同じ猫背の亭主は正確に出勤し、さだ子は単調に掃除、洗濯、編物をしている。この家の不幸の突発を待つ感じ。柚木は焦慮を押えるのに苦労した。

天気がよい。陽があかるく道に照っている。通る人も少ない道である。抜けたように張りあいのない、眠ったような町であった。そういえば、まだ町通りに藁《わら》屋根の家があった。

道には、土地の人が立ち話をしている。郵便局の簡易保険係が自転車をとめて、近所を二三軒集金に回っていた。そのあと手鞄《てかばん》をもった洋服の男が、一軒一軒を訪問して歩いている。何かの集金人か、物売りかもしれない。横川の家にもはいっていった。彼が物売りなら成功するはずはなかった。一日百円ずつ吝嗇な夫から貰《もら》っているさだ子に余裕があるはずがないのだ。はたして彼はすぐ玄関から出てきた。そのまま、ぶらぶらと歩いて町角を曲がった。

青年が三人で声高に話しながら通った。土地の訛《なまり》でよく意味がとれないが、強い音階が耳にのこった。この通りは、いつも二十分間ぐらいは人通りが絶えていた。

単調すぎて、瞼《まぶた》がだるくなるようだった。

さだ子が出てきた。白い割烹着だが、スカートがいつもの色と変わっているのを柚木は気づいた。セーターも着かえている。腕時計を見た。十時五十分。市場の買物ではあるまい。それなら早すぎる。

柚木は階段をかけおりた。こんな場合のため宿料はいつも前渡しにしてある。

あいつだ。柚木の頭の中には、さっきの集金人か物売りらしい洋服男の姿が閃《ひらめ》いていた。

四

柚木が道路に出た時は、さだ子の姿は見えなかった。彼は、たかをくくって足早に歩いていった。すぐ追いつけるものと思ったのである。

ところがこれが間違いだった。道は三叉路《さんさろ》になっていた。右の道に市場が見えた。妙なことに柚木の頭は、さだ子の割烹着姿と市場とをくっつけてしまった。彼女が毎日、この姿で市場通いをしていたのを見つづけたことが頭にそれをつくっていたのである。

柚木は躊躇《ちゆうちよ》なく右へ曲がった。市場は細い路《みち》が店をはさんでいくつもあった。女の客が多い。白い割烹着がうろうろしている。柚木の眼は血眼になった。いない。

柚木の心があわてている。

「駅はどっちの方に行ったらいいのですか?」

と人をつかまえてきいた。わかりにくい教え方であった。

やっと駅に出た。本能的に掲示の時間表のところに行って見上げた。今が十一時二十分。一時間前に上りが一本あっただけで、以後の発着はない。柚木は、ほっとした。それから、ゆっくり待合室などを見まわした。いなかった。待合室は閑散で子供が遊んでいる。汽車はもう一時間しなければ出ないのである。

駅前に出た。陽だまりに鳩《はと》が群れている。

柚木は煙草《たばこ》を口にくわえた。

バスがきた。客をぞろぞろ降ろした。空になると走り去った。眼を追うと向こうの方に発着所があり、三台ばかりバスがならんでいた。白い車体に赤いきれいな筋がはいっていた。

なぜ、これに気づかなかったか。柚木は駆けるように急いだ。

バスに乗る客がならんでいた。彼は眼を走らせた。いなかった。

柚木は切符売場に行った。硝子《ガラス》張りのしゃれたボックスだった。車掌と運転手が三四人横に腰かけて雑談していた。柚木は警察手帳を出した。

「今、出たバスはどこ行きですか?」

「白崎《しらさき》行きです」

と車掌の監督のような男が警察手帳を見ながら少し堅くなって答えた。

「その車に割烹着の女は乗りませんでしたか?」

割烹着をまだ着ていたかどうか自信がなかった。

「さあ」

監督が車掌の溜《たま》り場まで行ってきいてくれた。出札掛りは気づかないと言った。

監督が一人の女車掌と戻ってきた。その表情を見て、柚木はわかったのだと思った。

「さっきの白崎行きのバスに割烹着の女の人が乗ったのを見ました。でも、その人は連れの人に言われて割烹着を脱いでいました」

と女車掌は言った。

「連れの人？　それは男かね、女かね？」

と柚木は眼を光らせてきいた。

「男の人でした」

「どんな男？」

「さあ。よく見ませんでしたが、三十前後の男だったと思います。紺のような洋服をきていました」

「そうだ、紺の洋服だった。手提鞄を持っていたろう？」

「持っていました。黒ではなく、茶色でした」

そうだ、そのとおりであった。

「どこまで切符を買ったかわからないだろうな？」

それはわからなかった。

「そのバスは、終点には何時に着くんですか?」

「十二時四十五分です」

腕時計を見ると十二時五分前だった。今からハイヤーをとばせば、そのバスが終点につくまでに追いつくかもしれなかった。

柚木は駅前に引きかえして、構内タクシーに乗った。行く先は白崎までバス道路に沿って走れと命じた。

道路は道幅も広くていい道だった。町を出はずれると両側が広い田圃《たんぼ》で山が遠かった。しかし、進むにしたがって、真っ赤に紅葉して美しかった。道の両方に櫨《はぜ》の樹《き》が多く、林の中に櫨が赤い色をひろげていた。部落をいくつも行きすぎた。平野は狭まり、道は上がり坂となって丘陵地帯にはいった。

途中ではついにバスに追いつけなかった。白崎は小さな町である。バスはとまっていて、運転手と車掌は休憩していた。客はみな降りて姿はなかった。

柚木は歩みよってきいた。

「男は三十前後で紺の洋服に茶色の手提鞄を持っていて、二十七八ぐらいの女と二人連れだが、どこの停留所で降ろしたか覚えているかね?」

「あれだろう?」

と運転手が煙草を口から捨てて女車掌に言った。少女はうなずいて答えた。

「その人たちは、草刈《くさかり》という停留所で降りました。ここから五つめあとがえったところです」

なぜ覚えているのかというと、その男女が部落のある方の道に行かずに、山の温泉の方に登っていったので、乗客の誰かがそれを見て、卑猥《ひわい》な冗談を言って笑わせた。それで印象に残っていると説明した。その温泉はSからも直通のバスが出ているが、この山を越しても行けると言った。

柚木はその足で郵便局に行き、S署の署長あてに応援をたのむ電報を打った。

五

道は丘陵を緩い勾配《こうばい》で上がっていた。その両側には落葉がいっぱい溜まっている。森林の黄蘗《きはだ》色に、楓《かえで》が朱をまぜていた。

柚木はその道を歩いて登っていた。あの二人の行く先の見当がついた以上、あわてることはなかった。ただ、向こうが歩いていったというので、こちらも歩いて追うだけのことだった。どこで彼らの姿を発見するかわからないからである。ただ、彼らの終点がわかったということは、気の楽なことだった。

腕時計を見ると一時半だった。秋の陽《ひ》でも、山道を歩くと肌《はだ》が汗ばんだ。人には出会わなかった。モズが鋭く啼《な》く。

杉、檜《ひのき》が多かったが、榧《かや》、シデ、椿《つばき》も少なくなかった。楠《くすのき》の大木には山藤《やまふじ》が蔓《つる》を巻き、高いところにアケビがさがっていた。

聞きなれぬ鳥《からす》の声を聞いて見上げると、鳥が群れて枝をわたっていた。が、鳥ではなく鵲《かささぎ》であった。

峠にかかって展望がひらけた。振りかえってみると遠くに平野が広がっていた。刈入れがすんで一面の田は黝《くろず》んだ色だった。野積みの稲束が点になって撒《ま》かれていた。

道の傍には道標を兼ねた看板が立っていた。〝川北《かわきた》温泉〟。その下に、旅館の名が三つ書いてある。肥州屋。悠雲館《ゆううんかん》。松浦館。あの二人が行くのはどの宿であろうかと柚木はちょっと考えてみる。

道は下りとなった。しかし丘陵の起伏がつづいていた。芒《すすき》の穂が光って乱れている。高い山が皺《しわ》を見せて近くなっていた。

とつぜん、銃声が起こった。銃声は澄んだ空気を裂いて森や丘を震わせた。

柚木は弾《はじ》かれたようになった。しまった、と思わず口から声が出た。足はその方角へ向いたが動きはしなかった。なぜかつづいて起こる二度めの銃声を期待した。が、それきり何事もなかった。鳥が群をなして飛び去った。

柚木は、石井久一が、いつのまに拳銃《けんじゅう》を所持したのかと思った。かなりな大金を持っているので、どこかで拳銃ぐらい買ったのかもしれない。そのことはうかつにも考えてもみなかった。

が、今の銃口はどちらに向けて撃たれたのであろう。女にか。彼自身にか。柚木が二度めの銃声が聞こえるかもわからないととっさに思ったのは、男が女を撃ち、次に自分の胸にむけて引金をひくことをすぐ考えたからだ。が、一発だけでは、どちらが倒れたかわからなかった。

柚木は今までの道からはずれて、小径《こみち》を歩きだした。枯れた灌木《かんぼく》がしげり、葉の少ない雑木林が行く手にあった。銃声はその林の奥から聞こえたように思えた。

すると人の歩いてくる足音が聞こえた。柚木は身を灌木の群の間にかくそうとした。が、それよりも先に、一匹のセッターが走って現われた。猟犬は柚木を見ると急にとまって吠《ほ》えたてた。犬を呼ぶ声がした。声の主もつづいて林の中から出てきた。それは皮の猟服を着こみ、猟銃を肩にもった中年の紳士であった。

「どうも、失礼」

と猟服の男は、犬を叱《しか》って柚木に詫《わ》びた。

銃声の正体を知って、柚木は安心した。それから行きかける男を呼びとめて、質問した。

「失礼ですが、女連れの男を見かけませんでしたか。紺色の洋服をきた鞄をもった男ですが」

男は警戒の眼つきをした。

「いや、警察の者です」

その言葉で、相手はうなずいた。

「見ました。この林を出はずれたところを歩いていました。そのとおりの服装の男でした」

今度は柚木が礼を言った。男は犬をつれて黙って離れた。柚木は林を抜けた。それらしい姿は見えなかった。

このとき、柚木には、さきほどなぜ二つの銃声を期待したかという自分の心への疑問が起こった。石井が自殺するかもしれないという危惧はあったが、情死は考えていなかった。それがなんの用意もなく、つづいて二つめの銃声が起こるのを待ったのは、瞬間に、そういう予感が走ったのであった。

そう気づくと、石井が女を死の道連れにするのではないかという考えが、はっきりしてきた。自殺を覚悟しているとしたら、石井が死への同伴者としてさだ子をえらぶ心理が理解されないでもなかった。柚木は最初の、石井がたんに最後の別れに女に会いにきたという考えを訂正せねばならなかった。

三四軒の百姓家があるところに出た。子を負っている老婆が白い眼をして立っていた。

柚木が二人のことをきくと、

「あちらへ行きんしゃったばな」

と道を指した。その道はさらに森の中にはいっている。森を抜けると、なだらかな丘がもりあがっていた。丘は落葉した雑木林に蔽《おお》われて視界は限定されていた。道に兎《うさぎ》でも出そうであった。

人の声が聞こえて近づいてきた。柚木は薪《まき》を背にかついだ村の青年の三人に出会った。

「ああ、用水池のところを歩いとったやな」

と彼らは答えた。

池と聞いて柚木は心が騒いだ。彼は足早に教えられた方角へ小径を伝った。

ようやく遠い向こうに二人の姿を発見した。池の水面は見えなかったが、堤の上に彼らはすわっていた。堤には櫨の樹が数本、見事な紅葉をしていて、その枝をひろげた下に、二人はすわっていた。男の洋服の紺色と女のセーターの橙色とが一点に寄りあっていた。

柚木は気づかれぬように少しずつ近づいていき、芒などの枯草の中に身をうずめた。二人の話し声はそこまでは届かなかった。

男の膝《ひざ》の上に、女は身を投げていた。男は女の上に何度も顔をかぶせた。女の笑う声が聞こえた。女が男のくびを両手で抱えこんだ。

柚木はさだ子に火がついたことを知った。あの疲れたような、情熱を感じさせなかった女が燃えているのだった。二十も年上で、吝嗇《けち》で、いつも不機嫌《ふきげん》そうな夫と、三人の継子《ままこ》に縛られた家庭から、この女は、いま解放されている。夢中になってしがみついている。

柚木は枯草の中に寝ころんで空を見た。青く晴れた空だ。うすい鰯雲《いわしぐも》がかかっている。落葉の匂《にお》いを味わう。煙草《たばこ》は喫《す》えないのだ。

何分かたった。柚木は首を起こした。二人は立ちあがっていた。女が男の背後にまわって洋服についた草をとっていた。それから櫛《くし》を出して男の髪を撫《な》でてやった。二人は寄りそって歩きだした。男の茶色の鞄を、女が持っている。片方の手は男の腕にまきつき、もつれるようにして歩いていた。

柚木が五日間張りこんで見ていたさだ子ではなかった。あの疲労したような姿とは他人であった。別な生命を吹きこまれたように、躍りだすように生き生きとしていた。炎がめらめらと見えるようだった。

柚木は、石井に接近することができなかった。彼の心が躊躇《ちゆうちよ》していた。

六

川北温泉は山間の温泉場で、旅館は四五軒ぐらいであった。裏の渓流《けいりゆう》はS市を流れている川の上流だった。この川に沿って、Sの町からここまでの直通バスの道路があった。

柚木は、道ばたに立って渓流を眺《なが》めながら煙草を喫っていた。景色に飽いたら、その辺に腰をかけてポケットから詩集を出すつもりだった。古いジープがSの方からのぼってきた。柚木はそれに手をあげた。ジープからS署の刑事たちが四五人降りてきた。

「ご苦労さまです」

と柚木は挨拶《あいさつ》した。

「警視庁の柚木さんですね。遅くなりました。で、犯人《ホシ》はどこですか？」

と、いちばん年配の眼の大きい刑事がきいた。柚木は前の旅館を指した。

「ここです。さっき内にはいったところです」

松浦館という看板の出ている旅館だった。

「すぐ踏みこみますか？」

と刑事がきいた。

「今、浴場にはいっているはずです。女がいるんですよ」

「へえ、シャレてやがるな」

ぐるりの他の刑事たちが声を出して笑った。

「しかし、ホシには関係のない女です。情婦というのでもないのです。この女のほうは私が適当にします」

刑事たちはわからない顔をしていたが、柚木がそう言うので黙っていた。

刑事たちは申しあわせて配置についた。旅館の前に二人、裏の川岸に二人がたたずんだ。

柚木は二人の刑事と宿にはいった。眼の大きい刑事が帳場の男に何かささやくと、男は少し顔色が変わった。すぐに立って、

「こちらですから、どうぞ」

と低い声で言って案内した。女中たちは、普通でない空気に不安そうに見送った。

部屋にはいった。

「今、湯です。女のかたは婦人湯です」

と番頭が言った。

安ものの懸軸《かけじく》のある床の間には、男の茶色の鞄《かばん》が置いてあった。それをそのまま柚木は刑事に渡した。

洋服ダンスをあけると、男の紺の洋服が下がっていた。柚木は素早くポケットに手を入れて、内のものをみんなハンカチに包んで、これも刑事に渡した。別に凶器らしいものは見あたらなかった。それから柚木は部屋を出て、浴場の方へ行く磨《みが》きこんだ廊下を歩いた。

宿のお仕着せの丹前をきた三十ぐらいの男がタオルをさげて歩いてきた。そのまます

れちがうには廊下はせますぎた。柚木は身体を壁に寄せて避けた。相手は宿の者かと思っているらしく平気で通りすぎようとした。髪をきれいに分け、顔からは湯気が出ていた。

「石井」

と柚木が呼んだ。男が、はっとして振りむいた。その手を強く握って、

「石井久一だな。そうだろう」

と柚木は言いおわらぬうちに手錠をかけた。石井は瞬間にあばれるような気配をみせたが、棒立ちになり首を垂れた。

「見ろ、おまえの逮捕状だ」

と柚木は出したが、石井は、

「わかってます」

と細い声で言って眼をくれなかった。湯気はまだ皮膚から立っているのに、顔は真蒼《まつさお》であった。柚木は石井にぴったり寄りそうようにして部屋に帰った。そこに待っていた眼の大きい刑事が立ちあがった。

「よう」

と彼は言った。

柚木は石井を送りだすと、ひとりで部屋に残った。煙草を出して喫った。懸軸の絵を

眺めた。腕時計を見た。四時五十分。

さだ子の夫が、長身の猫背《ねこぜ》で、眉《まゆ》に皺《しわ》をよせながら、こつこつと歩いて帰ってくる六時前にはまだ一時間ほどある。

入口の襖《ふすま》が開いた。さだ子である。柚木を見てびっくりし、部屋が異《ちが》ったかと惑ったふうをした。宿の着物がまた別人のようになまめかしく見せた。

「奥さん」

と柚木が呼んだ。

さだ子が表情を変えた。柚木は警察手帳を出した。

「石井君は、いま警察まできてもらうことになりました。奥さんはすぐにバスでお宅にお帰りなさい。今からだとご主人の帰宅に間に合いますよ」

女は棒立ちに立っている。眼を据《す》えて、口を利《き》かない。が、息が喘《あえ》いでいた。

彼女が宿の着物を脱いで、自分のセーターに着かえるには、まだ時間がかかるだろう。

柚木は黙って女に背を向け、窓の障子をひらいた。渓流を見おろした。見ながら思った。

——この女は数時間の生命を燃やしたにすぎなかった。今晩から、また、猫背の吝嗇な夫と三人の継子との生活の中に戻らなければならない。そして明日からは、そんな情熱がひそんでいようとは思われない平凡な顔で、編物器械をいじっているに違いない。

顔

わずらわしいから日記の日付は、すべて略してある。日付順を追っているが、一節と一節のあいだは、翌日であったり、四日後であったり、一週間後であったり、あるいは一カ月後であったりして、はなはだ不同である。内容から日時の経過を推察せられたい。

井野良吉の日記

――日。

今日、舞台稽古《げいこ》のあとで、幹部ばかりが残って何か相談をしていた。先に帰りかけると、Aと一緒になった。五反田の駅まで話しながら歩いた。

「何を相談しているか知っているか」

とAはぼくに言った。

「知らない」

「教えてやろう」

と彼は話しだした。

「今度、△△映画会社から、うちの劇団に映画出演の交渉があったんだ。例の巨匠族の石井監督の新しい作品で、達者な傍役《バイプレヤー》をうちの劇団から三四人欲しいというのだ。マネージャーのYさんがこの間から映画会社に行ったり来たりして、忙しそうにしていたよ」

「へえ、知らなかったな。それで、やるのかい?」

とぼくはきいた。

「やるよ、もちろん。劇団だって苦しいもの。ずっと赤字つづきだからな。Yさんの肚《はら》では、今度だけでなく、ずっと契約したいらしいよ。先方さえよかったらね」

彼は内部の事情をよく知っていた。

「じゃ、こっちから売りこんだのか?」

「いや、先方からの申しこみだけど、たいして出さないらしいよ。しかし、何でも出演《ギヤ》料《ラ》は四人くらいで百三十万円はくれるらしい。でも、ちょっと助かるからな」

「だれだれが出るのかい?」

ぼくは、それらしい人々を思い浮かべながらたずねた。Aはその名をあげた。自分の思っていたとおりの人たちであった。

「映画はいいよ。宣伝になるからな。うちの劇団ももっと名が知れるだろう」

駅前のおでん屋で一緒に飲んだ。

——日。

Yさんから意外な話があった。ぼくに、今度の△△映画に出ろ、というのである。四人の出演者の一人である。聞いてみると、あとの三人は幹部ばかりだった。

「どういう風の吹きまわしですか?」

「君のは石井監督の指名だ」

とYさんは説明した。

「石井さんは、うちの〝背徳〟の公演を観《み》ているのだ。それで君に注目して、ぜひ出て欲しいと言っているんだがね」

〝背徳〟は新聞評でも、ぼくをほめてくれていた。

「新人井野良吉の演技は虚無的な性格の役柄《やくがら》を生かして好演」などと書いてあった。劇団内部でも評判はよかったが、もとより端役《はやく》だった。そんなに注目されていたことは意外である。

「石井さんはね、評判の凝り屋だろう。今度撮る〝春雪〟の脚本には、自分とこの会社の俳優さんではだめだというのだ。数カットしか出ない傍役だがね。ぜひ君にもという話なのだ。それで、みんなと相談して承知しておいたよ。うちの劇団も金が欲しいのでね。いつも共立講堂あたりの賃借りでなしに、自前の公演場を持ちたいからね。それに、君のために何よりいいことだよ」

とYさんは言った。そのとおりである。ぼくがこの〝白楊座《はくようざ》〟にはいってからまだ八年に満たない。これは機会《チャンス》をつかんだといってよいのだ。

「よろしくお願いします」

とぼくは頭を下げた。うれしくないことはなかった。たしかに興奮もした。が、同時にある冷たい不安が胸を翳《かげ》った。

思わず心配そうな顔にぼくはなったのであろう、Yさんは肩をたたいて、

「大丈夫だよ。君。映画は芝居と違って、数カットずつ割ったコマギレの演技だからね。臆病《おくびょう》にならずに平気でやることだね」

と励ました。

違うのだ。ぼくの不安は、もっと別なものなのだ。もっと破滅的なことなのである。

——日。

〝春雪〟の撮影がはじまった。芝居だと平気でやってきたのに、映画だとこんなに気がかりになって落ちつかない。理由はわかっている。〝白楊座〟の公演は都内だけの小さな観客層が相手だった。映画は全国の無限の観客層が相手なのだ。誰が観るかわからない。この撮影が上がって封切られる日が近づくと思うと、よからぬ黒い雲がひろがってくるような落ちつかなさを感じる。他人に話したら、それが芸の恐ろしさだ、と勘違いして言うかもしれない。

石井監督の演出は、さすがに神経が細かい。彼は自分に好意をもってくれているよう

だ。

　――日。

　ぼくの持ち場だけの撮影はすんだ。有名な監督の作品だけに前宣伝や評判がさかんである。

　出演料の分け前をもらった。Yさんの説明によると、映画会社からもらったのは全体で百二十万円、ほとんど劇団の基金としてとり、ぼくには四万円をくれた。それでもありがたかった。日ごろ、欲しいと思っていたものを買い、A君をつれて渋谷の道玄坂裏あたりを飲んで歩いた。A君はぼくが羨《うらや》ましそうである。いちおう、羨望《せんぼう》されてよい立場であろう。

　いつになく飲みすごした。愉快という理由だけではない。執拗《しつよう》な不安を忘れたい気持もあった。

　――日。

　〝春雪〟の予告編を観た。ぼくの出ている場面はなかった。〝近日上映〟とあった。いよいよ封切られるらしい。やはりぼくは恐れている。

　――日。

　〝春雪〟の試写を観た。他人の芝居は少しも見えず、自分の姿だけが眼についた。それでも五六カットの場面しか出ていない。大写しが二カ所あった。何秒かの短い間だった。

少し安心した。

——日。

新聞に〝春雪〟の映画批評が出ていた。ほめてある。ぼくのことについては、「白楊座の井野良吉が印象的。どこかニヒルな感じのする風貌《ふうぼう》がよい」とある。どうも批評家の言うことは同じような型に決めようとしているものばかりである。好評はありがたいが。

——日。

Yさんが来て、いろいろな方面からの評判を聞かせてくれた。

「石井監督が君のことをほめていたよ」

と彼は鼻に皺《しわ》をよせて笑いながら言った。

「そうですか」

ぼくはやはりうれしかった。

「Yさん、渋谷に知った家があるんです。一緒に行っていただけませんか」

と誘った。飲んでいる時にYさんが、

「おまえはこれから運が向いてくるぜ。しっかりやんなよ」

と背中を叩《たた》いた。ぼくもそんな気がする。少し有頂天なのであろうか。早くも世に出られるような心持ちになった。お金もうんとはいるようになるかもしれない。今まであんまり貧乏すぎたから。いつか読んだ本だが、成功した外国の役者がこんなことを言っていた。

「お金がうんとはいって、何に使ったらよいか、ぼくにはわかりませんよ。豪華な大レストランの特別室にかくれて、シャンペンを飲み、ぼく専用に歌ってくれるジプシーの歌でも聞きましょうかね。歌を聞いて、そして泣くんです」

　ぼくは空想が先走りする性質のようだ。

　帰りを山手線に乗って、電車の窓越しに原宿あたりの暗い灯を見ていると、あの不安な動揺がまたしても心を襲ってきた。せっかく、快くふくれあがった気持が剃刀《かみそり》の刃で截《き》られたようになった。

　――日。

　あの映画が全国封切となって、もう二カ月近くなる。彼は観なかったのかもしれない。今だに何事もない。ないのが当然であろう。自分は一万分の一か、十万分の一かの偶然を考えているのだから。

　――日。
　△△映画会社から、今度はぼくにだけという出演の交渉があった。幸運がぼくの顔にまっすぐ指をさして告げている。お前の番《ユア・ターン》だ！
　Yさんはこう言った。

「出演料は四十万円と踏んできた。それを五十万とねばったら、向こうさんは承知したよ。おまえがよっぽど気にいっているんだな。先方のプロデューサーが、今晩会いたいと言うのだ。行くか」

その会合は新橋の料亭の奥まった座敷であった。Yさんと一緒に行くと、向こうは製作者と監督と来ていた。Yさんの立ちあいで契約書を交わした。

「いま、脚本を書いているのです。撮影開始《クランク・イン》は二カ月くらい後になりましょうな」

背の高い眼鏡をかけたプロデューサーは言った。

あと二カ月。ぼくは漠然《ばくぜん》とこの時間を考えていた。

「今度の映画で、ぜひあなたでなければならぬと言ったのはぼくですよ。脚本に、ひとりの虚無的な性格の人物が出てくるのです。うちの役者ではだめなんです。あなたの風貌《マスク》がぴったりですよ」

太った監督がにこにこしながら言った。

「井野君の役は相当活躍するのですか？」

Yさんがきいた。

「しますよ。井野さんの人気、これで、ぐっと出ますよ。特異な存在としてね」

製作者は眼鏡の奥の眼を光らせて答えた。

「日本にはこういう性格の俳優がおりませんからね。もうこれからは個性のない、キレイな顔だけの俳優さんというのも、主役としての生命は永つづきしないですね。一方、今まで傍役として活躍した演技のうまい人が、だんだん主役をやるような傾向になっていますからね」

二人の話を聞いているうちに、ぼくは実際にその人物になり得るという自信がしてきた。快い興奮が身体を揺すり、足も地から浮くような気持になった。

信じられない境遇が、確実なピッチでぼくを迎えにきているのだ。

——日。

ぼくは幸運と破滅に近づいていっているようだ。ぼくの場合は、たいへんな仕合わせが、絶望の上に揺れている。

この前の映画は、その危険が起こるのは一万分の一か十万分の一かの偶然であった。しかし、これからはぼくは重要な役として一本の映画のなかでも多くの場面《カット》に顔を頻繁《ひんぱん》に出し、有名になればなったで、ますます多くの映画に出演することになろう。あの男にぼくの顔が見られる可能性は、うんと強くなって、十分の一くらいな確率になろう。そうなれば、もはや、偶然性ではなく、必然性である。

ぼくは、のしあがったとたんにつづく破滅を今から幻想している。

——日。

ぼくは仕合わせをつかみたい。正直にいって名声と地位を得たい。金が欲しい。大レストランでシャンペンを飲みながら、自分専用の歌を聞いて泣く身分になりたい。せっかくの幸運をこのまま埋もれるのは嫌《いや》だ。

――日。

このごろは、ほとんどそのことに考えを奪われている。ばかばかしいような気もする。しかしぼくの神経は、安易な気休めではどうにもならない。さらに悪党になることをしきりに考えるようになった。

――日。

今度の映画の〝赤い森林〟の撮影はあと三十日で始まるという知らせをうけた。六十日後には全国に封切られるということである。六十日後から、あの呪《のろ》わしい〝必然性〟が生じるのである。

六十日。この時間に、ぼくは恐ろしい穽《あな》に土を埋めようと決心した。ひとりで穽埋めの土を運ぶのだ。〝賭《か》け〟を決心した。

――日。

Yさんと飲む。

「なにしろ映画会社がおまえを買っているのは、その妙にニヒルな感じのする面《つら》つきだからな。こういうのが近ごろの知識人には好かれるのかな」

と彼は画家のように遠い眼つきをしてぼくを見た。

「そんなに違って見えますか?」

「うん、見える、見える。ちょっと特異な顔だ」

そういう言葉は、この間も映画会社の連中からたびたび聞いた。映画はぼくのこの〝顔〟を売ろうとしているのであろう。柔順な観客は、昨日までは有名でなかった井野良吉という新劇俳優の顔に特別に注意を払うようになるに違いない。するとあの〝必然性〟はもっと倍率をひろげることになるのだ。

——日。

鍵《かぎ》のかかった引出しから、久しぶりに茶色の封筒を出した。八通とも裏に〝××興信××支部〟の活字が同じように印刷してある。これは一年に一回ずつとりよせたから、八年分だ。内容も、同じひとりの人物についての身元調査報告書である。じつは八年前から、ぼくは貧乏のくせに、高い料金を払って毎年これを取りよせていたのだ。最初の封筒の中身を取りだして見た。つまり、これは八年前、昭和二十三年×月にぼくがはじめて依頼した時の報告である。

「ご依頼の石岡貞三郎氏についての調査報告は、同氏の住所不明のためまずその探査に暇どり、意外に遅延いたしましたが、お話の〝鉄鋼関係の会社につとめている者〟というのを根拠に調べをつづけ、ようやく住所を知り得ましたので、それより調査進行し、左のとおりにご報告申しあげることができました。……」

そうだ。あの時は九州の八幡《やはた》市にいる石岡貞三郎という男について調査して欲しいと東京渋谷に在るあの興信社に行ったのだった。事務員が、この人の住所は？　ときくからわからぬと言った。勤め先は、とたずねるから、それも判然としないが、何でも鉄鋼関係の会社につとめていると聞いた、と言うと、事務員は、それだけではまことに頼りないが、九州には××支部があるから、とにかくやってみましょう、と言った。

さすがは商売である。こういう雲をつかむような依頼でもちゃんと調査をまとめてきたのだった。その要点は次のとおりである。「石岡貞三郎氏は北九州製鋼株式会社の事務員をつとめ、現住所は八幡市通町三丁目である。大正十一年生まれで満二十六歳、独身、両親は死亡し、兄弟は故郷にある。詳細は添付の戸籍謄本《とうほん》について参照されたい。石岡氏の月給は九千円。性格は快活なほうで勤め先でも評判がよい。酒は五合程度。煙草《たばこ》は喫《す》わない。趣味は麻雀《マージャン》と釣《つり》。婦人関係は目下のところ噂《うわさ》がない」

これが最初の報告、つづいて毎年、頼んで報告をもらったが、四年目までは変化がなかった。

五年目には「勤め先がY電機株式会社黒崎工場に変わり、住所も八幡市黒崎本町一丁目に移転した」という変化があった。

六年目には「三月二十日、某氏長女と結婚」がはいり、七年目には「長男が出生した」という小さな変化があった。

それから今年になってとった八回目の報告書は、内容に変更がない。

「石岡貞三郎氏の現住所は八幡市黒崎本町一丁目。勤め先Y電機株式会社黒崎工場、給料一万七千円。妻二十八歳。長男二歳——」

これで自分は石岡貞三郎なる一個の人物について現在まで八年間の生活を知っているわけだ。この調査費用は自分にとって決して廉《やす》くはなかったが、彼の現在をその度ごとに掌握しているという満足があった。

ぼくは八通の報告書類のはいった封筒を眼の前にならべ、ゆっくりと煙草を喫った。

石岡貞三郎。——

この名前と彼の顔を知ったのは、九年前であった。正確に言うと昭和二十二年の六月十八日の午前十一時二十分ごろから二十分間、山陰線京都行上りの汽車の中であった。島根県の海岸沿い、周布《すふ》という小駅から浜田駅に到着するまでの間であったと思う。

ぼくの横にかけていたミヤ子が、窓外の景色にも退屈しているとき、ふと彼を乗客のなかから見つけたのだ。

「あら、石岡さんじゃない？」

とミヤ子は叫んだ。その時汽車は満員で、始発の下関駅から乗ったわれわれは座席にすわりつづけていたが、途中から乗った人はみな立ちどおしであった。

「やあ」

と言ったのは、その人ごみの中に顔を出している青年で、二十七八ぐらいの、色の黒い、脣《くちびる》が厚くて眼のぎょろりとした男である。

「ミヤ子さんか。えらい思いがけないところで会ったな。こりゃ驚いた」

彼は実際にびっくりした顔をした。それから横に腰かけているぼくの方を、それとなくじろじろ見た。ぼくは窓の方を向いて知らぬ顔をして煙草をくわえていた。煙が滲《し》みて片眼を細めた。

「石岡さん。なに、やっぱり買い出しなの？」

とミヤ子は、勝手にはしゃいだ声を出した。

「いや、おれはひとり者だからそんなに買い出ししなくてもよいのだ。じつは、この辺の田舎が郷里でね。ちょっと栄養をとりに会社を休んで来ているのだ。明日あたり八幡に帰ろうと思っている。ミヤ子さんこそ、こんな汽車に乗ってどこに行くんだね？」

「あたし？　あたしは買い出しよ。島根県って北九州からみたらずいぶん物資が豊富なんですってね」

このミヤ子の言葉に、まわりの乗客が低く失笑した。それに気をさしてか、ミヤ子は、

「でも、本当はどっちでもいいのよ。温泉にでも浸って、帰りに何かあれば持って帰りたいというくらいよ」

「温泉？　そりゃ羨ましいな」

石岡という青年はそう言って、ふたたびぼくの方を見たようだった。彼はあきらかにぼくを彼女の連れと見てとった。ぼくは相変わらず窓の方を眺《なが》めつづけていた。

それからとりとめのない会話がミヤ子と青年の間にかわされた。やがて汽車は浜田駅の構内にはいったころで、青年は、

「じゃ、さよなら、八幡に帰ってからまた店に行くからな」

と言い、ミヤ子は、

「ええ、待ってるわ。さよなら」

と言った。青年は人混《ひとご》みを分けて列車の出口の方に行ったが、思いなしか、もう一度、ぼくの顔をじろりと見て行ったようだった。

ぼくはそれまで、ミヤ子と二人で八幡から電車に乗り、門司について下関にわたったのだが、その間、一緒にならんで腰をかけることはなく、たがいに離れてすわって人眼を避けた。それは大衆酒場の女給をしているミヤ子が、

「人に見られるのは厭《いや》だから」

と言いだしたからでもあるが、ぼくもそのほうが都合がよかったのだ。それで、ここにくるまで細心の注意をして知った人に出会わぬようにしたのに、こんなところでミヤ子が知人に声をかけたことが、ぼくには腹立たしかった。そのことを非難すると、彼女は、

「だって、うちのお客さんですもの。気のいい人よ。あんまり思いがけないところで顔を見たので、声をかけずにはいられなかったんですもの。大丈夫よ。わたしのことを悪く言う人ではないから」

と言った。その口吻《くちぶり》から察したので、ぼくは、

「じゃ、あの人は君が好きなのか？」

ときくと、ミヤ子は眼を細め、首を傾《かし》げて、気を持たせるような含み笑いをした。

ぼくは容易ならぬ事態が突然できたことを悟った。それはわずか十五分か二十分くらいの出来事だが、彼がぼくとミヤ子を見たという不覚であった。

「あの男、何という名前かい？」

ぼくは熱心になった。

「石岡貞三郎とかいってたわ。自分でそう言ってたわ」

石岡貞三郎。憶《おぼ》えておこう、とぼくは思った。はじめてこの時、彼の名がぼくの頭脳に刻まれたのであった。

「どこに勤めている？」

「よく知らないけど、鉄鋼関係の会社だとか言ったことがあるわ」

「どこに住んでいるのかい？」

「知らない。あんた、何を考えているの？　気をまわしているの？」

とミヤ子は口をすぼめて、下品に笑った。歯ぐきが出て不快な笑い顔だ。

この十五分か二十分、石岡貞三郎という男が、ぼくとミヤ子と山陰線の汽車の中で一緒にいるところに同席したことは、時間のたつにつれてしだいに心に重くなった。なぜ、あんな時に彼に会ったのだろう。なぜミヤ子が彼に口なんかきいたのだろう、という悔恨と腹立たしさは、小さな疵《きず》から化膿《かのう》して病菌が侵攻するようにぼくを苦しめた。

ぼくとミヤ子の間は、絶対に第三者が知っていなかった。ぼくは一度もミヤ子の勤めている酒場に顔を出したことはなかった。ミヤ子はその酒場に〝住込み〟であったから、ぼくはいいかげんな名前を使って電話をかけて呼びだし、いつも外で会っていた。逢《あ》いびきは、たいてい安宿だし、それもしじゅう変わっていた。ぼくとミヤ子の結びつきの最初から、その場所は知った人の誰もいない買い出し先の田舎だった。要するに、ぼくたちは誰にも感づかれずにすごしたのに、もっとも都合の悪い最後の場面を石岡貞三郎に見られたのだ。

あの男はぼくの顔をじろじろと見ていたが、必ず見忘れはしないであろう。特異だという この顔を！

自分も、あの男の、眼のぎょろりとした唇《くちびる》の厚い顔を覚えてしまった。こうして石岡貞三郎という字面《じづら》を見ていると、あの顔をはっきりと感じることができる。

しかし、あの時から四カ月後までは、ぼくは石岡貞三郎に対しては、ただ気が重いという程度であった。ぼくは上京し、好きな新劇の仕事がしたくて、まもなく〝白楊座〟にはいった。

が、はっきり言うと、それまではぼくは彼の存在にあまりに神経を使い過ぎるのではないかと思っていた。彼に見られたことは、実際は何でもないのだ。彼は、ほんとうは何も知っていないのだ、心配することは何もないのだと強《し》いて自分の心に言いきかせたこともあった。

しかし、まもなく、それが気休めであり、自分の気持を甘くごまかしていたことを思い知らされた。……

——日。

（昨日書いた部分のつづき）あれは、その年の九月の末であった。ぼくはすでに七月から東京に出ていた。東京という都会は便利なところで、有楽町あたりの盛り場に行けば、全国の地方新聞が〝なつかしい郷土の新聞〟として毎日売られている。

ぼくは北九州で発行している地方新聞と、島根県で発行されている地方新聞とを毎日買いに行った。その九月の末、目的の記事は島根県の新聞にまず出ていた。

「九月二十六日午前十時ごろ、邇摩《にま》郡大国村山林中に半ば白骨化した女の死体を村民が発見、届出により大森署より検屍《けんし》したところ絞殺された痕跡《こんせき》があり、着衣その他からみて二十一二歳ぐらいの女と断定、身元および犯人の捜査を開始した。被害者は付近の者ではないらしい」

　この記事から一カ月遅れた十月の末に、北九州の地方紙には次の記事が出た。

「去る六月十八日朝より家出したまま消息の知れなかった八幡市中央区初花酒場の女給山田ミヤ子さん（二一）は、捜査手配中のところ島根県邇摩郡大国村の山中にそれらしい絞殺死体が発見されたという通知が大森署よりあったので、直ちに関係者が出向いたところミヤ子さんであることを確認した。同女はなぜ前記の場所に行ったかわからないが、犯人に連れだされて殺されたものと見られている。六月十八日午前十一時ごろにミヤ子さんが男と二人連れで山陰線上り列車に乗っていたのを見た人があり、八幡署では、その連れの男が犯人とみて人相などを聴取のうえ、捜査に乗りだした」

　ミヤ子の死体が発見されたことは、ぼくはたいして驚かなかった。

　しかし北九州の地方紙に、ミヤ子が男と二人づれで山陰線の汽車に乗っていたのを見た者がある、と書かれた記事を見たとき、ぼくは、

「ああ、やっぱりそうか」

　と覚悟のうえながら、心臓の上を冷たい手でさわられたようにどきりとなった。その目撃者が石岡貞三郎であることは言うまでもないことだ。彼はやっぱり知っていたのだ。

　これで、あるいは彼が気づかぬのではないかというぼくの万一の甘いのぞみも消え失《う》せてしまった。

彼は係官に〝ミヤ子と一緒に汽車に乗っていた男〟の人相を詳細に述べ立てたに違いない。

「その男の顔を見たら、すぐわかりますか?」

と係官はきいたであろう。

「わかります。よく覚えています。一目であの男の顔はわかります」

石岡貞三郎は、そう言いきったに違いない。実際、あの時の汽車のなかの二十分間で、自分の顔は眼、鼻、唇、顎《あご》のいちいちの特徴まで彼に記憶されてしまったのだ。

ぼくが、わざわざ八幡からミヤ子を遠く山陰の片田舎の山中に、〝温泉に連れて行く〟と称して、連れだして殺したのも、なるべく人の気づかない遠方の土地を選んだのだった。それなのにどたん場の浜田近くで同じ汽車に彼が乗りこんでこようとは、どうした不幸な運であったろう。

あとから考えれば、ぼくはあの時、計画を中止すべきであった。安全のうえから、知った人に会ったのだから他日に実行をのばすべきだった。

しかし、あの時のぼくの気持は、騎虎《きこ》の勢いというか、さし逼《せま》っていて、そんな余裕はなかった。延引はできなかった。ぼくはミヤ子から一日でも早く逃がれたかった。

彼女は妊娠していた。ぼくがどのように言っても、決して堕《おろ》そうとはしなかった。

「あんたがどんなに頼んでもだめよ。これは初めての子ですものね、そんなかわいそうなことはできないわ。あんたはそうさせて、わたしから逃げるんでしょ。卑怯《ひきょう》者。そう都合よくはいかないわ。あんたの勝手ばかりになるもんですか。どこまでもあんたから離れないからね」

ぼくは、この無知で、醜いくせにうぬぼれている無教育な、がさがさした性格の女と関係をもったことに後悔し、それを断ち切ろうとしたが、女は執拗《しつよう》であった。妊娠してからは、女はいっそう強く迫ってきた。ぼくは、この女の生んだ子と一緒に暮らす生活のことを考えると、絶望で眩暈《めまい》がしそうだった。

おれの一生がこんなつまらぬ女のために台なしになってたまるか、そんな不合理な、ばかばかしいことができるか、と心で怒った。自分からミヤ子が離れないとすると、ぼくは彼女を殺して、自由な身になるよりほかはなかった。一時の過失から少しも価値のない女と生涯《しょうがい》をともにするような不幸は耐えられなかった。どんな手段をとってでも、ぼくは彼女を突き放して浮かびあがりたかった。

それで、ぼくはミヤ子を殺害することを決心した。温泉に連れてゆくと誘ったら、よろこんでついてきた。

かねてからミヤ子とぼくとのことは誰にも知られていないから、たとえ彼女が失踪《しっそう》しても、変死体となって発見されても、ぼくを彼女に結びつけて考える者はいないから好都合だった。ぼくは全く誰にも知られない巷《ちまた》の群衆の一人であった。

あの汽車の中で石岡貞三郎に出会ったことを除けば、すべては都合よく運んだ。ミヤ子とは一晩、温泉津《ゆのつ》という土地で泊まり、その翌日、寂しい山林の中に二人ではいっていき、むせかえるような真夏の植物の匂《にお》いの中で愛撫《あいぶ》をいとなみ、そのまま彼女の首を絞めてしまった。——

ぼくは八幡に帰り、荷物をまとめて、かねて念願の上京のことを決した。群衆の一人がどのような行動をしようと、誰も注目はしない。

しかし、この世にただ一人、殺されたミヤ子という点と、自分という点とをつないで考えているのは目撃者の石岡だけである。いや、考えているばかりではない、警察当局に吹聴《ふいちょう》したのである。

「ミヤ子が殺された山陰地方で一緒だった男がいます。私は汽車の中でその男を見ました」

彼だけがぼくの顔を見ている！

——日。

(昨日のつづき)ぼくは新聞記事を見て以来、石岡貞三郎に対して極度に警戒をした。神経過敏なくらいだった。××興信社に依頼して彼のことを毎年報告させたのも、じつは彼の消息を知りたいからだった。彼が八幡市にずっと定着している様子を知ることによって、ぼくは安心できたのである。彼が九州八幡に定着するかぎりは、東京にいるぼくは安全なのだ。

しかし、思いもよらぬ事態が起こった。ぼくが映画に出演することだ。ぼくの顔が映画に出る。それを観《み》たら、石岡貞三郎はとびあがるに違いない。彼が映画でぼくを観ないとはどうして保証できよう。

ぼくは〝春雪〟にはじめて出演したが、心は薄氷の上を歩く思いであった。彼が見るかもしれぬという恐れは極度にぼくの神経を乱した。しかし、何事もなかった。ぼくは胸を撫《な》でた。

が、今度の〝赤い森林〟は違う。これは〝春雪〟とは比較にならぬほど、ぼくが大きく出る。映画会社はぼくを売ろうとしている。石岡貞三郎が、この井野良吉の顔を映画で発見する可能性は、ほとんど絶対的になってくるのだ。

わが身の安全のためには、ぼくは映画出演などいっさい断わればよいのである。しかし、せっかくおとずれてきた幸運をどうして逃がすことができよう。浮かび上がりたいのだ。仕合わせを摑《つか》みたい。名声も金も欲しい。自分の野心を作り、それを苦労して遂げてみたいのだ。

——日。

脚本のプリントが送られてきた。一通り眼を通すと、ぼくの役はかなり重要で、画面に出る回数も多く、大写しも数カットある。

撮影がはじまるまで、あと一週間だそうである。早く何とかせねばならない。

――日。

昨夜はほとんど眠れなかった。頭の中でいろいろな考えを組み立ててこわし、こわしては組み立てた。

あの男の存在は、ぼくにとってこの世でたった一つの不安である。この不安を除かぬかぎり、ぼくの心は萎縮《いしゅく》している。彼をどうするかは、すでに決心した。ぼくはとにかく己れの身を守らねばならない。びくびくと怯《おび》えないで、自分の野心のために手を振りまわしたい。

いま、考えているのは、彼をどうするかでなくて、その方法だ。

失敗したら、という考えが、臆病《おくびょう》にちらちらせぬでもない。が、その時は、井野良吉というひとりの未《いま》だ有名でない俳優が消えるまでの話である。とはいえ、これは生命をかけた危ない賭《か》けなのだ。

――日。

今日も、一日中、その考えにとりつかれて、頭が疲れてしまった。

――日。

監督が急に京都の撮影所で一本撮るようになったので、こちらの撮影が予定より二カ月おくれることに変わった。

ぼくにとっては、都合がよい。

夜、劇団の稽古《けいこ》からの帰りに本屋に寄って探偵《たんてい》小説を買って読んだ。つまらない。途中でやめた。

——日。

やはり、彼を〝呼ぶ〟ことに気持がかたまってきた。

今日まで考えていることを書きつけてみる。

① 場所は人のあまりいない所がやっぱりよい。できれば山の中がよいと思うが、彼をそこまで怪しまれずに連れていくのが困難である。その工夫がむつかしい。第三者を使うことは協力者を必要とする。そこから弱点が生じて禍根となるので避ける。

② 方法は青酸加里がよい。気づかれぬように何か飲みものにでも混入して飲ませることは困難ではなさそうである。これはその場の臨機応変とする。

③ どのようにして彼をそこに呼びだすか。絶対に彼ひとり単独で来させねばならないのだが。それと第一に、必ず来る、という確実性がないといけない。彼がこちらの呼びかけに乗って来ないと意味がない。

以上は絶対の条件である。

——日。

いろいろ考えたが山の中、それも展望のきかない森か林の中がよい。他から見られる心配がないからだ。その理由で、海岸や平地はだめ、建物の中は厄介《やっかい》である。出入りを人に見られる危険がある。

その山に登って行く姿を見られても、人の注意を惹《ひ》かない場所。途中で誰かに会っても怪しまれない場所。

——日。

今日、御茶ノ水の駅で電車を待っていたら、ホームに電車会社の行楽案内が出ていた。〝高尾山へ〟〝御嶽《みたけ》へ〟〝日光へ〟などのポスターを見るともなく眺《なが》めているうちに、暗示を得たように思った。

観光地なら人目についても注意の外である。電車に乗っても、道を歩いても、この暗示を思考が追った。

——日。

観光地に決めた。今朝起きて考えなおしてもこの案がいちばんいいように思う。

さて、その具体的な場所だが。

彼の住んでいる九州の八幡と、この東京の中間の京都付近を選んだ。

これは突飛なようだが、遠隔の土地に呼ぶことはかえって相手にそのことの確実性を印象づけるに違いない。近い場所のほうがかえって悪戯《いたずら》めいて信用されぬだろう。

それと、旅費として、汽車賃と一泊代くらいは送ってやることだ。四千円もあればよかろう。金を送ってきたことが、どれだけ心理に信頼感をもたせるかわからない。悪戯ではできないことだ。この場合でも金銭が内容の信頼性を証明するに役立つ。

あの事件に興味をもっているなら、彼は必ず来る。

彼は〝殺人犯人〟の顔を見知っているただ一人の人間だから。

その場所も、比叡山を選択した。

あそこには前に二度行ってだいたい知っている。杉、檜《ひのき》、欅《けやき》の密林が全山を蔽《おお》っている。坂本からケーブルに乗って山上に登り、根本中堂までは坦々《たんたん》とした参詣《さんけい》道路である。ここを歩いても誰も怪しむ者はない。あとで死体が発見されても、その顔を見覚えぬであろう。

根本中堂のほか、大講堂だの戒壇院だの浄土院だののいろいろな建物が点在している。これらを見物するようなふうをして、山路を上る後ろ姿を見たとしても咎《とが》める者はあるまい。四明嶽の方に行く道もある。西塔の方へ出る道もある。深い森林は四囲を包んでいるのだ。

まず場所は決めた。

――日。

夜行で京都に来た。

計画は緻密《ちみつ》にしなければならないから、これくらいの苦労は仕方がない。電車で坂本に出て、午《ひる》近い時間、比叡山に登るケーブルに乗った。前もってその場所をよく知っておきたいためである。京都に来たのはこの目的と、別に一つあった。

ケーブルカーの客は閑散であった。三月の末で花には早く、新緑の若葉にはまだ遠い。天気がよいので琵琶湖の眺望《ちようぼう》がきれいだった。ぶらぶらと根本中堂へ行く道を歩く。ケーブルに乗っていた客はだいたい一緒だった。行き違いに向こうから来る人間は、ばらばらと数が少ない。

大講堂から少し上がったところに戒壇院がある。ぼくはその前に腰をおろして煙草《たばこ》をゆっくり五本喫《す》った。実は観察していたのである。

この戒壇院のところから上り道は、先の方で一方は西塔の方に、一方は四明嶽を経て八瀬口にくだるケーブルの方に行く。

ところが、ここにすわっておよそ一時間近くも観察してわかったことだが、観光客というか、あるいはお詣《まい》り客というか、とにかくたいていの人々は根本中堂と大講堂ぐらい見たら、さっさと引返して行くのである。西塔や四明嶽方面に行く者は、ほんの数えるほどしかないのであった。

よし、とうなずいた。西塔の方へ行くことに決めた。

道は登り坂であり、細かった。人は一人として姿がなかった。杉木立の中に、釈迦《しやか》堂や瑠璃《るり》堂の小さな古い建物が、廃物のようにつくねんと早春の陽《ひ》の陰にあった。さらに足をすすめると、そのお堂のようなものもなくなり、深い深い密林の谷が、気の遠くなるような静寂のなかにひろがっていた。老鶯《ろうおう》がときどき鳴いた。

ぼくは立ちどまって煙草を一本つけた。すると、それを喫い終わらないうちに、真昼の影のように一人の黒ずくめの着物をきた坊主《ぼうず》が、この細い道の向こうから辿《たど》ってくるのが見えた。

その坊主が傍《そば》までできた時、ぼくはこの道を行くと何か建物でもあるのか、ときいた。

「黒谷青竜寺だす」

坊主はそう一言、言い捨てると、とぼとぼと道をおりていった。

黒谷青竜寺、ぼくはこの名を聞いたとき、何かその寺の恰好《かっこう》まで想像できるような気がした。この寂しい山径の先に、そのようなお寺のあることに満足を覚えた。

それからも、その辺になおしばらく佇《たたず》んだり、歩きまわったりした。ぼくは立地条件を充分に頭脳に叩《たた》きこんだ。

しかし、その時は具体的な計画はまだ少しもできていなかった。実際にそれが頭に浮かんだのは、ふたたびケーブルで下山して、日吉《ひよし》神社のすぐ横で、新しいアパートを見たときからであった。

ぼくはそのアパートの窓に、毛布だの蒲団《ふとん》だの白い布などが、その住人の生活を語るように干されているのを見たとき、一つの着想を得た。帰りは京都につくまでの電車のなかで、その計画について想を練った。

夜、宿で長い時間をかけて手紙を書いた。

「突然このような手紙をさしあげて失礼します。私は山田ミヤ子の親戚《しんせき》にあたる者です。ミヤ子は今から九年前、八幡《やはた》の初花酒場で働いていた女ですが、島根県の田舎に誰かに連れだされそこで殺害されました。このことは貴台がよくご存じと思います。私のことを申しますと、私は名古屋の食器製造の販売員ですが、一年の大半は全国の大きな商店や食堂をまわっております。今も京都にきてこの手紙を書いているわけです。さて、最近、私はこの京都のある食糧品店の店員でミヤ子の殺害犯人らしい男に気づきました。彼は九年前、九州八幡に居住した事実があり、出身は島根県です。そのほか、この男の犯行に違いないと思う節がいろいろあるのですが、詳しいことは貴台にお目にかかって申しあげたいと思います。と、申しますのは、貴台がミヤ子の殺された近くの山陰線の列車のなかで、ミヤ子と一緒にいた犯人の男を偶然見られたそうですから、ぜひ、私の疑っている男の顔を見てやっていただきたいのです。あなたなら、すぐ人相がおわかりでしょう。そのうえで、たしかに、そのときの男であれば、すぐに警察に訴えたいと思います。なにしろ私の疑いだけでは、どうにもなりませんから、貴台の首実検をキメ手にしたいと思います。たいへんお忙しいところを申しわけありませんが、今から四日後の四月二日の午後二時半、京都駅の待合室でお待ちしたいと思います。私はうす茶色の鳥打帽をかぶり、眼鏡をかけていますから、それを目じるしに声をかけてください。

勝手に日時を指定したのは申しわけありませんが、私はその晩から北陸・東北方面の永い出張の旅に出ますので、ぜひこの日にお目にかかりたいのです。失礼ながらご旅費として為替を同封しておきます。

私が疑っているその男は必ず間違いないと思うのですが、貴台に見ていただくまでは何とも言えませんので、万一、違った場合を考え、人権尊重の意味からわざと氏名は伏せておきます。同じ理由で貴地の警察への連絡はなるべくご遠慮ください。いざとなれば、こちらの警察でも充分まにあいます。

どうかミヤ子を殺した憎い犯人を捕えたいという私の気持にご同情をたまわりまして、このたいへんに勝手なお願いをお聞き届けくださるようお願い申し上げます。

京都の旅舎にて

梅　谷　利　一

石岡貞三郎様」

この文面を何度も読み返してみて、ほっとした。期日の余裕がないのと、いかにも旅先らしく「京都の旅舎にて」として住所の明記をまぎらわせたのは、相手に問いあわせの返事を出させない策略であった。封筒が東京の消印ではまずい。京都に来た理由の一つは京都から手紙を出すことだった。

待ち合わせ場所を京都駅の待合室にしたのは、ほかの場所では相手に警戒心を起こさせるかもわからないからである。鳥打帽をかぶり眼鏡をかけているというのは、むろん目じるしにかこつけて人相をごまかすためだが、その場になれば、もっとうまく顔つきを違えてみせるつもりだ。

ぼくは、四千円の為替を同封したこの手紙を、京都駅前の郵便局の窓口に書留として差し出した時、生涯《しょうがい》をかけた勝敗が今の瞬間からはじまったことを意識した。

石岡貞三郎ははたして手紙の要求どおりに来るであろうか。この疑問はほとんどぼくの頭にはなかった。

彼は必ず来る！　きまった事実のようにぼくはそれを信じた。

——日。

昨夜の汽車でいったん東京に帰った。汽車に揺られながら、ぼくの立てた計画に手落ちはないか。実行に当たってまごつきはせぬかと、ちょうど一つの劇を公演する前の下稽古《リハーサル》のように、自分の胸の中でくり返してみた。

まず、その日の午後二時半にぼくは京都駅の待合室に行く。するとぼくの鳥打帽を見て待っていた男が立ちあがる。それからはたぶん次のようになろう。

ない。


（もしもし、梅谷さんですか？）

と彼はたずねる。眉《まゆ》の太い、眼の大きい、石岡貞三郎である。九州から昨夜の汽車に乗り、今朝着きました、と、彼は律義《りちぎ》そうに言うであろう。ぼくは帽子をかぶり、眼鏡をかけ、そのほかもっと顔に細工をしているから、彼には〝あの時の男〟とわかりはしない。

（ご苦労さまでした、遠い所をどうも）

と変装のぼくは礼を述べ、

（では、すぐその男を見にいきましょう。しかし先刻様子をしらべたのですが、彼は今日は勤め先を休んでいるそうですよ。なに住所は聞いてきたから大丈夫です。少し遠いですが行ってくれますか？）

と言う。どこですか。坂本です、これから電車で一時間たらずの所です。それではお供しましょうと、そんな問答をして、大津行の電車に乗ることになる。

浜大津で乗りかえて電車は湖畔を走る。

（琵琶湖ですよ）

（へえ、きれいな眺めですな）

九州の人は窓にのびあがって感嘆する。

坂本に着く。おりて日吉神社の方に行く坂道を登ると、右側にあの白いアパートが見える。

（あれですよ、あのアパートのなかにその男はいるのです）

ぼくが指さすと、石岡貞三郎は濃い眉毛をぴくりと動かして緊張するであろう。

（ここで待っていてください。私がアパートにはいって、彼の部屋を訪ねて、うまくこまで誘ってきます。あなたは、顔をよく見とどけてください。まさしくその男であっても、違っていても、あなたは知らぬ顔をしていてください。彼は私と立ち話をしたらすぐアパートのなかに戻るでしょう。その男の顔があなたの見覚えの顔だったら、すぐに警察に知らせましょう）

とぼくが言えば、彼はうなずく。

ぼくは、彼を残してアパートのなかにはいる。どの部屋の戸も叩きはしない、そのまま出てゆく。石岡貞三郎は、少し不安げな緊張した顔で、もとの位置に立っているだろう。

（あいにくです）

と変装のぼくは言う。

（外出しているそうです。少し身体の調子が悪くて医者に行ったそうです。細君がそう言っていました。店を休んだのもそのためだそうです。京都の医者に行ったから二時間もすれば戻るそうです。われわれはそれまで待ちましょう）

ぼくのその言葉に、九州から来た客はうなずくに違いない。ぼくはさらに言う、(どうです、二時間もこんなところにいてもつまらないから、比叡山に登ってみませんか。つい、そこからケーブルカーがありますよ。あなたは、延暦寺に詣ったことがありますか?)

おそらく彼は、いいえ、と言うだろう。一度くらい行ったことがあっても、この誘いを拒みはしないだろう。

そこで二人でケーブルに乗る。琵琶湖がぐんぐん下にさがり、展望はひろがってくる。湖面の向こうは春霞《はるがすみ》に消えている。

(いいでしょう)

(いいですな)

われわれは、すっかり打ちとける。山上の駅について、木立のなかをくねくねと曲がった道を歩いて根本中堂の方に行く。その辺で彼はぼくに質問するかもしれない。(あなたはどうしてそのアパートの男が、ミヤ子さん殺しの犯人だと気がついたのですか?)

それにたいしてぼくはいろいろ、もっともらしい話をならべる。それはわけはないことだ。彼はいちいちうなずいて疑わない。

やがて根本中堂に着く。

杉木立のなかに散在している朱塗りの建物を見て歩く。この辺の茶店でサイダーかジュースの飲物を二本とコップを二つ借りて、さらに上の坂を登る。

(西塔の方へ行ってみましょう。すぐそこですから)

彼はついてくる。この辺から他の見物客はあまり姿を見せなくなる。われわれ二人きりでゆっくりと歩く。

釈迦堂や瑠璃堂を見て、しずかな道を登ってゆく。

(この先に黒谷青竜寺という寺があるのです。そこまで行って引きかえしましょう。ちょうど時間がいいと思います)

ぼくはそう説明する。歩くにつれて人の気配はさらにない。杉、檜の森林が谷の斜面に密集している。

(この辺で休みましょうか。少し疲れました)

そう言いながら、道からはずれて木立の中にはいり、草の上に腰をおろす。それから飲みものの瓶《びん》の栓《せん》をぬき、コップに液体を注いで勧める。自分も一本あけて飲む。……

こういう順序でよいのではないか。青酸加里をコップの中に入れるのは、どんな瞬間でもできる。そのくらいな隙《すき》は、いくらでもできるのだ。

これで手順は大丈夫と思うが、どこかに欠陥はないか何度も検討してみよう。大事なことは、彼に梅谷利一のぼくを信用させることだ。そうすれば彼は小羊のように柔順に比叡山の閑寂な山中に誘われてくる。観光地という遊山《ゆさん》気分が、彼に懐疑を与えない。誰に見られても怪しまれることもない。

ただ、このうえは彼が九州から来るのを待つだけである。

石岡貞三郎の場合

変わった手紙が来た。梅谷利一という全く未知の人からだ。書留で来たからあけてみると四千円の為替がはいっていたのでびっくりした。

なかの文面を読んでみたら、もっと驚いた。九年前のミヤ子殺しの犯人らしい男がわかったから、その顔の実検に、おれに京都まで来てくれというのだ。ミヤ子の親戚だというこの人は、おれがあの当時、汽車の中でミヤ子の連れの男を見たことを、どこかで聞いて知っているらしい。

早いものだ。あれから、もう九年にもなるかな。

そうだ、あの時はおれはこの八幡から郷里の島根県の田舎に帰っていた。ろくな食べもののなかったころで、田舎の銀メシをたら腹たべたくて、帰っていたのだったな。

あの日、津田の友だちのところを訪ねての帰り、おれはひどく混《こ》みあった汽車に乗った。みんな買い出しの連中だった。おれは人を押しわけて中にはいったら、

「石岡さん」

と呼ぶ女がいる。誰かと思うと、それが八幡の初花酒場にいるミヤ子だった。おれはよくあの酒場に行くので、ミヤ子をよく知っていた。丸顔の、ちょっとかわいい顔をした女なので、じつはおれも少しは気がないでもなかった。

それに、八幡にいるミヤ子とこんなところで会うとは、意外だったから、

「やあ、ミヤ子さんか、思いがけないところで会ったな。どこへ行くのかい？」

ときいた。

ミヤ子は、はしゃいだ声で、

「温泉に行くのよ。島根県は物資が豊富だから、帰りには買い出しをしたいわ」

と答えたものだ。温泉行きにこの辺まで来るとはたいした景気だと思って、ふと気づくと、ミヤ子とならんで横に腰かけている男が、てれくさそうに窓の方を向いて煙草を喫っている。

ははん、男の連れがあったのか、とこちらはぴんときた。ミヤ子の足もとにも、男の足もとにも、仲よく夏ミカンの皮が半分ずつ落ちている。萩あたりで買ったミカンを二人で食べあったというわけだ。

こちらは、少々ばかばかしくなって、まあ少しは妬《や》きもちもあって、それからはあまりモノも言いたくなかった。浜田に着いたので、降りがけに、

「八幡に帰ったら、また行くよ」

と愛想は言っておいたが。

あれがミヤ子の見納めとは夢にも思わなかった。

それから八幡に帰って、ちょいちょい初花酒場に行くが、ミヤ子の姿はなかった。もう辞めたのかな、と思って、他の女にきいてみると、

「それがね、あんた、ミヤちゃんは家出したのよ」

と言う。へええ、と言うと、

「あんた、あの子に気があったのね、ご愁傷《しゅうしょう》さま。誰にも挨拶《あいさつ》もせずに、ぷいといなくなったのよ。今まで、ちょいちょい外で泊まってくることもあったから、いい人があるらしいことはわかっていたけれど、黙って出るって法はないわね。けど、ちょっと変なところもあるの、荷物はみんな置いていってるのよ。だから、ここのおかみさんは、あの子のことだから、今に平気な顔をしてしゃあしゃあと戻ってくるだろうと言ってるわ。それにしても忙しいときに、ちょっとずうずうしいわね」

「おれはミヤちゃんに会ったよ。情夫らしいのも一緒にいたよ。山陰線の汽車の中だったよ」

「へえ、あんたが。いつごろ？」

と女の眼は急に光りだした。

そこでおれは顚末《てんまつ》を話してやった。すると他の女どもが、わいわい寄ってきて、

「そんなところに、ミヤちゃんは遠出したのね。どこまで行ったんでしょ。ねえ、あんた。その男、どんな顔をしてた？　ハンサム？」

と身をのり出してきく。

ところで、そうきかれるとおれは困った。おれはその男の顔を見たつもりだが、よく憶えていないのだ。

「長顔？　それとも丸顔？」

「さあ、どっちだったかな」

「眼鏡はかけているの？　ないの？」

「さあ」

「色は白いの？　あんたみたいに黒いの？」

「まあ、何をきいてもたよりないのね」

と女どもはおれを小突いた。

それから何カ月かたった。突然、警察の人が来て、ちょっとききたいことがあるから署まで来てくれと言った。何ごとかと思って行ってみると、それがミヤ子の殺されたことだった。

「じつは、あんたも知っている初花酒場のミヤ子が、島根県邇摩《にま》郡温泉津《ゆのつ》の奥の山林で白骨に近い死体となって発見された。遺留品でそれがわかったのだが、他殺という鑑定です。そこで、あんたにききたいが、あんたは山陰線の汽車のなかでミヤ子と会ったそうだね？」

と、田村という刑事部長がたずねた。おれは初花酒場の女どもがしゃべったな、と思ったが、かくすこともないので、ありのままを述べた。

刑事部長は、じっと聞いていたが、

「それは、いつかね？　日付を覚えているかね？」

「ええと、六月十五日に郷里に帰ったのですから、それから三四日すぎていたように思いますので、十八日か十九日ごろです」

「汽車はどの辺を走っていたかね？」

「私は石見《いわみ》津田という駅から乗って浜田で降りたのですから、その間です」

傍《そば》の刑事が部長に、

「浜田は温泉津から八つ手前の駅です」

と言った。部長はうなずいて、

「だいたい合っているな。それに間違いないな」

と他の刑事たちを見まわした。それからおれの方に顔を戻して、

「そのとき、ミヤ子はひとりだったかね？」

「いえ、横に私の知らない男の連れがありました」

「ミヤ子とその連れとは話をしていたかね？」

「いいえ。しかし、連れということはわかりました。夏ミカンを二人で半分ずつたべたあとがありましたし、男のほうは、私とミヤ子が話をしている間、テレくさそうに窓の方を向いていました。あんな時、女を連れた男というものは、そうするものです」

「なるほどね」

と部長は微笑した。

「ところで、君はその男の顔を覚えているかね？」

ときいた。これは警察にとって大事な質問であった。その男が犯人であることは決定的だったからだ。

しかし、おれにとってはじつに厄介《やっかい》な問題であった。おれは、その男の顔をたしかに見た。が今、どんな顔をしているか、ときかれたらそれが、どうもはっきりと思いだせないのだ。前に初花酒場の女たちにきかれたときもそうだったが、やっぱり今も刑事にきかれても思いださない。

しかし全然、憶《おぼ》えていない、というのはおかしい。何か、ぼんやりしたかたち、、は記憶のどこかにあるはずだ。確かにこの眼で見たのだから、印象がないわけではないのに、ふしぎに思いだせない。

「どうしても憶えがないか？」

と刑事は何度も言う。

「よくわかりません」

おれは頭をかいた。刑事は、たくさんな人の顔の写真を抱えてきた。

「これをよく見てくれ」

刑事部長は言った。

「これは前科のある者の写真だが、この中から似たような顔を選びだしてくれ。たとえば、輪郭はこういう感じ、髪のかたちはこっちの写真のほう、額はこのほう、眉はこれ、鼻はこれに似ている、唇はこういうかたち、顎《あご》はこれ、というふうに、これだけの写真を見てゆくうちに思いだすだろう。よく見て、落ちついて、ゆっくりと考えてくれ」

部長は一生懸命であった。

おれは一枚一枚、顔ばかりの写真を見ていった。

全然、感じと違うのが多かった。輪郭はこれかな、と思うのもあった。眉はこんなのだったかなと考えてみるのもあった。しかし、おれの記憶はたよりなかった。しまいには見ていけばいくほど、迷いが生じ、頭が混乱した。

「どうも、よく憶えていません。すみません」

とおれは、汗を流してお辞儀をした。

刑事たちは、いかにも残念でならぬという顔をした。

「それでは、今日は帰って、よく考えてくれ。今晩あたり、寝ているうちに思いあたるかもしれん」

田村部長は、どうしても諦《あきら》めきれぬという顔つきをして言った。そこでおれはやっと帰ることができたが、その晩、蒲団《ふとん》のなかに横たわっても、もちろん、何もわかるはずはなかった。

警察からは、その後も、

「どうだ、わかったか、思いだしたか」

と何度も刑事が来たが、とうとう諦めたかついには来なくなった。

ミヤ子殺しも、新聞によると、しきりと捜査をやっていたようだが、とうとうわからないらしく、そのまま、いわゆる迷宮入りになったようだ。

ところで、この手紙だ。九年前のあの事件がまた今ごろこんなかたちでおれの前に出てこようとは思わなかった。それも、疑いの男の顔を見てくれというのだ。わざわざ京都まで見に来てくれという。

おれが、あの顔の記憶がないことは、あの時でわかっていることだ。今になってその男の顔を見たとてわかるわけがない。

おれはどうしようかと考えた。四千円の送金為替がおれの心に負担となる。金さえ送ってこなかったら、放《ほう》っておくのに。

それにこの人は住所が書いてない。旅先だと書いてある。送りかえすことも、返事をやることもできない。その指定の期日も迫っている。

この人はミヤ子の親戚だという。どういうことからミヤ子殺しの容疑者を発見したのか知らないが、今ごろになってそれを見つけたとは、因縁《いんねん》であろう。しかし、この人はキメ手が欲しいのであろう。それでおれにあの時の男の顔ではないか見てくれというのだろう。

おれは困った。処置がつかない。おれは前からのかかりあいで、これは警察に相談するほかはないと思った。

警察では田村さんに相談した。来た手紙を見せた。

「ほほう。なるほど」

田村さんは手紙をくりかえして何度も読んだ。封筒の消印も調べた。京都局であった。田村さんはミヤ子殺しの当時の事件捜査主任だから、当然に熱心であった。

彼はその手紙をもって立ち、部屋を出て行った。誰かに、もっと上司に相談したことはあきらかだった。

三十分ぐらいかかって田村刑事部長は、少し興奮したような赤い顔で戻ってきた。

「石岡さん、あんた京都に行ってください」

彼はちょうど命令でもするような、勢いこんだ調子で言った。

「この手紙の指定どおりに行ってください」

「しかし、部長さん、私はその男の顔を見ても、覚えているという自信はありませんよ」

おれはそう答えた。が、彼は、

「いや、あんがいそうでもないかもしれん、本人の顔を見たら思いだすかもしれん。ま、それはその時じゃ。とにかく、京都に行ってください。こちらから刑事を二名つけてやる」

と言う。

「しかし、警察のほうは、本人を見たうえでと手紙に書いてありますが」

「いや、いいのだ。こちらにも考えがあるからね。あんたはこの手紙の梅谷利一という人の顔をよく見てくれ。刑事はわからぬよう隠しておくから」

「え？　何ですか？」

とおれはびっくりした。

「それじゃ、この手紙をくれた梅谷利一がおかしいと言うのですか」

「石岡さん」

と田村さんは、机の向こうから身体をのりだしておれの顔に近づき、声を殺して言った。

「警察は事件が解決するまでは誰でもいちおう疑ってみる。われわれの考えでは、この梅谷利一という男も怪しいのだ。なぜかわかるかね。この手紙を書いた男は、あんたが汽車の中でミヤ子の連れの顔を見たことを知っている。当時、そのことは新聞に出ていたが、あんたの名前は出しておらん。この男はどこで、それが、あんただということを知ったかだ」

「………」

「あんたのそのことはまず初花酒場の女たちが知っている。次に女どもが他にしゃべったかもしれん。しかし、あんたはどうだ？」

「私はあの酒場だけで、そのほかの者には言いませんよ。すぐここにきたら、部長さんから制《と》められましたからな」

「そうだったな。すると、あの女たちのしゃべった範囲だが、それはこの八幡の市内、もっとひろげて北九州一円としてもよい。その地域のなかだけの誰かが聞いたという程度だ。しかし、それもあんたの姓名、住所番地まで正確には知るわけがない。だいたいそんなこと言う必要はないし、聞く側も聞く必要がないからね。おそらく初花酒場の女にしても、うちによく来るお客さんの石岡さんが、というふうに話しただろう。よく知らないし、またそれだけでよいからだ。それなのに、この手紙の主はどこで調べたのか、あんたの住所氏名、番地まで、きちんと正確に書いてきている。どこでそれを調べてきたのだろう。調べたとしたら名古屋の人間がずいぶんいろんなことを知っていると思わんかね。つまり、この男は自分で知ったことを、つい、うっかりと誰にでもわかっていることのように思って書いてしまったのだ。ほら、この男があんたのことに関心をもって調べている証拠には、事件当時のあんたの住所を封筒に書かずに、移転した今の住所になっているではないか。これは大変なのだ。もしあの時に、かりにあんたの住所まで聞いて知っているとしたら、その時の住所の八幡市通町と書くのが普通ではないか。そして、この手紙は郵便局の付箋《ふせん》がついて届けられるべきなのだ。それなのに、ちゃんと現在の黒崎の住所が間違いなく書かれているのは、あんたの移転したことまで知っているのだ。この男はうかつにも知っている事を書いたのだ。どうだね、この梅谷利一という男は、絶えずあんたのことを調べつづけてきているらしいことはこれでわかるだろう。何のためかわからん。が、われわれはこの男の正体が知りたい。石岡さん、だからぜひ京都に行って欲しいよ」

田村さんは一気にそう言った。

おれは聞いていると、少し気味が悪くなったので、承知した。どうも、九年前のあの時、汽車のなかでミヤ子を見たばっかりに変なことになったものだ。

刑事二人と一緒に、四月二日午後二時半、京都駅で会うという手紙の指定を実行するため、前日の一日の晩、折尾駅から急行に乗った。二十一時四十三分発の〝げんかい〟である。

京都に行くのは初めてだし、刑事さん二人とも初めてらしい。緊張したなかにも、何となく愉《たの》しそうな気分になった。

汽車のなかは、あまりよく眠れなかった。夜あけの六時ごろから、うとうととする。前の座席に腰かけた刑事は二人とも早くから寝ていた。

ふと眼をあけると、すっかり明るくなり、窓からは朝の光がさし込んでいる。刑事はたのしそうに煙草《たばこ》をふかしている。

「やあ、よく眠ったね」

「いや、どうも」

洗面具をもって顔を洗いに行き、座席に帰ってくると、窓はいよいよ明るい。

汽車は海岸を通っているのだった。しずかな海の上を朝の光線がゆらいでいる。向かいの淡路島がゆるやかに滑り、窓ぎわの松林が急速に流れてゆく。

「これが、須磨・明石の海岸か」

刑事は、音にきこえた景色を、あかずに眺《なが》めつづけている。

おれは、それを見て、ふと、こんな場面をどこかで見たなという気がした。いや、この刑事ではないが、この刑事の今の恰好《ポーズ》の感じが前にぼんやり夢の中で見たような気がした。おれは、ときどきそんな錯覚に陥る。初めての場所なのに、前に来たことがあるように思ったり、ちょっとした場合、たとえば人と話をして寂しい道を歩いている時、おや、これとそっくりの場面を前に夢でみたことがあるぞと思ったりする。へんな気持の癖がある。

さて、京都駅には十時十九分についた。指定の午後二時半には、だいぶ時間がある。朝めしは汽車の中の駅弁ですませたから、三人で相談して、二時半までどこか見物しようということになった。せっかく、京都まで来たことである。

そこで、駅前の東本願寺を振り出しに、三十三間堂や清水寺《きよみずでら》、四条通りや新京極を見物して歩いた。

刑事の一人が時計を出した。

「十二時になったぞ、そろそろ腹ごしらえをして駅に行こうか」

と彼は言った。

「そうしよう。同じめしを食うなら、名物の〝いもぼう〟とかいうやつを食べてみたい」

と一人が言った。

「いもぼうか。高かろうな」

「高うてもええ。刑事の出張旅費ではどうせアシが出るにきまっとる。もう二度と京都へ来るか来んかわからんから、とにかく食べにいこう」

こんな話がまとまって、祇園《ぎおん》裏の円山公園の傍にある料理屋に行った。

「お三人さんどすか?」

と女中がきいた。

「あいにく、お部屋がつまってますさかい、先客さんとご一緒でもよろしまっしゃろか?」

かまわないと言うと、六畳くらいの部屋に通された。

そこに一人の男が飯をくっていた。……

井野良吉の日記

——日。

四月二日だ。いよいよ今日である。

東京から昨夜の〝月光〟で着いた。八時半。たっぷり時刻までには六時間もある。

仕方がないから、金閣寺の方に行ったり、嵐山のほうにまわったりして時間を消した。

天気がよい。嵐山では、桜の蕾《つぼみ》がずっと色づいている。渡月橋を往復して、タクシーに乗り、四条通りまで飛ばして降りたときは、十一時半だった。

少し腹が空《す》いた。何を食べようかと考えた。京都に来たのだから、東京で食えないものを食おうか。それでは、いもぼうにでもしようと思った。

電車を八坂神社の前で降りて、円山公園の方に上がってゆく。シーズンだから修学旅行の学生や地方の団体客が多い。

部屋に通されて、運ばれたいもぼう料理をたべる。たべながら、二時間あまりの後に行なわれる石岡貞三郎との対決のことを考えた。

ぼくの一生の賭《か》けが刻々に迫ってくる。ぼくは是が非でも生きなければならぬ。この世に勝たねばならぬ。誰でも人間は一生のうち一度は幸福が微笑を投げてくるものだ。それを摑《つか》むか、逃がすかで、成功か没落かに分かれる。ぼくは出世したい。

ミヤ子のようなくだらぬ女にかかりあったのがぼくの不覚であった。が、あんな女につきまとわれたら自分は一生浮かびあがれないのだ。あの女は〝子供を生む〟ことでぼくをがんじがらめに縛ろうとした。堕胎しろ、と言っても、蒼《あお》すごんだ顔をしてどうしても承知しなかった。あの女は必死にぼくを抱きこもうとした。ぼくはまた、懸命にそれから逃がれようとした。あんな女と一緒になった時の、ぼくの生涯《しょうがい》の暗澹《あんたん》とした、悲惨な生活を思うと、堪《たま》らなかった。もしそういう羽目になったら気が狂うかもしれなかった。ぼくの彼女に対する殺意は、こうして生じたのだ。

ぼくは、そのことに今でも悔いはない。

しかし、ぼくの幸運が、あんなくだらぬ女を殺したことで滅茶滅茶《めちゃめちゃ》になることのほうが、このうえなく不合理であった。

もっと価値のある、美しい女を殺したのなら、ぼくの一生と引換えでも、納得する。だが、およそ世にこれほど愚かな醜い女はあるまいと軽蔑《けいべつ》していたミヤ子の代償に、自分の大きな仕合わせを諦めるという法があろうか。

それにしてもぼくの世に出る今後の道が、わが顔を群衆に曝《さら》す映画であったとは、石岡貞三郎という男にとって不運だった。群衆の中にいる一人の彼にぼくのこの顔を見せぬよう、彼の眼を墓場までつむらせなければならない仕儀となった。

ぼくはどんな手段をとってでも、生きたい。人気と金が欲しい。豊かな生活がしたい。

……この時、女中がきたので、ぼくは眼を上げた。

女中は、三人連れの客を一緒に詰めさせてくれ、と言った。いいよ、とぼくはうなずいた。

三人の客がはいってきた。ぼくは飯をくっていた。

「失礼します」

そのなかの一人がそう自分に会釈《えしやく》し、すぐ前の卓を囲んですわった。

ぼくの位置からいえば、五尺も離れぬところに、左右向かい合って二人、一人はぼくの正面にこちらを向いてすわっている。女中が蒸しタオルを運んだ。三人がしゃべりながら顔を拭《ふ》いた。

言葉が九州訛《なまり》である。おや、と思って顔をあげた。眼が、正面のタオルで拭いている男の顔にぴったり合った。

心臓が止まるかと思った。

息ができなかった。

ぼくの眼は、その男の顔から、しびれたように離れることができなかった。強引に視線をはずすと、すぐに恐ろしいことが突発しそうであった。

真正面の男。眉《まゆ》の太い、眼の大きい、九年前のあの男、石岡貞三郎。

わけのわからぬ叫びが頭の中で渦巻《うずま》いた。何ということだ。今日の二時半、京都駅でと約束した彼が、ここにすわっていようとは。

ぼくは顔から血がひいてゆくのを覚えた。どうする。自分は素顔のままだ。帽子も眼鏡もつけない。あの時の、そのままの顔が、ここにさらされている。逃げられない。どうする。あの二人の連れは何か。

わんわんと耳が鳴った。あたりが急に暗くなって見える。ぼくの身体が沈みそうだ。

正面の石岡貞三郎が静かにぼくの方を見た。

わあとぼくのほうから、叫びたかった。彼が叫ぶのが待ちきれなかった。身体はぶるぶる慄《ふる》えた。箸《はし》をもった指がきかない。

ぽとりと音をたてて朱塗りの箸が畳の上に落ちた。

しかし彼の、おとなしい表情はくずれなかった。連れの二人の男の話を静かに聞いている。ときどき、返事もしている。おだやかな顔つきである。九年たったせいか、あの時より少し老《ふ》けて見える。

そういう状態で三十秒たった。一分を過ぎた。変化が起こらない。三人の話し声はぼそぼそと聞こえる。切れずに調子も変わらない。女中が料理を運んできた。三人はさっそく、それをたべている。石岡貞三郎はうつむいた。一心に名物料理を口に運んでいる。

これは、どうしたことだ。今、彼は確かにぼくの顔を見ていた。それなのに少しも変化を示さない。

彼は、ぼくの顔を見忘れたのであろうか。そう考えようとしたとき、はッと或《あ》ることに気づいた。

何ということだ。あいつはぼくの顔をはじめから、よく覚えてはいなかったのだ。ほんの、うろ覚えの印象しか、あの男にはなかったのだ。はっきりとぼくの顔を見ていないのだ。

そうだ。それだった。

ぼくは急に天上にでも、ふわりと舞いあがったような気持になった。一体全体、何ということか、これは！

ぼくは、太い息を吐いた。

それから立ち上がった。ゆっくり畳を踏んで煙草《たばこ》をポケットから取りだそうとした。何か非常な自信が身体中に湧《わ》き出てきた。

ぼくはいっさいを知った。律義《りちぎ》者の石岡貞三郎は、四千円の金が送られたので、京都に来たのだ。鳥打帽子と眼鏡の男に会ったら、頭をかきながら、

「どうも、よく憶《おぼ》えておりません」

ということを言いにきたのである。正直で、気のよい男である。ほかの二人は友だちであろう。京都を見物に、ついてきたのであろう。

ぼくはすっかり落ちついた。彼らにこちらから声をかけた。図太い実験であった。

「煙草を喫《す》いたいんです。マッチをお持ちでしょうか?」

石岡がぼくの顔を、ひょいと見た。さすがにぼくは表情が硬《こわ》ばるのを覚えた。彼は黙って卓上のマッチをさし出した。

「どうも」

礼を言って、火をつけた。石岡貞三郎は、それなりに、もうこちらを見むきもしない。いもぼう料理に熱心に箸をつついている。

ぼくは外へ出た。

円山公園がこれほど美しく見えたことはない。京都の景色が、これほどやさしく眼に

映ったことはない。

京都駅の待合室も、比叡山も、さよならだ。

ぼくはひとりで大笑いした。笑いながら両の眼から涙が流れた。

石岡貞三郎の場合

……京都駅で、いつまで待っても、それらしい男は現われはしなかった。約束の二時半はとっくに過ぎた。四時。五時。

来ない、と決めた時は、八時になっていた。

二人の刑事は落胆した。

悪戯《いたずら》かな。悪戯にしては四千円も送ってきて、どういうことだろう。

刑事は悪戯ではないと言った。感づかれたのだろうと言った。

感づく？　どこで感づいたのであろう。

おれは何となく心の一方で安心がならなかった。

念のため、明日まで待とうか、という話も出たが、むだだという結論になって、その晩の遅い急行で九州に帰った。

何か、へんな二日間であった。

井野良吉の日記

――日。

〝赤い森林〟の撮影は進捗《しんちょく》している。

安心ができたということは、こうまで気持が異《ちが》うものか。自信が、手足の先まで行き渡っている。

やるぞ。

――日。

撮り終わりに近い。

ぼくの役はすんだから、一安堵《あんど》である。

今度の監督も、ぼくを買ってくれているらしい。彼は、次に、異色な脚本を捜して、ぼくを主役に使ってみたいなどと言ってくれる。ぼくは、これから、のしあがるかもしれない。

――日。

〝赤い森林〟が封切られた。

新聞の評判がよい。A紙もN紙もR紙も、みんな〝井野良吉の特色ある好演〟を賞讃《しょうさん》してくれている。

Yさんが喜んでくれる。

――日。

今日は、他の二つの映画会社からぼくに出演の誘いがあった。いっさいはYさんに任せる。当分は、そのほうが利口である。

だんだん望みどおりになってくる。名声と金が風のように指の間からはいってくる。ぼくは好きな文句を口に出して呟《つぶや》く。

「お金がうんとはいって、何に使ったらよいか、ぼくにはわかりませんよ。豪華な大レストランの特別室にかくれて、シャンペンを飲み、ぼく専用に歌ってくれるジプシーの歌でも聞きましょうかね。歌を聞いて、そして泣くんです」

石岡貞三郎の場合

久しぶりに映画を観《み》に行った。〝赤い森林〟というのをやっている。新聞などで評判らしい。

文芸映画というのか、ひどく動きの少ない、深刻そうな映画であった。

井野良吉という、あまり名前も顔もよく知らない男（新劇の俳優だそうだ）が、いい役をしている。

井野良吉の役は、人妻を箱根の別荘に訪ねる。そこで箱根の山中を背景とした物語が展開される。井野良吉は心に一つの傷をうけて山をくだる。彼は小田原から汽車に乗る。彼は窓の方を向いている。大磯あたりらしい景色が流れる。彼は煙草を取りだして喫う。窓の方を向く。茅ケ崎あたりの風景が流れる。

窓を見ている井野良吉の顔。煙草をくわえている。戸塚あたりの景色。

、、、、、、、、、、
窓の方を見て横顔を見せている井野良吉。……おれははてなと思った、どこかで見たぞ。これは。

夢ではない。ずっと前にあった。たしかにあった。京都行の汽車の中でもふと刑事を見て思ったこともあったが。

大写しの井野良吉の顔。

窓をじっと見ている彼の横顔。煙草の煙がうすく舞って、彼の眼に滲《し》みる。彼は眼を細めて眉根に皺《しわ》を寄せる。その表情。顔！

疑惑が狂暴な力でおれの頭を殴った。

おれは思わず大声をあげた。ぐるりがびっくりしておれを見た。

おれは、映画館をとび出し、胸の動悸《どうき》の激しさに困りながら、警察に向かって大股《おおまた》で歩いていた。一刻も早く、この疑惑を言葉で吐き出すためにだ。

声

一部　聞いた女

一

高橋朝子《ともこ》は、ある新聞社の電話交換手であった。

その新聞社は交換手が七八名いて昼夜勤が交代であった。三日に一度は泊まりが回ってきた。

その夜、朝子は泊まり番に当たっていた。三名一組だが、零時を過ぎると、一名を残して二人は仮眠する。これも二時間交代だった。

朝子は交換台の前にすわって、本を読んでいた。一時半になったら、三畳に蒲団《ふとん》をのべて眠っている交代者を起こす。その時間まで十分《じゅうぶん》あった。

一時間以上あれば二、三十ページぐらい読める。その小説が面白いものだから、朝子はそう意識しながら読んでいた。

その時、電話が外部からかかってきた。朝子は本から眼を離した。

「社会部へ」

とその声は言った。声には聞き覚えがあったから、すぐつないで、

「もしもし、中村さんからです」

と、出てきた眠そうな声のデスクの石川に伝えた。それから眼をふたたび小説の世界に戻した。その間に、電話は切れた。

それから二ページと進まないうちに眼の前の赤いパイロット・ランプが点《つ》いた。社内だった。

「もしもし」

「赤星牧雄さんの家にかけてくれ、東大の赤星牧雄さん」

「はい」

ききかえさなくても、声でわかっていた。社会部次長の石川汎《ひろし》である。さっきの眠たげな声とは打ってかわって活気があった。

——朝子は、社内の三百人くらいの声はたいてい知っていた。交換手はいったいに聴覚がよいが、朝子は特に勘がよいと同僚から言われた。二三度聞けば、その声を覚えてしまった。

先方が名前を言わないうちに、誰々さんですね、と言いあてた。数回しか掛けたことのない相手のほうがびっくりした。

「君は、よく知ってるなあ」

と向こうでは感嘆した。

しかし、社員たちは、じつは、それが迷惑なこともあった。外部からかかってくる女の声も、交換手たちは覚えてしまった。

「Aさんの恋人はH子さんというのね。しわがれて鼻にかかった声ね」

「Bさんのは Y子さんね」

恋人といえない酒場の女からの借金の催促まで覚えられてしまった。もちろん、交換手たちはこのようなことを他人に話すような不徳義はしない。いわば、それは職業上の秘密であった。ただ、交換室の中で、それが退屈しのぎの少しばかり興《きょう》がられる話題として、ささやき交わされるだけであった。彼女たちは、声の持主の微妙な癖、抑揚、音階などを聞きわけていた。

朝子は、いま石川の言いつけで厚い電話帳を調べた。アの部、アカ、アカと指先で滑りながら、素早く赤星牧雄の活字を当てた。４２の６７２１。口の中で呟《つぶや》く。

ダイヤルを回した。信号の鳴っている音が送受器から耳をくすぐる。

壁の電気時計をふと見ると零時二十三分であった。信号が鳴りつづいている。寝静まった家中に響いているベルを朝子は想像している。

誰かが眼をさまして送受器をはずすまで、まだ時間がかかるだろうと思っている矢先、あんがい早く先方が送受器をはずした。

あとで、朝子は警察の人にきかれた時、電話をかけてから、先方が出るまで十五秒ぐらいだったと答えた。

「なぜ、時間を見たのですか？」

ともきかれたが、それは、

「こんな深夜に電話などかけて、先方の迷惑のことをちょっと考えたのです」

と答えている。

その時、送受器ははずれたが、すぐに応答はなかった。もしもし、と三四度呼んで、やっと返事があった。それは、先方が送受器は耳につけたが、応答したものかどうか、迷っていると思われるような、妙な何秒間かの沈黙であった。

さて、その返事は男の声で、

「はい。どなた？」

と言った。

「もしもし。赤星牧雄さんのお宅ですか？」

「違うよ」

そう言って電話を切りそうだったので、朝子はあわてて言葉を重ねた。

「もしもし、東大の赤星牧雄先生のお宅ではございませんか？」

「違うったら」

相手は高くないが、じゃけんな声で言った。あら、電話帳の番号を見間違ったのかしら、それとも回す番号を誤ったのかしら、と朝子は思い、ごめんなさい、とあやまろうとした時に、

「こちらは火葬場だよ」

と相手は、太い声だが、どこかキンキンした響きをもつ調子で言った。

二

それが嘘《うそ》であることは朝子にはすぐわかった。電話を間違えて掛けた時、刑務所だとか火葬場だとか税務署だとか気持のよくない場所をでたらめに言う悪戯《いたずら》には、朝子は慣れているはずなのだが、このときは少し腹が立ったので、

「失礼ね。火葬場なものですか。つまらぬことは言わないでください」

と言いかえした。すると相手は、

「悪かったな。だが、真夜中にあんまり間違った電話をかけるなよ。それに……」

それに、とあとを言いかけて電話は突然切れた。それは本人が切ったというよりも、誰か横から切ったという唐突な感じであった。

この小さなやりとりは一分間とかかっていなかった。が、黒いインキでも引っかけられたように厭《いや》な気分に突きおとされた。交換手という職業には、相手の顔が見えないた

めに、ときどきこういう腹の立つことがある。

朝子は閉じた電話帳をもう一度繰って調べた。なるほど違っている。それは一つ上の番号と見誤ったのである。こんなことは滅多にない。

今晩はどうかしているわ、あんまり本に夢中になっていたせいかな、と思い、正常に赤星牧雄氏の家を呼んだ。

ところが信号は行っているのだが、今度は相手がなかなか出ない。

「おい、まだ出ないか？」

と石川は催促してきた。

「まだです。夜中だから寝てるんでしょう。なかなか起きないらしいわ」

「困ったな。ずっと鳴らしてみてくれ」

「何よ？　こんなに遅く」

朝子は石川を知っていたから、そんな口のきき方をした。

「うん。えらい学者がさっき死んだんだ。それで赤星さんの談話を電話でとりたいのだ」

朝刊最終版の締切は一時なので、石川の急《せ》きこみようがわかった。

五分間も呼び出しをつづけ、相手はやっと出た。朝子は石川のデスクにつないだ。

それで交換台には話し中のしるしの青いランプが永々と点いている。石川が話をしきりと聞いているのであろう。青い灯を見ていると、朝子はこの間、小谷茂雄《こたにしげお》からもらった指輪の翡翠《ひすい》の色を思いだした。

それは二人で会った時、銀座のT堂で買ったものだ。はじめ茂雄がつかつかとその店にはいろうとしたので、朝子がしりごみして、

「こんな一流の店で買うと、きっと高いわよ」

と言ったが、茂雄は、

「大丈夫だよ。結局、品のいいのがトクなんだよ。少しぐらいの高い値段は仕方がないさ」

と取りあわずに内にはいった。朝子は、その晴れがましい店内の様子に心がちぢんだ。だから高価な正札の中でもできるだけ廉《やす》いその指輪を買ってもらったのだった。それさえも普通の店よりは、ずっと高かった。

いったいに茂雄はそんなところがあった。名もないような三流会社に勤めていて、安月給をこぼしているくせに、流行型の洋服を月賦で新調したり、絶えずネクタイを買い替えたり、映画でも有楽町あたりの高級館に朝子を誘って二人で八百円を払ってはいったりした。始終借金をしているらしい。そんな見栄坊《みえぼう》なところが朝子には気になったし、性格の不均衡《アンバランス》な面も不安であった。

結婚を約束した間柄《あいだがら》というのは、あんがい、言いたいことも言えないのであろうか。

朝子はそれを自分の気の弱さにしている。結婚までは仕方がないのだ。そういう弱さが女にはある。それは、相手の男を愛しているからでもあろう。夫婦の家庭生活にはいったら、自分がそれを直すのだと気負った意志を漠然《ばくぜん》と結婚の向こう側の未来に持っている。

茂雄の白い顔と、光の鈍い眼を見ていると生気を感じない。彼には不平はあるが、希望も野心もその口から聞けなかった。朝子は、茂雄にそのことで何となく心もとなさを感じている。

眼の前の青い灯がぽつんと消えた。石川の長い電話が終わって、切れたという合図である。朝子は気づいたように壁の電気時計を見上げた。一時半まで七分。交代者を起こす時間だった。

電話帳が開いたままになっていた。朝子はさっき間違えてかけた42の6721の持主の名前をふと読んでみる気になった。唾《つば》を吐きかけられたような不快はまだ消えていなかったのだ。

赤星真造　世田谷区世田谷町七ノ二六三

赤星真造。何をする人であろう。この地名の界隈《かいわい》は、朝子も、女学生のころの友だちが住んでいて、遊びにいったことがあるから知っている。それは白い塀《へい》が定規のように区画をつくって並び、植込みの奥に大きな屋根が見える邸町《やしきまち》であった。

あのような上品な場所に、電話の声のような、下品な男が住んでいるのかと思うと朝子はちょっと意外な気がした。が、世間にちぐはぐなことが多いのは戦後に平気なことでもある。そう改まった感想をもつほど、その時の電話の声は、無教養な低さと厭らしさを持っていた。

厭らしさといえば、太い声なのにどこかキンキンした響きをもつ、二つの音階がずれあったような、妙に不調和な音であった。

その朝、十時に朝子は勤務を終わって、家に帰った。帰っても午後までは眠れないのが彼女の癖である。掃除をし、洗濯《せんたく》をして床についたのが一時であった。眼が醒《さ》めた時は、天井から下がった電灯が点《とも》っていた。硝子《ガラス》障子の外はすっかり暮れている。枕元《まくらもと》には夕刊が置いてあった。それは母がいつもそうしているのだ。

朝子は眼ざましに夕刊を広げた。

——世田谷に人妻殺し

深夜、留守居の重役宅

トップの三段ぬきの活字が朝子の睡気《ねむけ》を払った。読むと内容は次のようなことであった。

「世田谷区世田谷町七ノ二六三、会社重役、赤星真造氏が昨夜から親戚《しんせき》の不幸先に通夜《つや》に行って、今朝の一時十分ごろタクシーで帰宅してみると、一人で留守居の妻の政江さん(二九)が絞殺されていた。届出によって係官が調べてみると、家内は相当に荒らされて、物盗《ものと》りのあとがはっきりしている。犯人は単独か、二人以上の共犯かわからないが、あとの場合が考えられている。犯行時間は、零時五分まで近所の甥《おい》に当たる学生が友人と二人で来ていてくれたが、あまり遅いので帰っているから、それ以後から発見の一時十分までの間と見られている」

朝子は読むと思わず声をあげた。

三

朝子は捜査本部になっている世田谷署に出頭した時に、係りの捜査主任に、

「どうして、その声が犯人ではないかと考えてここへ来たのですか？」

ときかれた。

「はい。新聞によると、午前零時五分から一時十分の間は、亡《な》くなられた奥さんが、あの家に一人だったことになっています。わたしが電話を間違えて、そのお宅にかけたのは零時二十三分でした。そのとき、男の声で返事があったのです。それで変だと思い、もしや犯人か、それに関係のある人ではないかと考えたのです」

「どんなことを話しましたか？」

それで朝子は、そのとおりを話した。

係官は、相手の電話が話の途中に切れて、あたかもそれが傍《そば》に別な人間がいて、電話機を指で押さえて切ったような印象だった、ということに非常に興味を覚えたらしかった。

それでそのことをもう一度念を入れてききなおし、他の係官たちと小さい声で話していた。あとでわかったのだが、それが単独犯か二人以上かの、重要な暗示となったのだ。

「あなたの聞いたその声は、どんな声でしたか?」

係官は、そうきいた。甲高い声、低い声、中音の声、金属性の声、だみ声、澄んだ声、そういう声の種類に分けて、どれにあたるか、どの要素とどの要素が強いのかたずねられた。

そう質問されると朝子は困った。口ではうまく言えない。太い声だったと言っても、あまりに単純すぎる。太い声にも千種二千種の段階はあろう。ところで、質問者は、〝太い声〟という言葉を聞けば、一つの概念を作りはしないか。それが困る。たとえば〝かすれた太い声でした〟と言えば、ややこちらの感覚を相手に通じさせることはできるが、〝かすれた〟というほどの特徴のない時は、どう表現したらよいか。感覚を言葉で正確に伝えるのが無理なのではないか。

朝子の当惑した顔を見て、係官はいあわせた人たちをあつめて、何か短い文章を読ませてしゃべらせた。彼女が、〝太い声〟と答えたものだから、そういう声の持主ばかりだった。男はたいてい、太い声だということを朝子は改めて知った。

被実験者たちは、てれたような顔をしながら声を出して文章を読んだ。朝子は、全部を聞きおわって、似ている人もあるが、よく考えると、だいぶん違うと言った。そう返事をするより仕方がなかった。似ているといっても、まるで違ってもいるのだ。

「それでは」

と、係官は別なきき方をした。

「あなたは交換手だから、声は聞き慣れていますね？」

「はい」

「あなたの社の人の声は、何人くらい聞きわけられる？」

「さあ、三百人くらいでしょうか」

「そんなに？」

と質問者は、びっくりしたように隣りの人と顔を見合わせた。

「それなら、その三百人について、いちばんよく似た人の声を考えてごらん？」

それは、うまい思いつきである。三百人もあれば、どれか近い声はあろうから、具体的に知る方法といえた。朝子も、なるほどと思った。

ところが、その具体的なことが、反対に類似という考え方を邪魔した。AはA、BはBとそれぞれの声の個性を具体的に知っているだけに、差異がかえって明瞭《めいりよう》になった。

そうなると、不思議に、あの声が朝子の耳の記憶から曖昧《あいまい》になってゆきそうだった。あまり、いろいろな声を質問されて思いだしたから、そのたくさんの声の中に埋没されてゆきそうな、そんな薄れ方を感じた。——

結局、捜査当局は、朝子から〝太い声〟という単純な証拠を聞いただけで、たいした収穫にはならなかった。

しかし、これは各新聞社の興味を惹《ひ》いて、「殺人現場から犯人の声、深夜偶然に聞いた電話交換手」といった見出しで、朝子の名前を出して、派手な扱いにした。彼女はしばらくの間、いろいろな人にきかれたり、冷やかされたりした。

その事件があって、ひと月たち、ふた月経過した。そのたびに、新聞のその記事は、小さくなり、片隅《かたすみ》にちぢまった。

半年近くなって、事件は犯人の手がかりがなく、捜査本部は解散したという記事が、久しぶりに少し大きく出ていた。

四

それから一年して、朝子は社を辞め、小谷茂雄と同棲《どうせい》した。

夫婦になってみると、朝子が茂雄にたいして持っていた以前からの不安は、事実となって現われた。

茂雄は怠惰で仕事も気まぐれな勤めかたをした。会社での不平が口癖である。

「あんな会社、いつでも辞めてやる」

酒がはいると、よく言った。他に移れば、もっといい給料がとれるのだと力《りき》んでいた。

しかし、茂雄がそんなに広言するほど、彼には実力も才能もないのだ。朝子はそれが夫婦になって、はっきりわかってきた。

「どこに勤めても、今どきは同じことよ。少しくらい不平があるからといって、怠けるの、いやだわ。勤めだけは、ちゃんとしてちょうだい」

朝子が励ますと、茂雄は、うなずく代わりに鼻先で笑って、

「おまえにはわからんよ。男がどんな思いで働いているか、想像できんだろう」

と返事した。

そして、ほんとにそれから三カ月後に辞めてしまった。

「どうするのよ」

と朝子が泣くと、何とかなるよ、と言って煙草《たばこ》をふかしていた。茂雄は気の弱いくせに、小悪党ぶるところがあった。

それから半年の間、ひどい貧乏が襲った。茂雄が口で言ったような、よい勤め先はどこにもなかった。彼はあせった。実力も技術もないだけに、そうなると惨《みじ》めである。日雇労働ができる身体ではなく、へんな見栄《みえ》があるからその心構えもなかった。

ようやく新聞広告か何かで見つけた、ある保険会社の勧誘員になったが、茂雄のような性格の人間に、うまく勤まるはずはなかった。歩合金は一銭ももらえずにやめてしまった。

しかし、それから、茂雄に言わせると、〝運が向いてきた〟というのだが、彼は新しい仕事にありついた。それは保険の外交をしている時に知りあった人たちだと言っている。薬品を扱う小さな商事会社をその人たちと設立したのだが、茂雄は労力出資というかたちで参加したというのであった。

〝労力出資〟というのは、どういうことなのか朝子にはよくわからない。が、とにかく茂雄は毎日、ひどく景気のいい顔をして出勤していく。会社は日本橋の方にあると言うが、朝子は行ったことはない。

しかし月末になると、茂雄はちゃんと給料を持って帰って渡した。かなりな金額だった。奇妙に封筒には社名の印刷もなく、伝票もなかった。月給袋に慣らされた朝子にはそれがちょっと奇異だったが、そういう慣習もあるのかと思った。とにかく、久しぶりに金がはいったのが何よりうれしかった。

夫婦の生活は愛情が根本だというけれど、やはり経済的な安定が基礎なのではなかろうかと彼女は思う。貧乏であえいだ半年の間、朝子は何度、茂雄と別れる決心をしたかわからなかった。懶惰《らんだ》な夫に愛想をつかして、必ず争いの後には無断で逃げだすことを考えたものだった。

それが給料が毎月はいるようになって、二人の間は平和をとり戻した。金の有無によって夫婦の愛情が左右されるのか、と朝子は変に思うが、事実、彼女の気鬱《きうつ》までおさまっている。

会社は儲《もう》けているのか、茂雄の給料は三カ月目に少し上がり、その翌月、また上がった。

借金も返し、少しくらい衣類や道具も買える余裕になった。

「朝子、会社の人をうちに呼んで麻雀《マージャン》をするが、いいかい？」

と茂雄が言ったとき、朝子は喜んだのだ。

「うれしいわ。だけど、こんなきたない家で恥ずかしいわ」

なに、それはかまわないと茂雄は言った。それでは、せいぜいご馳走《ちそう》しますわ、と朝子は勇んだ。夫の勤め先の大事な人たちだと思うと、どのようなことでもしてあげたい。

その翌晩、三人が来た。四十をこした年輩のが一人、あと二人は三十二三と見えた。どんな人かと思ったら、あんまり品はよくなかった。会社を経営しているというから朝子は彼女なりの観念をもっていたのだが、会ってみると、ちょっとブローカーのような感じであった。

四十くらいのが川井といった。あとの二人は村岡と浜崎と名乗った。

「奥さん、どうもお邪魔してすみません」

川井はそう挨拶《あいさつ》した。頭が少し薄くなっていた。頬《ほお》の骨が出て、眼が細く、唇《くちびる》が薄かった。村岡は長い髪を油でかためて後ろへ撫《な》でつけ、浜崎は、酒で焼けたような赤い顔をしていた。

彼らは徹夜で麻雀をたのしんだ。牌《ぱい》と麻雀台は、いちばん年若な村岡がかついで持ってきた。

朝子は、一晩中眠れなかった。夜中の十二時ごろには、ライスカレーをつくって出した。

「奥さん、ご面倒をかけますな」

年かさな川井は、そう言って、頭を下げた。細い目に愛嬌《あいきょう》があった。

飯を出したあと、茶をいれる。それがすんだら朝子は寝てもよかった。一時に近い時刻なのである。

ところが、それから、なかなか寝つかれなかった。せまい家なので、朝子は隣りの部屋の蒲団《ふとん》の中にはいるよりほかなかったが、締めた襖《ふすま》ごしに音がまるで聞こえる。

向こうも、朝子に遠慮して、声を低くしているのだが、感興に乗ってくると、

「ええい、くそ！」

とか、

とか言う。笑う声、点数を計算する声が、ときどき大きくなる。それは、まあ、いいとして、どうにも耳についてやりきれないのは、牌をがらがら掻《か》きまぜる音であった。これが神経にさわって、苛立《いらだ》つのである。

朝子は、床の上で何度も寝返りした。耳をふさぐようにするが、気にかけまいとすればするほど、神経を休ませなかった。

あけがたまで、一睡もできなかった。

五

麻雀というものは、よほど面白いものであろう、それからも、たびたび、茂雄は、川井、村岡、浜崎の三人を連れてきた。

「奥さん、お邪魔をして悪いですね」

「すみませんね、今晩もお願いします」

そう言われると、朝子は、悪い顔はできなかった。ことに、夫が世話になっている会社の人と思えば不機嫌《ふきげん》な表情は見せられなかった。

「ええ、どうぞ。わたしの方はちっともかまわないんですのよ」

しかし、夜中になると、夜食を出さねばならない。それは、まあ、よい。そのあとが悪いのだ。チイとかポンとかいう掛け声、忍びやかだが笑う声、牌を崩して掻きまぜる音、それが耳について仕方がない。眠ろうとしても眠れない。せっかくうとうととしようとするときに、ガラガラと牌の音が耳にはいる。神経が少しも休まないのである。

朝子は、それが、あまり続くので、茂雄に苦情を言った。

「ねえ、麻雀もいいけれど、こうたびたび押しかけられてはたまらないわ。ちっとも眠れなくて神経衰弱になりそうだわ」

茂雄は、不機嫌な顔をして叱《しか》った。

「何だ、それくらい。ぼくは川井さんに拾われているのだ。君だって給料がいいって感謝しているじゃないか」

「それは、そうだけれど」

「それ見ろ。それが宮仕えのかなしさだ。麻雀をやろうと言われれば、ぼくだって嫌《いや》でもつきあわねばならないんだよ」

それから彼は、少し慰めるように、

「ねえ、辛抱してくれよ。連中を家へ引っぱってきたのはぼくから言いだしたのだ。連中は喜んでいる。君の感じもいいって言ってるのだ。毎晩じゃないのだから我慢してくれよ。そのうち、別な家でするようになるよ」

朝子は仕方なしにうなずいた。何か言いくるめられたような気がする。

言いくるめられたといえば、川井はじめ三人の正体がわからなかった。茂雄に説明をもとめると、笑って、あまり詳しく言おうとしない。会社のはっきりした営業種目も理解できなかった。

しかし、それを、はっきり茂雄に追及することを、朝子は心のどこかで恐れている。無収入の時のひどい苦労が骨身にこたえているのだ。現在のわりのよい給料による生活の安定が破綻《はたん》を恐れさせている。それを追及することは、我と生活を失うような、漠然《ばくぜん》とした不安を予感するのである。

結局、あまり信用はおけないが、茂雄の言葉に無理に納得しているかたちだった。が、自分の気持をごまかしているような不快さは、盗汗《ねあせ》のように皮膚にべとべとしていた。朝子は麻雀のない日でも眠れなくなった。それで少し薬を飲んでみることにした。

——それから三カ月もたったころである。

やはり麻雀のある日だった。年輩の川井と若い村岡が二人で先に来たが、浜崎は遅れていた。

茂雄を交えて三人でしばらく雑談していたが、今日はどうしたことか、酒やけして赤い顔の浜崎が、いつまでたっても姿を見せない。

「浜崎の奴《やつ》、何やってやがるんだろう。しようがねえなあ」

と長い髪を油でかためて光らせている村岡は、もう苛々していた。

「そうあせるなよ。あせると負けるぞ。そのうちに来らあな」

川井は細い眼をして村岡を見、薄い唇を動かして慰めていたが、じつは彼もじれている。

「どうしたんでしょうな、いったい」

茂雄も浮かぬ顔をした。すると、川井が、

「どうだ、浜崎の奴が来るまで三人麻雀をやろうか？」

と言いだした。

「やろうやろう」

と退屈しきった村岡がすぐに乗った。

三人で麻雀がはじまった。けっこう、面白そうにチイとかポンとか言っている。

「ごめんなさい」

と女の声が表で聞こえた。朝子が出ると近所の食料品店のおかみさんだった。

「お宅に電話ですよ。浜崎さんという方からです」

どうもありがとう、と朝子は言って奥を見ると、

「浜崎の奴、電話なんかかけやがって、何だろう」

と牌をつまみながら川井が呟《つぶや》いている。

茂雄は、朝子にどなった。

「今手が放せないから、おまえ行ってこい」

朝子は駆けだして、食料品店に行った。電話は店の奥にある。店主が不機嫌な顔をしていた。

礼を言って、はずしてある送受器を耳にあてた。

「もしもし」

昔の習慣どおりの、馴《な》れた言い方だった。

「もしもし。あ、奥さんですか、ぼく、浜崎」

「はあ——」

朝子は思わず、送受器の手が固くなった。

「川井さんに言ってください、今日は抜けられない用事ができたから、そちらに伺えません、そう言ってください。もしもし——」

「——はい」

「わかりましたか?」

「はいはい。——そう申します」

送受器を置いたのも夢中だった。いつその店を出たかもわからない。

今の声、浜崎の声、三年前のあの声だった! 深夜、偶然、殺人現場の電話から聞えた耳朶《じだ》に記憶の声! 忘れられぬ声。

六

朝子《ともこ》は、浜崎の電話の伝言を川井に言うのも上の空だった。逃げるように裏口に走った。

動悸《どうき》が打っていた。

声がまだ耳にへばりついている。幻聴のように消えない。まさしくあの時の声だ。自分の耳を信用してよい。自信があった。皆から勘がよいと讃《ほ》められた耳である。職業的に発達した聴覚だった。送受器からはいる声なら、万人の個性をすぐつかんだ。

そうだ、と朝子は気づいた。

浜崎の声は、今までずいぶん聞いている。麻雀に来るごとに聞いている。その時、どうして感じなかったか。なぜ、その声がわが耳の傍を風のように抜けていたか。それはナマの声だったからだ。送受器《レシーバー》を通過しないジカの声だったからではないか。

ナマの声と電話の声とは、耳に来る音感がずいぶん違う。よくその人に馴れたら同じに聞こえてくるが、初めはそうではない。二つの声は音質すら違って聞こえる。朝子が麻雀の時に聞く浜崎の声が、あの時の深夜の声と気がつかなかったのは、それがナマの声だったからである。電話機に乗って、はじめてその声がわかった。——

三人は麻雀をやめた。

「どうも面白くねえ。三人麻雀なんてえのは興味半減だな」

川井は煙草に火をつけて立ちあがった。

「浜崎の奴、しようがねえな」

村岡が牌を函《はこ》の中に掻き入れながら舌打ちした。茂雄は、朝子の姿がないので、

「朝子、朝子」

と大きな声で呼ぶ。

川井がふと不審そうに、その声を咎《とが》めた。

「君の奥さんの名は、とも子さんというのかい?」

茂雄は単純に、てれた顔つきをした。

「どんな字?」

「朝晩の朝です」

川井の眼が急に沈んだ。何かききたそうにした時、朝子の姿が現われたので、急に言葉を引っこめた。

「あらもうお帰りでございますの?」

川井は朝子のその顔を細い眼の隅《すみ》でさりげなく見た。いつもより蒼《あお》い彼女の顔色を見取ったかもしれない。

「一人が欠けたので脂《あぶら》が乗らないのですよ、奥さん。どうも失敬しました」

年輩者らしく川井は例のように如才がない。村岡と二人で出て行った。朝子は狭い玄関でそれを見送った。いつもそうしている。しかし今日は硬い表情であった。二人の客は一度も振りかえらずに去った。

「どうしたのだ？」

茂雄が朝子の顔を覗《のぞ》きこんできいた。

「どうもしませんわ」

朝子は顔を振った。この夫には話せない。話せない何かを茂雄は身に持っていた。はっきりわからないが、それは妻の直覚である。いわば、夫は向こう側にいた。この夫に打ち明けることは、恐れたものに筒抜けになりそうな危惧《きぐ》を感じた。酒やけした浜崎の赤い顔が眼の先にちらついてならない。

奇妙なことに、その日を限りとして川井たちは麻雀をしに来なくなった。

朝子は茂雄にきいた。

「みなさん、どうなすったんですか？」

「おまえ何か変な顔でもしたんじゃないか？」

茂雄は腹立たしそうな表情をしていた。

「あら、どうして？」

思わずどきんとした。

「川井さんから、あんまり君のところでばかりやるのは悪いので、次からよそでするとと言われたよ」

「わたしは何も変な顔なんかしませんわ」

「日ごろからおまえがうちで麻雀するのを嫌がっていたから、顔に出たんだよ。それで川井さんは不愉快になったんだよ」

茂雄は、ぷりぷりして、預かった麻雀道具を担《かつ》いで出ていった。

やっぱり何かある。ぱったり来なくなったのは何か？

朝子は、あることに思い当たって、はッとした。もしや、自分が気づいたことを彼らが知ったのでは！　彼ら――浜崎も川井も村岡も同類なのだ。

だが、どうして、それを知り得よう。自分の思いすごしではないか。やはり他所へ場所を移す気になったのではなかろうか。

が、その気休めは翌《あく》る日、茂雄が言った何気ない言葉で砕けた。

「川井さんがね。おまえが朝子《ともこ》という名前なのに興味をもってね、前に××新聞社の交換手をしていたことはないかときくんだよ。そうだ、と言ったら、とても面白がっていた。あの深夜の殺人者の声を聞いたという新聞記事を覚えていたんだね。へえ、あの時の交換手が奥さんだったかと感慨深そうだったよ。何しろ新聞に出た君の名前まで記憶していたのだからな」

朝子は顔色が白く変わった。

七

そのことがあって四五日過ぎた。

その四五日が、朝子を痩《や》せさせた。疑惑と恐怖が襲う。夫には言えなかった。ここまで来てもやっぱり言えない。夫には影があった。為体《えたい》の知れないものがあった。それが彼女の告白を妨げた。ひとりで知った秘密に懊悩《おうのう》した。誰にも言えないだけに、それは内攻した。

「そうだ」

と彼女は思いついた。誰かに向かってこれを話したい。滅多な人には言えなかったが、まさにその相談相手を思いだした。

「石川汎《ひろし》さんに話してみよう」

あの時の社会部の次長《デスク》だった。ある偉い人が急死して、談話をとるため朝子に電話をかけさせた人である。朝子が当直の夜だった。そのとき殺人者の声を聞いた。石川さんに関係がないとは言えない。勝手に理屈をつけた。この人に相談するほか、ないのだ。

あれから三年も経《た》っている。石川さんがあのポストにいるかどうかわからないが、とにかく新聞社に訪ねていった。昔の職場だ。なつかしい。玄関の受付にはいってきくと、石川さんは転勤していると知らされた。

「転勤？」

「九州の支社です」

九州へ。遠い。あまりに遠くへ行ったものだ。朝子は、がっかりした。せっかくの望みは絶えた。また元のひとりぼっちである。

彼女は近くの喫茶店へはいって、コーヒーを一ぱい注文した。昔、よく来た店である。給仕に知った顔は一人もなかった。皆、変わっている。何もかも彼女を残して変わった。

その変わっている世間で、あの時の声が今ごろになって彼女を追いかけてきたのは、何という因果か。声の主は酒やけした赤い顔の男であった。何度も会っている男であった。あの声が、この人とは気づかなかった。

ぼんやり考えて、コーヒーを喫《の》んでいる時に、朝子は不意に疑問を起こした。待てよ、この間きいた浜崎の声は、果たしてあの時の声と同一であったか、どうか。自分は頭からそれと思いこんでいる。しかし、今、ふと、疑いだしてみたら、その自信が崩れそうだった。

耳には自信があった。勘がよいことでは、皆からほめられたものだ。しかし、それは三年も前だ、三年間も職場を離れていることが聴覚の自信を不安にさせた。

もう一度、浜崎の電話の声を聞いたら！

そうだ、そうすれば、はっきりわかる。あの時の声と同じかどうかが。もう一度、聞きたい。浜崎の声をもう一度、聞く方法はないか。そしたら、はっきり確かめられる！

朝子は、そのことばかりを考えて、家に帰った。夫の茂雄は、まだ帰っていなかった。

疲れた。すわりこんで、ぼんやりしていると、近所の食料品店の主婦が声を表からかけた。

「奥さん、お帰りですか？」

はい、と玄関に急ぐと、

「電話ですよ、名前は申されませんが奥さんに出てもらえばわかると言っています。もう何度もかかってきましたよ」

主婦は仏頂面《ぶっちょうづら》をしている。すみません、と言ってとびだした。川井かもしれない。最初に頭に閃《ひらめ》いたのはそれだった。もし川井なら浜崎が一緒にいる。もしかするとその声を聞けるかもしれない。——

「もしもし」

送受器を耳につけた。

「ああ、奥さん」

やはり紛れもない川井の声。

「すぐ来てください。ご主人が急病です。なに、ご心配はいりません。盲腸かもしれない。手術は簡単なのです。来てくださいますか?」

「参ります、もしもし、場所は?」

「文京区の谷町二八〇です。都電を駕籠町《かごまち》で乗りかえて、指ケ谷町《さすやちよう》の停留所で降りてください。そこで私が待っています」

「あ、もしもし。浜崎さんはいらっしゃいませんか?」

夫の急場に、何ということを。そんな余裕があるのかと朝子は、自分の心におどろいた。いや、これは夫の急病より大切かもしれないのだ。——

「浜崎は」

相手の川井の声が瞬時、そこで途切れたが、

「今、おりません。すぐ帰ってきますよ。奥さん」

声に少し含み笑いがあった。その笑いの意味を朝子は気がつかない。

「参ります、そちらにすぐ伺います」

朝子は電話を切って、息をついた。

行ってみれば、確かめられる。何とかして浜崎の声を実験するのだ!

二部　肺の石炭

一

東京都北多摩郡田無《たなし》町といえば、東京郊外も西のはずれで、西武線で高田馬場から四十五分もかかる。中央線からも離れているため、何となく田舎じみた町だが、近ごろの東京都の人口過剰の波はこの辺にも押し寄せてきて、最近では畑地がしだいに宅地に変わって、新しい住宅が建つようになった。

このあたり一帯は、まだ武蔵野の名残りがあって、いちめんに耕された平野には、ナラ、クヌギ、ケヤキ、赤松などの混じった雑木林《ぞうきばやし》が至る所にある。武蔵野の林相は、横に匍《は》っているのではなく、垂直な感じで、それもひどく繊細である。荒々しさはない。「林といえば主に松林のみが日本の文学美術の上に認められていて、歌にも楢林《ならばやし》の奥で時雨《しぐれ》を聞くというようなことは見あたらない」と言って、独歩は武蔵野の林の特色を最初に認めた。

その朝、日時でいえば十月十三日の午前六時半ごろ、新聞配達のひとりの少年が田無から柳窪に向かう小さい道を自転車で走っているとき、ふと、傍の雑木林に眼を投げた。

林の葉も、下の草もだいぶ黄ばみかけていたが、少年の眼は、その草の間に何やら花のある模様のものを捉《とら》えた。

少年は自転車をとめて、叢《くさむら》に近づいた。薄いグレイ地にえんじの格子縞《チェック》のワンピースが草の中にひろがっていた。朝の空気に、その色彩は妙に冷たく、新鮮であった。少年は、黒い髪と白い足とがそれから出ているのを見て、夢中で自転車にとりついて走りだした。

一時間後には警視庁から検屍《けんし》の一行が来ていた。黒と白とで染め分けた警視庁の三台の車は物々しかったが、ひっそりした武蔵野の径《みち》では人通りもなく、群集の人垣《ひとがき》もできなかった。ただ近くの人がまばらに遠くから立って眺《なが》めていた。付近は新しい住宅が畑の中にぽつぽつと建っているその間に百姓家がある。そういう場所であった。

女は二十七八歳、瘦《や》せ型で、細く鼻筋の通った美しい女であった。顔は苦しそうに歪《ゆが》んでいたが、どういうものかその顔全体が薄黒く汚れていた。咽喉《のど》には痣《あざ》のような鬱血《うっけつ》が、べたりとあった。扼殺《やくさつ》されていることは誰の眼にもわかった。

着衣はあまり乱れていなかった。その辺りの草も、そんなに踏み荒らされている形跡はなかった。女の抵抗は微弱のようだった。

ハンドバッグはなかった。はじめから持っていなかったか、どこかで紛失したのか、犯人が持ち去ったのか、いずれかであろう。持っていなかったとしたら、あんがい、被害者は近い所に住んでいたのではないか。服装からみても、それほど改まった外出着ではなかった。

警察でもそう考えたから、遠巻きのようにして立っている付近の人に、被害者の顔を見てもらった。こわごわのぞいた実見者は、この近くでは見覚えのない顔だと言った。

「しかし、身もとは早く知れそうですね」

警視庁捜査一課の畠中係長が、石丸課長に話していた。畠中係長は、早く起こされて寝が足りないように、眼をしょぼしょぼさせていた。石丸課長は屈《かが》みこんで、女の左指にはめられた翡翠《ひすい》の金指輪を見ていた。

死体が剖見のために病院に運びだされたあと、石丸課長はまだその辺に立って、あたりの景色を眺めていた。

「このあたりまで来ると、武蔵野の面影《おもかげ》が残っているね」

と彼は言った。

「そうですな。たしか独歩の碑も、この近くだと思いましたが」

畠中係長も、犯罪を忘れたように、雑木林のつづく景色を見て答えた。

「ところで畠中君、君の家のほうでは今朝早く雨が降らなかったかい？」

と課長が、ふとその辺の地面を見まわしてきいた。

「いいえ。降りませんでしたよ」

「ぼくの家は鶯谷《うぐいすだに》だがね、明けがたに雨の音を夢のように聞いたが、起きてみたらやはり地面が濡《ぬ》れていたよ。君の家は、たしか――」

「目黒です」

「あの辺は降らなかったのかな。それでは通り雨だったんだな。この辺も降った様子はないね」

課長は靴《くつ》の先で乾いた地面を叩《たた》いた。

その日の午後には、死体の剖見の結果がわかった。

被害者の年齢は二十七八歳。死因は扼殺。死後十四五時間経過しているから、犯行は前夜の十時から午前零時ごろの間と推定される。外傷なし。暴行を受けた形跡はない。内臓の解剖所見では、胃に毒物の反応は見られない。肺臓には石炭の粉末が付着していた。

「石炭の粉末？」

と畠中係長は口走って、石丸課長の顔を見た。

「この女は、石炭に関係のある環境で生活していたのでしょうか？」

「さあ」

解剖医は、

「鼻孔の粘膜にも石炭の粉末の付着がある」

と説明した。

二

被害者の身許《みもと》は、その日の夕刻にわかった。それは事件が夕刊に出たので、その夫というのが警視庁に届けたのである。

さっそく、死体を見せたところ、

「妻に間違いありません」

と確認した。

まずその男について質問すると、会社員で小谷茂雄と名乗り、三十一歳、住所は豊島区日ノ出町二ノ一六四であると言った。

「奥さんはいつごろから見えなくなりましたか?」

とたずねると、次のように答えた。彼は色の白い痩せ型の好男子で、服装も流行のものを身につけていた。

「家内は朝子といいます。二十八です」

それで被害者は小谷茂雄妻朝子、二十八歳とわかった。

「昨日の夕方、六時ごろ家に帰ってみますと家内がおりません。はじめ買い物かと思っていましたが一時間たっても戻らぬので、近所を尋ねましたが、家内が四時ごろ出て行く姿を見たという人がありました」

それは五六軒隣りの食料品店のおかみさんで、小谷茂雄が尋ねている様子を知って自分から出てきたのであった。

「小谷さん、あんたの奥さんは、電話がかかってきて、四時ごろ、そそくさと出かけて行ったよ」

「電話が？」

茂雄は、思いがけないことなので、びっくりしてききかえした。

「誰から？」

「それは、あたしが取り次いだのだけど、奥さんに出てもらえばわかると言って名前は言わなかったよ。奥さんを呼ぶと、奥さんは何か先方と話していたが、すぐに話がすんでしまって、帰っちまったね。それからすぐ奥さんが急いで出ていくのを見たよ」

茂雄には見当がつかなかった。

「どんな話をしていましたか？」

「あたしも店が忙しいからね、よく聞いていないが、何でも都電の指ケ谷へ行くような話をしていたようだったね」

都電の指ケ谷に行く。話はいよいよわからなかった。そんなところは、今まで彼ら夫婦には縁もない場所である。茂雄は帰って、置手紙がどこかにないかと捜したが、それもなかった。いったい、誰が妻を呼びだしたのだろう。名前を言わずに、電話口に呼ぶのは、よほど親しい男に違いない。自分が知らない秘密が妻にあるのだろうか。

小谷茂雄は、そんなことを思い惑いながら妻の帰って来ぬ一夜を明かした。今朝からどこにも出かけずに一日中いらいらして、家にいると夕刊の記事を見た。年齢や服装で妻であることを知った、というのであった。

「この翡翠の指輪も、ぼくが四五年前に買ってやったものです」

小谷茂雄はそう言って、変わりはてた妻の指にはまっている指輪をさした。

電話のことはひどく係官の興味をひいた。

「奥さんに、そういう呼び出しの電話をかける人間に、心あたりはないかね？　よく考えてみたら？」

「それは、ぼくもずいぶん考えたのですが、全く心あたりがありません」

「今までそんな電話がかかったことがあったかね？」

「ありません」

「死体の発見された田無町の付近には、何か土地的な関係があるかね？」

「それも全然ないのです。そんなところに家内がどうして出かけたか、不思議です」

「むろん奥さんは外出のときハンドバッグを持っていたろうが、現場には見あたらないのです。家の中にもないでしょうね？」

「ハンドバッグは持って出ています。四角い鹿皮製《しかがわ》のもので色は黒、金色の止め金がついています」

「現金は、どのくらい、はいっていますか？」

「さあ、千円にたりないと思います」

「奥さんは他人から恨まれていることはなかったかね？」

「ありません。それは断言できます」

この時、畠中係長が、

「君の家では石炭を使いますか？」

と質問した。

「石炭なんか使いません。燃料はガスだし、風呂《ふろ》は銭湯に行っていますから」

「近所に石炭屋のような商売の家は？」

「それもありません」

それでだいたいのことは訊《き》きおわったので、彼の勤め先など書きとめて、質問を打ち切った。

そのあとで当然なことに、捜査の関心は、被害者朝子を呼び出した謎《なぞ》の電話にかかった。その電話を取り次いだという食料品店のおかみさんに、捜査本部へ来てもらうことになった。

きいてみると、小谷茂雄が話したとおりのことであった。畠中係長は、そこのところをもっと突っこんだ。

「指ケ谷の都電の停留所に行くといったのは、小谷の細君から言ったのかね?」

「いいえ、そうじゃないのです。奥さんが、先方の言うことを確かめるように、指ケ谷の停留所に行けばいいんですね、と念を押していたのです」

「ふむ。そのほか、何か聞かなかったかね?」

「なにしろ四時ごろで店が忙しいときですから」

とおかみさんは答えた。

「それだけが、ちらと耳にはいっただけで、あとは聞き取れませんでした」

「そういう呼び出しの電話は前にはなかったですか?」

「そうですね」

おかみさんは、太った二重顎《あご》に指を当てて考えていたが、

「そういえば、前に一回ありました」

「え、あった?」

聞いている者は、膝《ひざ》をのりだした。

「ええ、もっとも奥さんにではないのです。旦那《だんな》を呼んでくれということでしたが、奥さんが代理に出たのです」

「先方は名前を言ったかね？」

「ええ、その時は言いました。浜、浜なんとかいう名でした。前のことで忘れましたが、浜という名がはじめにあるのは確かでした」

三

その電話のことは、刑事がふたたび、小谷茂雄にたずねて、わかった。

「浜崎芳雄という男で、小谷と同じ会社の者です。その電話は、その日、小谷の家ではじまる麻雀《マージャン》に都合が悪くて参加できなくなったという断わりの電話だったそうです」

刑事が茂雄から聞いたとおりを報告した。

「ほう、麻雀をやっていたのか、その連中の名前はわかっているだろうな？」

「これです」

手帳にはさんだ紙片には、川井貢一、村岡明治、浜崎芳雄と書いてあった。

彼らは小谷と同じ会社の者であった。前にはよく小谷の家で一緒に麻雀をやったものだが、近ごろは仕事が忙しいのでやめている。朝子は彼らをよく知らない。ただ家で麻雀をするときに、客として扱っているだけである。だから、その一人の誰かでも朝子を電話で呼びだすほど親しくないし、そんなことは考えられない。朝子が夫に無断で、その呼び出しに応じてゆく理由は絶対にあり得ない。

「そう小谷は言っています」

と刑事は報告を終わった。

「その会社というのは、どんな種類の会社だね？」

石丸課長が畠中係長にきいた。

「薬品を扱う会社というのですが、小谷によくきいてみると、二三流の製薬会社の製品を問屋に卸しているブローカーらしいですな。会社というほどでもないでしょう」

課長は考えていたが、

「それは一ぺんあたってみるがいいな。その、川井、村岡、浜崎というのも、一通り洗う必要があろう。念のため、昨夜のアリバイも調べてみるがいい」

「そうですな。その必要は、ありますな」

係長は、すぐ部下の刑事たちに指令した。

「ところで」

と係長は、茶をのみながら、課長の顔を見た。

「小谷の言うことが本当なら、その連中が彼の細君を呼びだしたとも思われんが、どうでしょう」

「小谷の言うのは本当らしいな。しかし、彼らの誰かが細君に呼び出しをかけた理由が、それでない、とは、まだ言えないな。もっと、はっきりするまではね。いったい、指ケ谷には何があるんだろう？　誰かの住所が、そこから近いのかな？」

誰かの、と課長は言ったが、それは川井、村岡、浜崎の三名をさしていることは明《めい》瞭《りよう》だった。それは、あとで刑事たちが三人の住所表を持ってきたときに、すぐとびつくようにして見たのでわかった。

「なるほど、川井は中野、村岡と浜崎は渋谷の同じアパートだね。うむ、指ケ谷の近くには誰も住んでいない」

近くどころか、みんな方角違いの所ばかりだった。

「畠中君、指ケ谷の方面はよく調べているだろうな？」

「それは、今、一生懸命にやらせています。都電の停留所で待ちあわせていたという見込みで、その近所にそれらしい女を見たという者はないか、都電の車掌や乗客の目撃者も捜しています。それから指ケ谷町を中心とした、白山、駒込、丸山、戸崎町など一帯の聞き込みに歩かせています」

「そうか。それなら、ぼくらもちょっと指ケ谷まで行ってみようか」

課長はそう言って立ちあがった。

車の中で課長は話しかけた。

「畠中君、朝子はどこで殺されたのだろうね」

「どこで？」

課長の横顔に振り向いた。

「田無の現場ではないのですか?」

「扼殺は厄介《やっかい》だね、血液が流れていないから、現場の認知がややこしい」

課長はお国の関西弁を出した。窓からはいっている向かい風に消されまいと苦心して火を煙草につけて、あとをつづけた。

「死体となって発見されたあの場所で殺されたとも言えるし、よそで殺してはこんできたとも言える。君、被害者の肺には石炭の粉末が付いていたという剖見だったね。つまり、朝子は死ぬ前に石炭の粉末を吸っているのだ。ところが、田無の発見された現場には、石炭の砕片《かけら》もなかったぜ」

「しかし、肺に石炭の粉末が付いていたからといって、殺されるときに吸ったとはかぎらないでしょう。その何時間も前か、あるいは前日に吸っていたかもわかりません」

係長はいちおう反論した。

「君、女ってものは、顔がよごれたと思ったら、すぐに洗面するものだよ。鼻孔にも石炭の粉が付着していたというではないか。こんなのは気持が悪いから、顔をあらうとき、タオルか何かの先を鼻孔に入れて拭《ふ》くはずだよ。つまり、朝子という被害者は、顔を洗う時間がないうちに殺されたのさ。だから死の直前ということになるね」

「なるほど。すると他所で殺して運んだことになりますね」

「まだわからないがね。そんな見方もあると思うのだ」

「それでは、被害者の足どりが、いよいよ大切ですね」

まもなく車は、指ケ谷の都電の停留所についた。二人はひとまず扉《とびら》の外に出て地上に立った。そこは勾配《こうばい》になっていて、水道橋の方からきた電車は、大儀そうに坂をのぼっていく。

課長は、その辺を見まわしていたが、

「君、あそこに行こう」

と歩いて電車通りを横切った。せまい坂道をのぼってゆくと、道端に八百屋お七の地蔵堂などがあったりして、高台に出た。そこからは谷のような一帯の町が見おろせた。

「この辺には工場はないね」

と課長は眺《なが》めまわしながら言った。煙突は一本も見えない。谷を埋めつくした甍《いらか》の波が、秋の陽《ひ》の下に鈍く光っていた。

畠中は課長の心がわかった。彼は石炭のある場所を捜しているのである。

四

それから二日ばかり過ぎると、いろいろなことがわかった。

まず、被害者の朝子の足どりについては、指ケ谷一帯を捜索したが、何らの聞き込みも得られなかった。その第一の原因は、朝子が出てゆくのを食料品店のかみさんが見たのが四時半ごろであるから、指ケ谷停留所に着いたのは、五時から五時半ごろの間と推定される。この時間はラッシュアワーでたいそう混雑しているから、それに紛れて誰も気がつかなかったのであろう。都電の車掌たちからも反響はなかった。

すると、朝子が指ケ谷に到着したと思われる十二日の五時乃至《ないし》五時半から、田無町で死体となって現われた十三日の午前六時半までの間、どこで過ごしていたか。もっとも死体の偶然の発見が六時半だから、それ以前どのくらい、そこに放置されてあったかわからない。仮りに剖見どおり殺されたのが十二日の午後十時以後、十三日の零時ごろまでとしたら、生存中の六七時間を、彼女はどういう場所で過ごしたのであろう。その足どりがさっぱり取れなかった。それで、それを逆にして、もし、彼女が生存中に、現場付近に来たとしたら、何かの乗り物は利用したに違いないから、田無に近い駅を調べることにした。東京方面から田無に来るには、西武線の高田馬場から出る電車で、〝田無〟に降りるのがもっとも近く、次は池袋から出る西武線で〝田無町(現在のひばりケ丘)〟に降りるか、中央線の武蔵境に降りてバスで行くかどちらかである。しかし、田無、田無町、武蔵境の各駅の駅員は、全部、朝子らしい女を見たことについては記憶がないと言っている。タクシーで飛ばしてくることも考えられるので、都内のタクシー会社全部に当たったが、心あたりがあるという運転手は出てこなかった。

今度は、朝子をどこかで殺し、その死体を現場に運んだとしたら、もっと局限される。これは電車、バス、タクシーなどの利用は絶対に不可能であるから、自動車なら自家用車か、タクシーの運転手の共謀を必要とする。なにしろ、人間一個の死体を車にのせるのだからごまかしはできないし、運転手の共謀が絶対条件になる。もしそうだったら、運転手が警察に目撃者となって申し出てくる気づかいはないのであった。

次に、被害者の鼻孔と肺臓に付着していた石炭の粉末の検査の結果がわかった。それはR大の鉱山科の試験室に頼んだのだが、特殊な顕微鏡で検《しら》べた結果、反射率が六・七〇だった。これは非常に進んだ炭化度だそうで、日本では北九州の筑豊《ちくほう》炭坑か北海道の夕張から出る石炭であることがわかった。

ところで、一方大変なことが知れた。

川井、村岡、浜崎の十二日の夕方から十三日の午前中にかけての行動を調べてみると、村岡は渋谷の飲み屋で飲んで、五反田の友人の家に泊まったことが立証されたので問題の外に置くとして、川井と浜崎は北多摩郡小平《こだいら》町の鈴木ヤスの家に十二日の午後七時ごろ来た事実があった。

「なに小平町だって？」

と、それを聞いた石丸警部も畠中係長も同じように叫んだ。無理はない、小平町は、死体の発見された田無町の西はずれから、さらに西へ二キロの地点であった。

「鈴木ヤスというのは何だ、いったい？」

それは川井貢一の情婦で、川井は月に四五回、泊まりにくるという。最近、川井は彼女のために十三坪くらいの家を建ててやり、そこでの生活は全く夫婦と同じで、近所の交際もしていると調べた刑事は言った。

「どうもおかしい」

畠中係長は首を傾《かし》げた。それで、もっとよく当夜の彼らの行動を洗わせた。

その結果と、あとで当の川井と浜崎と鈴木ヤスという三十すぎの女とを捜査本部に呼んで質問しているから、その申し立てと一致した内容を、手っ取り早く、筋だけにして書くと次のようになるのであった。

十二日午後三時から川井と浜崎とは新宿で映画を見て、六時ごろ館を出た。二人が小平町の鈴木ヤスの家についたのが七時前であった。（この申したてにしたがって刑事は裏付けの調査をしたが確証は得られなかった。映画館はともかくとして、午後七時といえば、日も暮れて、小平町のはずれにある鈴木ヤスの家の付近は、近所の家が早くも雨戸を閉めていて、真暗で、人通りもあまりない。二人の姿を見た者はなかった）

七時ごろ、川井は、近所の人三人を誘って立川市にかかっている浪曲をききにいった。これは鈴木ヤスが日ごろ世話になるというお礼心である。浜崎も同行した。浪曲が閉場《はね》たのが九時三十分。タクシーで帰った。十時すぎに鈴木の家の前に着いた。

この時、川井は鈴木の家で用意するから、今晩は一緒に飲んでくれと言った。近所の人は辞退したが、川井が執拗《しつよう》に勧めるので承知した。彼らはいったん、家に帰っていると、二十分後に、川井自身が「用意ができたから」と言って迎えにきた。三人の男が鈴木ヤスの家に行くと、いろいろな馳走《ちそう》が出ていた。そこで五人で飲みはじめたが、浜崎だけは、「用事があるから」と言って十一時ごろ帰った。川井と近所の三人は、ついに朝の三時半ごろまで飲みつづけ、三人は川井の家に泊まった。川井はヤスと隣室に寝た。

七時ごろ、近所の三人の細君がそれぞれ夫を迎えにきたが、この時、ヤスが寝巻の上に羽織を引っかけながら出てきて、

「川井はまだ寝ていますが、ちょっとご挨拶《あいさつ》させます」

と言って、細君連があわてて手を振るにもかかわらず川井を起こした。川井は眠そうな顔を出して、どうも、と言って頭を下げた。（これは近所の三人の男とその細君の証言で確かめられた）

五

「浜崎が十一時に鈴木ヤスの家を出ている」

石丸課長も畠中も、これは注目した。朝子の推定死亡時は、十時から零時の間となっている。鈴木の家と死体の在った現場とは、二キロと離れていない。

「浜崎といえば、被害者が電話で最初に聞いた男ではないか？」

課長は畠中に言った。

「そうです。麻雀に行けないとことわった男です。朝子が小谷の代理に電話へ出て聞いたのですね」

「どうも一回でも朝子と電話で話したことがある、というのが気にくわないね。これはもっと調べてみよう」

浜崎芳雄は三十三歳で、鈍い眼をした、顔の扁平《へんぺい》な、背の低い男であった。ものの言い方も妙に気だるいような感じで、知能程度はあまり高いとは思えなかった。

彼は質問にはこう答えた。

「川井さんのところ（鈴木ヤス宅）で酒をちょっと飲んで、用事があると言って先に出たのは新宿二丁目に行きたかったからです。〝弁天〟という家に、私の好きな女がいるからね。国分寺から中央線に乗って新宿で降りて〝弁天〟についたのが十一時四十分ごろでした。女の名前はA子というのです。そこで泊まったのですが、久しぶりに来たのに、A子のサービスが悪いので、喧嘩《けんか》して朝の五時すぎに〝弁天〟をとび出しました。それから千駄ケ谷まで電車で行って外苑のベンチで二時間ほど眠り、八時ごろに渋谷のアパートに帰りました」

この供述にもとづいて、刑事が新宿の赤線区域にある〝弁天〟に行って、A子につい

て調べたところ、確かに間違いないことがわかった。何だかぶりぶりして、まだ外の暗い五時ごろに出ていったのよ」
「あら、機嫌《きげん》の悪かったのは浜ちゃんだわ。何だかぶりぶりして、まだ外の暗い五時ごろに出ていったのよ」

A子はそう言った。この時、刑事は大切な質問をするのを忘れていたことを、あとで思いあたった。

すると浜崎の行動は十一時に小平町の鈴木の家を出て四十分後に新宿の〝弁天〟に着いていることが明瞭だから、小平から二キロ離れた田無に行って朝子を殺す時間的な余裕がない理屈がわかった。また〝弁天〟では、翌朝の五時までA子と一緒にいたから、その間に抜けて出ることは不可能だった。

「すると、これはアリバイがあるから、いちおう嫌疑は薄いね」

「そうですな」

畠中は課長の言葉に気のない返事をした。

「しかし、朝子が面識のある人間に殺されたのは確かですね。これは絶対間違いないですよ」

それは、そうなのだ。電話で呼びだされたのだから相当深く知りあった人間であろう。だからこそ、指ケ谷あたりから、田無くんだりまで、おとなしくついて行ったのであろう。

「いったい、朝子はどこで殺されたのだ?」

課長が爪《つめ》を嚙《か》んで言った。

ああ、課長は石炭の粉のことを言っているのだと係長は思った。係長は、ふと考えついた。

「課長、都内の工場の貯炭場を調べさせてみましょうか?」

「そうだな」

と課長はすぐ賛成した。被害者の鼻孔と肺に残った石炭が彼には忘れられない。都内の工場の貯炭場をいちいち調べて歩くとなれば、たいへんな労力と日数がかかる。いったい、どれくらい、工場があるだろう。それに、はたして貯炭場に殺人事件の手がかりとなるような痕跡《こんせき》が残っているであろうか。――そんなことを思うと、何だか頼りない気になってくるが、やはり、やってみたかった。

はたして、その仕事は刑事たちを動員して三日目になったが、容易に目鼻がつきそうになかった。

すると、山を見上げて佇《たたず》んでいるような思いの石丸課長にとって、全く思いがけない吉報がはいった。天の与えというのは古臭い言葉であるが、石丸課長は全くそう思った。

報告は、田端署管内の派出所に十三日の朝、ハンドバッグの拾得品が届けられてある、というのだった。黒色の鹿皮製、函型《ボックス》。内容はロウケツ染の布でつくった女持ちの蟇口《がまぐち》に七百八十円の現金、化粧具、紙などで、名刺などははいっていない。小学四年生の女の児《こ》が通学途中に田端機関庫の貯炭場で拾ったといって届けてあったものだ。駐在所の巡査は、この事件には関係ないものと思って、捜査本部には報告しなかったという。それを貯炭場調べをして歩いている刑事の一人が駐在所に寄って聞きだしたものである。

さっそく、現品をとり寄せ、小谷茂雄を呼びだして見せると、

「たしかに家内のものです」

と確認した。

「田端の方に、奥さんは何か縁故でもあるかね？」

ときくと、小谷は、

「いや、田端なんて全く心あたりがありません」

と呆然《ぼうぜん》とした顔をしていた。

石丸課長と畠中とは、田端の貯炭場に行った。そこには、ハンドバッグを拾ったという女の児が、母親と一緒に警官に連れられて待っていた。

「お嬢ちゃんが拾ったところは、どこ？」

と畠中がきくと、

「ここ」

と女の児は指さした。

機関車の入れ換えのために十何条も走る線路の西側に巨大なクレーンがあり、その下に機関車用の石炭の山があった。その山は少し崩れて、石炭がばらばらと構内の木柵《もくさく》のあたりまできている。木柵に沿って錆《さ》びた廃線があるが、これは道路から近いのである。女の児は道路を歩きながら見たのであろう、ハンドバッグが落ちていた地点というのは木柵と廃線の間であった。そこには石炭の崩れた砕片のようなのが、かなり堆積《たいせき》していた。

六

石丸課長と畠中は、そこに佇んで見まわした。クレーンが石炭の山を崩して貨車に落としていた。東側は絶えず機関車の入れ換え作業が行なわれ、汽笛と車輪の音とがうるさく聞こえ、それに走っている国電の響きまで混じっていた。

廃線の西側は、駅の倉庫がならび、その裏手が線路に並行した道路になっていた。道路上はトラックがしきりと走った。あたりは構内特有の騒々しい活気に満ちていた。

「ねえ課長、この騒音も、深夜にはぴったりと静まるでしょうね」

「そうだ。ぼくもそれを思っていたところだ」

被害者の推定死亡時は午後十時から午前零時の間である。その時間はこの辺りは薄気味悪いくらい静寂に沈んでいるであろう。犯人は、どうして朝子をここまで無抵抗に連れてきたか。

そうだ、すべて無抵抗にことが運んでいる。電話で呼びだしたのも、指ケ谷に来させたのも、この田端機関庫の貯炭場に深夜連れ出したのも、被害者がその途中で抵抗した痕跡がないのだ。いかにも柔順についてまわったという感じがする。犯人は呼びだした五時ごろから朝子を七八時間も引きずりまわしているから、よほど彼女は犯人を信頼していたのであろう。

課長は、少女がハンドバッグを拾った地点を中心にして、地面を見ながらあるきまわっていたが、十歩ばかり歩いたところで立ちどまった。

「畠中君、これを見たまえ」

と指さした。

そこは木柵からはみ出した石炭の崩れが一めんに敷いてあったが、その一部分が少しだが乱れていた。ちょうど、何かの物体で撫《な》で崩したという感じであった。

「事件から五日もたつからね。原形がこわされたかもしれないね」

課長の言葉の意味は、次の行動でわかった。彼は左側にならんでいる構内倉庫の端にある事務所に行って、硝子《ガラス》戸をあけた。三人ばかりの駅員が雑談していたが、いっせいにふり向いた。課長は警察手帳を出した。

「十三日の朝、この辺に、何か変わったことはありませんでしたか？　たとえば人が格闘したあと、というようなものは？」

人が格闘したあと、という言葉を使ったので、それはすぐ先方に通じた。

「そうおっしゃれば、その日の朝でしたか、われわれが八時半ごろ出勤してみると、その辺の石炭や土がひどく散らかっていました」

その辺というのは、課長が指さしたところだった。彼は、その時の状態をこう説明した。

「その跡は、ちょうど、男女二人がふざけたあとという感じでしたね。それでここにいるA君がいまいましがって、散らかった石炭屑《くず》や土を箒《ほうき》で掃いたのです」

心ないことをしてくれたと思ったが、追っつきはしない。Aについて、その時の状態を聞き取ることで満足しなければならなかった。

石丸課長が待たしてある車まで引きかえすと、ハンドバッグを拾った少女が母親とまだ、ぽつんと立っていた。課長は、ふと何かを思いついたように、少女に近づいて頭をなでた。

「そうそう、お嬢さん、拾ったとき、ハンドバッグは濡《ぬ》れていましたか？」

少女はちょっと瞳《ひとみ》を宙に向けて考えるようなふうをしていたが、

「いいえ、濡れていなかったわ」

と、はっきり返事した。

「よく考えてくださいよ、ほんとうに濡れていなかった？」

と重ねてきくと、少女は、

「だって、あたしが交番に届けるとき、両手で抱いて行ったんですもの」

濡れていないから、そういう持ち方をしたのだ、と言いたげな答えであった。

課長は車内にすわると、運転手に、

「ここからいちばん近い道順を通って、田無町に行ってくれ」

と言う。運転手はしばらく考えていたが、やがてハンドルを回した。課長は腕時計を見た。

課長は流れて行く町なみに、ちらちら眼を逸《そ》らしていたが、横の畠中に、

「これで殺人現場はわかったね」

と言った。

「決定ですか？」

と畠中が、自分も同じ考えだが、念を押す意味できくと、課長はポケットからふくれた封筒を出して、中身をのぞかせた。いつのまにか、課長はあの現場の石炭の屑や粉末を封筒の中へ採取していた。

「すべては、これが決定するよ、君」

と微笑を口辺にうかべた。

車は駒込から巣鴨、池袋、目白を通って昭和通りに出て西に走り、荻窪の四面道《しめんどう》へ抜けて青梅《おうめ》街道へ出会した。それまで、車は、じぐざぐに道を拾って曲がりくねっていたが、青梅街道に出てからは、坦々《たんたん》と舗装した道を西へ一直線に走る。車はいかにも安心したように疾駆した。

課長が運転台のメーターを覗《のぞ》いてみると、五十キロの数字を針がさしていた。

やがて田無の町にはいり、そこを抜けると朝子の死体が横たわっていた見覚えの雑木林の地点に停車を命じた。課長はすぐ時計を見た。

「田端から五十六分かかったね」

と課長は言った。

「これは昼間だし、夜のタクシーやオートバイは六十キロぐらいで飛ばすから、まあ四十五分だろうな」

田端で殺した朝子の死体を、ここまで運んでくる時間を言っているのであった。

課長と畠中は車から降りて、両手を広げ武蔵野の清澄《せいちょう》な空気を揃《そろ》って深く吸いこんだ。

七

石丸課長は庁内に戻ると、二つの調査を命じた。

一つは十三日朝の降雨は、何時から何時まで田端付近にあったかを中央気象台に問いあわせること。

一つは封筒の中に採集して帰った貯炭場の石炭屑について、その炭質の化学検査をR大の鉱山科試験室に依頼することである。

この二つを命じて、課長は煙草《たばこ》を喫《す》いながら考えていたが、やがて机の上に紙を置いて鉛筆で何か書きだした。

そこへ、畠中がはいってきた。課長の様子を見て、

「お仕事ですか？」

と途中で立ちどまった。

「いや、いいよ。どうぞ」

と言ったが、書く手もとはとめなかった。畠中はその辺の椅子《いす》にかけた。

「課長、今まであまり触れませんでしたが、今度の事件の殺人の動機は何でしょうね？」

畠中は、課長の手もとをぼんやり見ながら言った。

「そうだな、どうかね？」

と石丸は鉛筆を動かすことをやめなかった。

「物盗《ものと》り、これは完全に消えましたね？」

「うん、それはないね」

「あとは、怨恨《えんこん》、痴情ですが。いろいろ調べさせていますが、これが非常に弱いのです。朝子という女は、小谷茂雄と一緒になる前に新聞社の交換手をしているのです。そのころにさかのぼって洗いましたが、男女関係はありません。たいへんおとなしい性質の女で、評判もよく、殺害されるほどの怨恨をうけるとは思われません。しかも、この犯罪は断じて被害者と知りあいの人間が犯人ですから、迷うのです」

「そりゃ、ぼくも同じ意見だ」

と課長は、はじめて顔を上げた。自分の意見を述べるためというよりも、書きものが終わったからであろう。

「まあ、動機がよくわからねば事実からほぐしてゆくより仕方がないさ。君、これを見たまえ」

と畠中の方へ、いま書いたばかりの紙を渡した。係長は、それを両手に持って見た。

それは一覧表のようなものだった。――

(1)　小谷朝子。十二日午後4時ごろ、誰かに電話に呼びだされる。まもなく、外出する。電話では指ケ谷に行く様子であった。十三日の朝、発見まで14時間の実証不明だが、剖見によって死亡時が10時から0時までであるから、田端貯炭場を殺人現場とすれば、次のようになる。4時半ごろ自宅を出る。――5時ごろ指ケ谷停留所到着（推定）――この間、5～7時間ばかり所在不明時、――10～0時、田端にて殺害さる

——この間7～8時間不明なるも、誰かが死体をその間に移動させる——6時30分、田無町にて死体発見。

(2) 川井貢一。十二日午後3時より6時まで浜崎芳雄と新宿の映画館。(第三者の証明なし)——6時より7時映画館を出て、浜崎とともに小平町の鈴木ヤスの家に着く。(鈴木ヤスのほか証明なし)——7時半より浜崎、付近の三人とともに立川市の浪曲をききにゆく。9時半に閉場。皆とともに小平町の鈴木方の前に帰り、10時10分に別れる。この時、三人に自宅へ招待する旨《むね》を言う。(近所の三人の証明)——この間、20分間、浜崎と鈴木ヤス方にヤスとともにいる。(浜崎、ヤスの他に証明なし)——10時30分。川井は近所の三人の自宅にそれぞれ招待を勧誘に現われる。三人を同行して鈴木方に帰る。10時50分ごろ。(三人の証明)——翌朝、未明の3時半まで一同とともに飲酒。それから三人を自宅に宿泊せしむ。彼は隣室にはいりヤスとともに就寝。(三人の証明)——7時30分まで睡眠——朝7時30分ごろ、鈴木ヤス宅に在って近所の三人の細君たちに顔を見られる。

(3) 浜崎芳雄。十二日午後3時より6時まで川井貢一と映画館。(第三者の証明なし)以下、川井貢一と同一行動。——11時に鈴木ヤス宅を出る。(近所の三人の証明)——電車——11時40分新宿の〝弁天〟に登楼。A子を呼ぶ。——十三日の朝、5時すぎ、女が気に入らぬとて、〝弁天〟をとび出す。(A子の証言)——8時までおよそ2

時間、外苑のベンチに眠る。(証明なし)

(4)　村岡明治、小谷茂雄については、明白なアリバイがあるので省略。

「少し、ややこしいかね？」

と課長は言った。

「いや、よくわかります」

と係長は答えた。それから、その表の傍点のところを指で押さえて、

「この20分間というのに、点があるのは、何か意味があるのですか？」

「ああ、それはね、被害者が殺された時間に、二十分だけ川井にも浜崎にも、第三者の証明のない空白があるという意味だよ。つまり、この時間は、川井と浜崎と鈴木ヤスと三人だけの時間なのだ。鈴木は川井の情婦だから証明にはならない」

そうだ、そのとおりだ、川井と浜崎は、課長の言うとおり、この十時十分（浪曲から帰って近所の人といったん別れる）から十時三十分（ふたたび近所の人を招待に誘う）までの二十分間だけ、第三者の眼から姿を消している。この時刻は被害者の死亡時間の圏内である。

「しかし殺害の現場は田端の機関庫貯炭場だ。これは明白だ。被害者が死の直前に吸いこんだと思われる鼻孔と肺臓に付着した粉炭は、おそらくあの貯炭場の炭質と同一であろう。試験の結果はやがてわかる。すると、たとえ二十分の空白があっても、川井たち

のいた小平町と田端ではどうにもならないね。ぼくらは本庁の車で試験してみて、田端から小平まで五十六分かかったね。もっと飛ばしても、せいぜい四十分だろう。それを往復だから一時間二十分を要する。それに女を殺す時間もある。彼らが小平町にいた証明があるかぎり、たった二十分間の空白では仕方がないね」

二十分間で、小平から田端まで、およそ四十五キロをどんな快速車でも往復することは絶対にできない。

八

依頼した二つの問合わせの返事があった。

一つは、R大からで、課長が現場から採取した粉炭と、被害者の気管に付着していた粉炭とは、同一の炭質であるという化学検査の結果の報告である。なお、機関庫にたずねると、その石炭は、九州の大の浦炭礦《たんこう》から出た、いわゆる筑豊炭ということがわかった。

「これで現場は田端であることが確実になったね」

課長は結果が明白になったにもかかわらず、浮かない顔をしていた。

畠中には、その気持がわかる。殺害の現場が田端と推定すると、川井にも浜崎にもアリバイが成立するのだ。くどいようだが、二十分間の不明な時間では仕方がないのだ。

誰か別な人間が、朝子を殺し、そのとき取り落としたハンドバッグを気づかずに遺棄して、死体を田無町まで運んだことになる。そう考えなければ不合理になる。

次に、中央気象台から回答があった。十三日の未明の田端付近の降雨は、だいたい三時ごろから四時五十分ごろまでであった。

「これだよ、畠中君」

と課長は、その降雨時間を見せた。

「これが突破口だね」

「突破口といいますと？」

畠中は課長の言葉を咎《とが》めた。

「拾った女の児《こ》にきいたら、ハンドバッグは濡れていなかったと言ったね。その届けをうけた交番にもきかせたが、同じことを言った。すると変ではないか、女の児が拾ったのは八時ごろだから、ハンドバッグは当然、二時間近くも降った雨に濡れていなければいけない。それが、ちっとも濡れていないのは、どうしたわけだろう？」

「さあ。ハンドバッグは、殺害の時に被害者の手から落ちたでしょうから、当然、三時ごろから降った雨に濡れているわけですな」

「それが濡れていないのは？」

「雨がやんだ後、つまり五時以後に、ハンドバッグが現場に遺棄された」

「うまい。そうだよ。筋道は立たないが、客観的な合理性は、それよりほかない」

「しかし、被害者の死亡時は前夜の十時から零時の間ですから、五時すぎにハンドバッグが現場に落ちたことになると、理屈に合いませんね」

「ぼくが筋道が立たないと言ったのはそれだ。しかし、客観的な合理性は動かせない。するとぼくらの立てた筋道がどこかで間違っていることになる」

どこで間違っているのであろう。石丸課長にもそれがわからぬのだ。朝子が殺されたのは十時から零時の間、田端貯炭場というのも事実。その時間には川井は小平町の鈴木ヤスの家にいたという事実。浜崎は鈴木の家から出て電車に乗り、新宿の赤線区域に泊まったという事実。しかし被害者のハンドバッグは、五時以後に田端の現場に遺棄されたという事実。

これらは、みんな事実でありながら、おたがいにばらばらで連絡がない。まるで狂った歯車のように嚙《か》みあわせるところがない。一つ一つが自己を主張してちぐはぐである。

「しかし、みんな、ばらばらだが、嘘《うそ》がないという強味がある。ことに、ハンドバッグが五時以後に現場に落ちたという事実は、突飛なだけに、ここに事件の入口があると思うな。まだ、もやもやで、さっぱりわからないが」

この時、年輩の刑事が部屋の入口に立った。

「はいって、よろしいでしょうか?」

課長がうなずくと、彼は机の前に立って、係長と両方に報告をはじめた。

「鈴木ヤスについて近所の聞き込みをおこないました。ヤスは川井のいわゆる二号で、日ごろ何もしていないようです。川井は近所づきあいがよく、評判は悪くありません。事件当日については変わったことはありません。川井の供述どおりです。ただ、これは参考になるかどうかわかりませんが――」

「言ってみたまえ」

「鈴木の家は、両隣りがかなり隔っています。もっとも、あの近辺はみなそうですが、二つの家の間隔は五十メートルくらいあります。その東隣りの家に、その日の夕方の七時ごろ、鈴木ヤスが団扇《うちわ》を借りに行ったそうです」

「団扇を？」

課長と係長は顔を見合わせた。十月半ばに団扇を借りに行く、と変に思ったが、そうではなかった。

「団扇といっても、台所に使う渋団扇です。それなら不思議はないのですが、鈴木の家は石油コンロで煮炊《にた》きをしていて、あまり団扇を使っていなかった。それで用意がないのでしょうが、あくる日、あの団扇を返してくるとき、鈴木ヤスは、お借りした団扇を破いたからと言って、新しいのを買って返したそうです。その家では、貸した団扇は、まだ丈夫だったのに、あれが破れたのかな、とちょっと変に思ったそうです。ただ、このことが事件に関係があるかどうかわかりませんが、いちおう報告いたします」

刑事が去ったあと、石丸課長は、係長ともう一度、顔を見合わせた。彼らにも、団扇の一件が意味のあることなのかどうか、判断がつかなかった。

九

その夕刻、畠中は課長の部屋にまた呼ばれた。石丸課長は、畠中の顔を見るとすぐに言った。その顔つきは気負っているように見えた。

「畠中君、例のハンドバッグが突破口だといったろう。どうやらモノになりそうだね」

「え、そうですか?」

「そら、これだよ」

課長がさしたのは、例の表のようなもので、浜崎芳雄の項のところに、十三日の朝5時すぎ、女が気に入らぬとて〝弁天〟をとび出す。(A子の証言)とあるくだりだった。

「あっ、そうか」

ハンドバッグが遺棄されたのは、雨のやんだ五時以後だった。

「はじめて、二つの歯車が、うまく嚙みあったね。五時という時間で」

課長は満足そうに言った。

「新宿と田端なら、国電で行っても二十分ぐらいだからな。新宿を五時に出て、田端の現場に到着すれば五時半かそこらだろう。そこで、ハンドバッグを置いてかえるのだ」

「え、浜崎が朝子のハンドバッグを置いたのですか？」

「それがいちばん、都合がよい。理屈に合うように考えてみよう。しかも浜崎は〝弁天〟を出てから外苑のベンチに眠ったなどと証明のないことを言っているではないか。そうだ、この仮説が事実と合うかどうか、〝弁天〟のA子にききにやらせようではないか」

刑事がすぐに新宿にやらされた。その報告は、石丸課長を晴れやかな顔にさせた。

「浜崎はその晩、泊まりに来たとき、小さい新聞包みを持っていた。ちょうど弁当函《ばこ》を包んだような格好だった。A子がそれ何なの、ときいたが、浜崎は返事はしなかった。それでA子はあまりきいては悪いのかと思って、それなりになった」

刑事の報告の内容は、こういうものだった。

「はじめにA子に会った刑事が、これを早く聞きだせばよかったのにね。所持品の有無をきく大切な質問を忘れていたとみえる」

課長は、ちょっと愚痴をこぼした。

「すぐに、浜崎を呼んで、その包みの内容を質問してくれ」

と彼は畠中に命じた。

しかし、刑事に連れられて浜崎はやってきたが、畠中が質問しても、知らぬ顔をしていた。

「そんなものは持っていませんでしたよ。A子の思い違いでしょう」

彼はそんなことで連行されたのが、いかにも不服らしく、鼻をふくらませて、空うそぶいた。

「おい、おまえが知らなきゃ教えてやろうか。その中身は、殺された朝子のハンドバッグだろう」

畠中がきめつけると、浜崎は鈍い白い眼をじろりと向けただけで、

「冗談じゃねえ。あっしがそんな人のハンドバッグなんか持つわけがないでしょう。どこかで奪ったとでも言うんですか?」

と切りかえしてきた。それには答えないで、

「おまえは五時すぎ〝弁天〟を出てどこに行った? 田端にいったろう? ハンドバッグを貯炭場に置いて、知らん顔をしてアパートに帰ったな」

とたたみかけた。

「ばかばかしい。何と言っても、あたしゃ知りませんよ」

と横を向いた顔色が白くなっていた。陰湿な感じの眼がいっそう鈍くなっていたが、彼の動揺は隠せなかった。畠中はその表情をじっと見た。

「課長、浜崎が、やっぱりハンドバッグを捨てたのですね、奴《やつ》は知らん顔をしていますが、間違いないようです」

「そうだろう、それでどうした？」

「危ないからいちおう、窃盗の疑いで勾留《こうりゅう》の手続きをとっておきました」

課長は、よかろう、というふうにうなずいた。

「しかしですね、浜崎はどこで朝子のハンドバッグを奪ったのでしょう。そこがはっきりしないうちは、証拠がないから釈放ものですよ」

「釈放はともかく、どこで彼が朝子のそれを手に入れたか、さっぱりわからんね。彼も当時は小平の鈴木ヤスの家にいる。その家を出たのが十一時。十一時四十五分には〝弁天〟に登楼しているから、途中の電車の所要時間はきっちり合う。とても田端に朝子を連れ出して殺してくる時間はない。また、ほかの事実とは、ばらばらだね」

「では、なぜ浜崎はハンドバッグをわざわざ田端の現場に捨てに行ったのでしょうか？」

「わからんな」

「それは朝子の死体を田無に運んだあとでしょう。運んだのは誰のしわざか、目下わかりませんが。どうもまだ、みんな歯車の歯が合いませんね」

畠中が歯車の歯が合わないと言ったので、石丸課長が笑った。

「しかし、田端で殺したものを、なぜ、小平まで運ぶ必要があったのでしょうかねえ」

「それは、田端が殺害の現場とわかっては、犯人にとって何か都合が悪かったからだろう。A地で殺してB地に捨てる、というのは、犯罪地を隠蔽《いんぺい》しようとする、犯人の心理だろうね」

「では、なぜ田端に、あとからハンドバッグをわざわざ捨てに行ったのでしょう？　犯罪地の隠蔽を、またブチこわすようなものではないですか？」

畠中の理論は、知らずに浜崎を犯人の一環にしてしまっていた。石丸課長はそれを咎《とが》めなかった。彼も無意識に、それを承認している。二人の頭脳は期せずして、犯人の輪郭を描いていた。

「それだよ」

と課長は頭を抱えた。

ハンドバッグの小細工は別としても田端機関庫の貯炭場で朝子が殺害されたのは、動かしようのない事実だ。それは彼女の肺臓と鼻孔に付いた粉炭が証明する。

川井貢一が、朝子の死亡推定時刻に北多摩郡小平町の鈴木ヤス方にいたのも事実だ。これは付近の人が三人も証明している。ただし、二十分間の不明があるが、二十分間では、小平、田端間の往復は絶対に不可能だ。しかも、この絶対の矛盾にもかかわらず石丸課長と畠中のもっている犯人の影像は、細い眼と扁平《へんぺい》な顔をした川井貢一であった。

畠中は、くたくたになって家に帰った。彼の家は近ごろ風呂桶《ふろおけ》を据《す》えつけた。今年の夏のボーナスで買ったもので、永い間の念願が叶《かな》ったのだ。

畠中は、十時ごろ帰ってきたので、家族はみんな風呂をすませていた。

「おい、少し、ぬるいな」

と、彼は湯に浸って女房に言った。

女房は風呂竈《かまど》に石炭をくべている。炎の燃える色が暗い土間に赤く映った。

畠中は、そのことから石炭のことを考えていた。被害者朝子の肺にあったという石炭の粉末のこと。貯炭場で見た石炭。それから課長が封筒に採集した現場の石炭の屑《くず》や粉末。それを課長は封筒の口をあけて見せてくれたことがあったっけ。——

湯が少しずつ熱くなってきた。畠中は、手も動かさず、肩まで湯に沈めてじっと考えていた。何か思い当たりそうである。当然に、何かを思いださなければならないのに、出てこない曖昧《あいまい》さが、彼をしばらく放心の状態に置いていた。

「湯加減はどう？」

「うん」

女房の問うのにも、上の空の返事をして風呂から出た。無意識にタオルに石鹼《せっけん》を塗りつける。

課長がポケットから出した粉炭のはいった封筒のことが、まだ頭にあった。ぼんやりそれを考えている。

すると、はっとした。

——石炭は封筒でも運べるのだ。

畠中は湯から飛び上がった。身体の雫《しずく》を拭く暇も惜しかった。

「おい、支度をしてくれ」

「あら、今からお出かけ？」

「課長の家に行ってくる」

服を着て表に出た。胸がわくわくしていた。近所の赤電話で、課長の家にかけると、石丸が自分で電話口に出てきた。

「何だね？　畠中君」

「課長、わかりましたよ、あれが。今から行って説明します」

電話を切った瞬間、少し気持が落ちついた。時計を見ると十一時を過ぎている。流しのタクシーを止めた。

石丸課長は、応接間を明かるくして待っていてくれた。コーヒーを運んで、奥さんが退《さが》った。

「どうした？　わかったというのは」

石丸は畠中の興奮したような顔を見て、身体を椅子《いす》から前によせた。

「暗示は、課長が石炭を入れた封筒ですよ」

と畠中は話しだした。

「封筒だって？」

「そうです。田端貯炭場の石炭屑を、課長は封筒に入れて試験のため持って帰ったでしょう。課長と同じことを犯人は――やったのですよ」

「あ、そうすると――」

「そうなんです。犯人は大型の封筒か、あるいは、別の容器かに、田端貯炭場の石炭屑を採集して、持って帰ったのです。そしてある場所で被害者を殺すときに、その直前に、ふんだんにその石炭の粉を吸わせたのです。おそらく狭い場所に連れこんで、むりやりに炭粉を肺まで吸いこませたのでしょう。団扇が必要だったのはそのためです。つまり、団扇で煽《あお》いで、石炭の粉を空気の中に散らしたのですよ。被害者はいやでも空気とともに炭粉を吸わねばなりませんでした」

話しているうちに、畠中は、その時の光景が眼に見えるようであった。朝子の鼻先で、ばたばたと団扇を煽いでいる。粉炭が灰のように舞って乱れる。朝子はむせびながら、苦しそうにそれを吸いこむ。誰かが、彼女を動かさぬよう押さえていた。

「団扇は石炭の粉がついて黒くなりました。あとで証拠になってはと思い、翌日、新しいのを買って返しました」

「すると田端の貯炭場は擬装だったのか」

課長は唸《うな》った。

「犯人はよく計算していますよ。死体は解剖される。肺臓の石炭の粉末が発見される。これは本人が吸ったのだから、外部からの作為はないと誰でも考える、環境に同じものがあれば、絶対にそこが現場と推定されます。死体の内臓にそれがあるから、強いですよ」

「じゃ、田端にハンドバッグを置いた理由は?」

「誰かにそれを拾わせて、交番に届けさせたかったのです。つまり、犯人は、ここが現場だぞ、という告知を当局にしたかったのです。でないと、せっかく、被害者の肺に石炭を入れても、その場所がわからないでは、何にもなりませんからね」

「うむ、すると犯人の目的は、アリバイか?」

「そうなんです。犯人は、田端と小平では、短い時間では往復ができないというところを主張したかったのです。車でどんな速いスピードを出しても、往復一時間二三十分は必要です。これ以内には、絶対に不可能です。ですから、二十分くらいの不明の時間はアリバイのなかにはいります」

「二十分だって? あ、そうか。川井が近所の人といったん別れて、ふたたび誘いに行った間の、十時十分から十時三十分の間だね」

課長は、その時のことを宙に覚えていた。

「そうです。その二十分間は、鈴木ヤスの家にいたというのですが、おそらく、朝子をその間に殺したのでしょう」

「すると、朝子は、鈴木ヤスの家に連れこんでいたわけか？」

「そうですよ。指ケ谷まで朝子を呼びだして、それから水道橋に出て、中央線で国分寺に一緒に行ったにちがいありません。鈴木の家は、あのとおり近所の家が、ばらばらにはなれていますから、家の中で少しぐらい大きな声がしてもわかりはしません。朝子は川井と七時ごろに鈴木の家について、監禁されていたに違いありません。川井は時間的な証明を作る目的で、七時すぎに近所の人と一緒に立川に浪曲をききにいく。九時半に閉場して、十時十分ごろに鈴木ヤスの家の前で別れる。それから大急ぎで朝子をあの方法で殺したに違いありません。朝子は石炭を吸って、扼殺《やくさつ》されたのです。犯人は川井、浜崎、ヤスの三名でしょう。したがって場所はヤスの家の中です。おそらく物置のようなところか、押入れの中ではないでしょうか。それから川井は近所の人のところへ招待に誘いに行く。これが十時三十分ごろでした」

「なるほどな」

と課長は、考え考え、うなずいた。

「それから近所の人を呼んで飲みはじめたのですが、浜崎は、例のハンドバッグを田端に捨ててくる仕事があるので十一時ごろに帰る。川井は夜明けの三時半まで、近所の人と飲んだわけですな」

「すると、被害者を、田無の現場に置いたのは？」

「そら、三時半から、みんな寝たでしょう。川井とヤスは、近所の人が眠っている次の間に寝た。寝たというのは口実で、みんなが酔いつぶれて熟睡しているのを見すまして、死体を物置か押入れかから取りだして、田無の西まで、二キロの道を捨てに行ったのでしょう？」

「二キロの道を？」

と課長は畠中の顔を見た。

「それは、車で運んだのかね？」

「いや、おそらく、そうすればアシがつくから川井が死体を背負って行ったに違いありません。女ですから、軽いから、川井のような頑丈《がんじょう》な身体の男には大したことはなかったでしょう。ただ、心配したと思うのは、途中で誰かに行き会うことですが、あの辺の田舎では、未明の三時半から四時半というような時間には、通行人はありませんよ。そこで、あの雑木林の現場に捨てて、ふたたび歩いて鈴木ヤスの家に帰ってきたのでしょう。この時間は、だいたい、五時すぎと思います。ですから、近所のおかみさんたちが、鈴木の家に泊まった亭主を迎えにきたときは、彼も悠々《ゆうゆう》と今まで一緒に眠っていたというふうに、眼をこすって顔を見せることができたのです」

「恐ろしい男だな」

と課長は嘆じた。

「田端と小平の距離ばかり考えていたから、ぼくも、うまうまと一ぱい食うところだったな。では、明日朝、すぐに鈴木ヤスの家を捜索しよう」

「もう、すっかり拭《ふ》いて、あとを消していると思いますが、しかし隅《すみ》のほうに、あの石炭の小さい屑が一つか二つ残っていたら、こっちのものですな」

「恐ろしい男だな」

と課長は同じことをも一度言った。

「川井ですか。よく考えた奴ですな」

「いや、君だよ。その川井の企《たくら》みを、そこまで見破った君が、おそろしい男と言っているのさ」

川井貢一の自白は、それから十日後であった。朝子殺しに関する限りは、畠中の立てた推理が間違っていないことがわかった。

ただ、捜査当局が、どうしてもわからなかった殺人の動機については、彼は予想以上に重大なことを自供した。

「私と浜崎は、三年前、世田谷に起こった重役の奥さん殺しの犯人です。あの時、強盗にはいって奥さんに騒がれて殺したのです。ちょうど、その最中に、電話のベルが鳴りました。あれにはびっくりしました。深夜の、しかも、人を殺したばかりのところですからね。浜崎が電話口に出たのですが、どうやら先方は電話を間違えたらしいので、ほッとしました。ところが、浜崎の奴、やめればよいのに『こちらは火葬場だよ』とか言って、まだからかいたいふうだったので、私が横から、あわてて切りました。が、やはり案の定、それが災いしました。相手は新聞社の交換手で、殺人犯人の声を聞いたというので、新聞に大きく出ました。私は浜崎の不注意をどんなに叱《しか》ったかわかりません。ところが、彼は、三年後にまた重大な不注意をしました。つまり、また自分の声を同じ交換手に聞かれたのです。その交換手は、しかも、われわれが麻薬の密売の仲間に新しく入れた小谷の細君だったとは、どこまで縁が深いかわかりません。彼女は交換手特有の耳の記憶で、ちゃんと浜崎の声があの時に聞いた声だと悟りました。私は、その様子が見えたものだから、これは生かしてはおけないと思った。それに、あの細君が妙に浜崎の声をもう一度ききたがるので、今度はこっちがそれを利用しました。浜崎は小平町の方にあなたのご主人と一緒にいる、と言ったら、彼女はおとなしくついてきましたよ。彼女にすれば、浜崎をもっと確かめたかったのでしょう。それが、やすやすと死の穽《あな》に陥る結果となったのです……」

地方紙を買う女

一

潮田《しおだ》芳子《よしこ》は、甲信新聞社にあてて前金を送り、『甲信新聞』の購読を申しこんだ。この新聞社は東京から準急で二時間半ぐらいかかるK市にある。その県では有力な新聞らしいが、むろん、この地方紙の販売店は東京にはない。東京で読みたければ、直接購読者として、本社から郵送してもらうほかはないのである。

金を現金書留にして送ったのが、二月二十一日であった。そのとき、金と一緒に同封した手紙には、彼女はこう書いた。

――貴紙を購読いたします。購読料を同封します。貴紙連載中の「野盗伝奇」という小説が面白そうですから、読んでみたいと思います。十九日付けの新聞からお送りください……。

潮田芳子は、その『甲信新聞』を見たことがある。K市の駅前の、うら寂しい飲食店のなかであった。注文の中華そばができあがるまで、給仕女が、粗末な卓の上に置いていってくれたものだ。いかにも地方紙らしい、泥《どろ》くさい活字面の、ひなびた新聞であった。三の面は、この辺の出来事で埋まっていた。五戸を焼いた火事があった。村役場の吏員が六万円の公金を費消した。小学校の分校が新築された。県会議員の母が死んだ。そんなたぐいの記事である。

二の面の下段には、連載物の時代小説があった。挿絵《さしえ》は二人の武士が斬《き》りむすんでいる。杉本隆治というのが作者で、あまり聞いたこともない名である。芳子は、それを半分ばかり読んだときに、中華そばが来たので、それきりにした。

しかし芳子は、その新聞の名と、新聞社の住所とを手帳に控えた。「野盗伝奇」という小説の名前も、その時に記憶した。題名の下には(五十四回)とあった。新聞の日付けは十八日である。そうだ、その日は二月十八日であった。

まだ三時まで七分ぐらいあった。芳子は飲食店を出て町を歩いた。町は盆地の中にある。この冬には珍しい暖かな陽《ひ》ざしが、高地の澄んだ空気の中に滲《にじ》み溶けていた。盆地の南の果てには、山がなだらかに連らなり、真っ白い富士山が半分、その上に出ていた。陽の調子で、富士山は変にぼやけていた。

町の通りの正面には雪をかぶった甲斐駒ケ岳があった。陽は斜面からその雪に光線を当てた。山の襞《ひだ》と照明の具合で、雪山は暗部から最輝部まで、屈折のある明度の段階をつくっていた。

その山の、右よりの視界には、朽葉色《くちば》を基調とした、近い低い山々が重なっていた。その渓間《たにま》までは見えない。が、何かがそこで始まろうとしている。その山の線の行方は、芳子には、示唆《しさ》的で、いわくありげだった。

芳子は駅の前に引きかえした。そのとき、駅の広場には、たいそうな人だかりがしていた。字を書いた白い幟《のぼり》が、いくつか黒い群衆の上になびいていた。字は〝歓迎××大臣御帰郷〟と書かれてあった。新しい内閣が一カ月前に成立して、幟の名の新大臣が、この辺の出身であることを芳子は知った。

そのうちに、群衆の間にどよめきが起こり、動揺が生じた。万歳と叫ぶ者がいた。拍手がしきりに起こった。遠くを歩いている人は、駆け足でこの集団の端にはいった。演説がはじまった。一段と高いところに上がって、その人は口を動かしていた。禿《は》げた頭に冬の陽が当たっていた。胸には、白い大きなバラの花を飾っていた。群衆は静粛になり、拍手のために、ときどき、爆発的になった。

芳子は、それを見ていた。が、それは、芳子ひとりではない。彼女の横に立った或《あ》る男もこの光景を眺《なが》めていた。それは演説を聞くためではない。群衆で行く手が塞《ふさ》がっているために、やむなく佇《たたず》んでいるというふうだった。

芳子は、その男の横顔をぬすみ見た。広い額と、鋭い眼と、高い鼻梁《びりよう》をもっている。かつては聡明な額だと思い、たのもしげな眼と好ましい鼻だと考えた一時期もあった。

その記憶は、今は空《むな》しいものになっている。が、男からの呪縛《じゅばく》は、今も昔も変わらない。

演説は終わり、大臣はやっと壇から降りた。群衆が崩れはじめた。隙間《すきま》がひろがった。

その中に、芳子は歩きはじめた。男も、それから、もう一人も。——


甲信新聞社あての現金書留は、三時の郵便局の窓口にやっと間にあった。うすい受取証を芳子はハンドバッグの奥に入れ、千歳烏山《ちとせからすやま》から電車に乗った。渋谷の店までは五十分かかった。

〝バー・ルビコン〟というネオンの看板があった。芳子は裏口からはいった。

「お早うございます」——

と、マスターや朋輩《ほうばい》やボーイたちに言う。それから着替部屋にかけこんだ。化粧をする。

店は、これから眼がさめるところだった。肥えたマダムが、美容院から持ち帰ったばかりの髪を皆にほめられながらはいってきた。

「今日は二十一日で土曜日よ。みんな、しっかりお願いしてよ」

マスターがそのあとで、マダムを意識しながら女給たちに訓示した。Aさんの衣装はもう新調したほうがいいな、などと言っている。その女は赤くなっていた。

芳子は、ぼんやりそんなことを聞きながら、もう、この店もよそうと思っていた。

彼女の眼には、一隻《せき》の船が波を裂いてよぎっていた。近ごろは、夜も昼も、それが眼にうつる。ドレスの胸に手を当てると動悸《どうき》が苦しいくらいに打った。

二

『甲信新聞』は、それから四五日して着いた。三日分をいちどきに郵送してきた。ていねいにもご購読していただいてありがたいという刷り物のはがきまで添えてあった。

注文どおりに十九日付けの新聞からだった。芳子はそれを開いた。社会面を開いた。どこかの家に盗賊がはいった。崖崩《がけくず》れがあって人が死んだ。農協に不正があった。町会議員の選挙がはじまる。つまらぬ記事ばかりであった。それからK駅前での××大臣の写真が大きくのっている。

芳子は二十日付けをひらいた。格別なことはなかった。二十一日付けを見た。これも平凡な記事ばかりである。彼女はそれを押入れの隅《すみ》に投げこんだ。包み紙か何かにはなるであろう。

それから毎日その新聞は郵送されてきた。ハトロン紙の帯封の上に、潮田芳子の名前と住所がガリ版で印刷されてある。月ぎめの読者なのである。

芳子はアパートの郵便受けに、毎朝それを取りにいく。寝床の上でその茶色の帯封を切った。夜は十二時ごろ帰るので、朝は遅いのである。蒲団《ふとん》の中で新聞をひろげて、隅から隅までゆっくりと読んだ。格別に興味をひくものはなかった。芳子は失望して、枕《まくら》もとにそれを投げだす。

そんな繰りかえしが何日もつづいた。失望はそのつどつづいた。しかし、茶色の帯封を切るまでは、彼女に期待があった。その期待を十数日もひきずってきた。だが変化は相変わらず何もなかった。

変化は、ところが十五日めに起こった。つまり、新聞の郵送が十五回つづいたときである。それは新聞の記事ではなく、思いがけなく来た一枚のはがきであった。杉本隆治と署名してある。この差出人の名に、芳子はどこか見覚えがあった。身近な記憶ではないが、たしかに曖昧《あいまい》な憶《おぼ》えがある。

芳子は裏をかえした。へたくそな字である。その文句を読んで、たちまちわかった。

——前略。目下甲信新聞に連載中の小生の小説「野盗伝奇」をご愛読くださっている由《よし》、感謝いたします。今後もよろしく。右御礼まで……。

杉本隆治は帯封にたたまれてくる新聞の小説の作者であったのだ。思うに、芳子が購読の申込みの理由に書いた、連載小説を読みたいという手紙を新聞社の者が作者に知らせたのであろう。作者の杉本隆治はたいへんに感激して、この新しい読者に礼状をくれたものらしい。

小さな変化である。だが、予期したものとは別なものだった。よけいなはがきが一枚とびこんだという格好であった。そんな小説など読みはしないのだ。どうせ、そのはがきの文字と同様にまずいにきまっている。

が、新聞は毎日正確に送られてきた。これは料金を払っているから当然である。芳子が朝の寝床でそれを読むことにも狂いはなかった。やはり、何もない。この失望はいつまでつづくかわからなかった。

ようやく申込みから一カ月に近い日の朝であった。

そのときは、貧しい活字で、依然として田舎の雑多な記事を組みあげていた。農協の組合長が逃亡した。バスが崖から転落して負傷者を出した。山火事があって一町歩を焼いた。臨雲峡に男女の心中死体が発見された。……

芳子は、心中死体のところを読んだ。臨雲峡の山林のなかである。発見者は営林局の見まわり人。男女の腐爛《ふらん》死体。死後一カ月ぐらいで半ば白骨化している。身もとはわからない。珍しくない事件であった。奇巌《きがん》と碧流《へきりゅう》から成っているこの仙境《せんきょう》の渓谷は、また自殺や情死の名所でもあった。

芳子は新聞をたたみ、枕に頭をつけて蒲団を顎《あご》までひいた。眼を天井に向けていた。このアパートも、もう建築が古い。くすんだ天井は板が腐りかけている。芳子は虚《うつ》ろに凝視をつづけていた。

翌日の新聞には、それが義務であるかのように、情死死体の身もとを報道していた。

男は三十五歳で東京の某デパートの警備課員、女は同じデパートの女店員で二十二歳だった。男には妻子があった。ありふれた、平凡なケースである。芳子は眼を上げた。感動のない表情であった。感動のない安らぎとも言える。この新聞もつまらなくなった。またしても彼女の眼には海を走っている船が明かるく映った。

二三日すると、甲信新聞社の販売部から、

「前金切れとなりました。つづいてご購読くださるようお願い申しあげます」

とのはがきが来た。たいそう商売熱心な新聞社である。

芳子は返事を書いた。

「小説がつまらなくなりました。つづいて購読の意思はありません」

そのはがきは、店に出勤する途中に出した。ポストに投げ入れて、歩きだしたとき、「野盗伝奇」の作者は失望することだろう、とふと思った。あんなこと書かなければよかった、と後悔した。

三

杉本隆治は、甲信新聞社から回送されてきた読者のはがきを読んで、かなり不愉快になった。

しかもこの女の読者は、一カ月ぐらい前に、自分の小説が面白いからと言って新聞をとってくれた同じ人物なのである。そのときも新聞社からその手紙を回送してもらった。たしか簡単な礼状を出しておいたはずである。ところが、もう面白くないから新聞をやめると言う。

「これだから女の読者は気まぐれだ」

と、杉本隆治は腹を立てた。

「野盗伝奇」は、彼が、地方新聞の小説の代理業をしている某文芸通信社のために書いたものである。地方新聞に掲載というので、娯楽本位に、かなり程度を合わせたものだが、それはそれなりに力を入れた小説だった。決しておざなりな原稿ではない。自信もあった。だから、わざわざその小説を読みたいという東京の読者があったと知らされて、愉快になって礼状を書いたくらいだった。

ところが、その同じ読者から、「いっこうにつまらないから新聞を読むのをやめる」と言ってきた。隆治は苦笑したが、少しずつ腹が立ってきた。なんだか翻弄《ほんろう》されているようである。それから頭をかしげた。その読者が「面白いから読みたい」と言った回よりも、「つまらないから」と購読をやめた回のほうが、はるかに話が面白くなっているところなのだ。筋はいよいよ興味深く発展し、人物が多彩に活躍する場面の連続なのである。自分でも、面白くなったとよろこんでいたさいなのだ。

「あれが、面白くないとは」

と、彼は変に思った。ウケる自信があっただけに、この気ままな読者が不快でならなかった。

杉本隆治は、いわゆる流行作家にはほど遠いが、一部の娯楽雑誌には常連としてよく書き、器用な作家として通用している。読者ウケするこつを心得ている、とかねがね自負している。いま『甲信新聞』に連載している小説は、決して悪い出来ではないのだ。いや、自分では気持よく書けて、筆が調子づいているくらいだ。

「どうも、いやな気持だな」

と、彼は二日間ぐらいは、その後味の悪さから脱《ぬ》けきれなかった。さすがに三日めからはその気分も薄れたが、やはり心のどこかにそのこだわりが滓《かす》のように残っていた。それが一日のうちにときどき、気持に浮かび出た。力をこめて書いた作品を玄人《くろうと》に貶《けな》されたよりもまだ嫌《いや》であった。自分の小説のせいで、新聞が一部でも売れなくなったという、はっきりした現実が、不快であった。大げさに言うと、新聞社にも面目を失ったような気持だった。

杉本隆治は、頭を振って机を離れて、散歩に出かけた。いつも歩きなれた道で、このあたりは武蔵野の名残りがある。葉を落とした雑木林の向こうには、J池の水が冬の陽に、ちかちかと光っていた。

彼は枯れた草むらに腰をおろし、池の水を見ていた。外人が池のほとりで大きな犬を訓練していた。犬は投げられた棒を拾いに駆けだしては主人のところに走って戻る。繰りかえし繰りかえしそうしていた。

彼は、無心にそれを眺めていた。単調な、繰りかえしの反覆運動を見ていると、人間は、あらぬ考えが閃《ひらめ》くものとみえる。杉本隆治は頭の中で、とつぜん一つの疑問を起こした。

「あの女の読者は、おれの小説の新聞を、途中から読みはじめた。面白いからという理由だったが、その前、それをどこで知ったのだろう?」

『甲信新聞』はY県だけが販売区域で、東京にはない。東京で知ったわけではむろんあるまい。すると、この潮田芳子と名乗る東京の女は、かつてY県のどこかにいたか、あるいは東京から行ったときに、その新聞を見たのではなかろうか?

彼は眼だけを犬の運動につけながら、じっと考えこんだ。かりにそうだとしたら、その小説の面白さにひかれて、わざわざ新聞社から直接購読を申しこむほどの熱心な読者が、わずか一カ月もたたぬうちに、「面白くない」と購読を断わるはずがない。しかも、小説自体は面白くなっているのだ。

おかしいぞ、と思った。これは、おれの小説を読みたいから新聞をとったのではなさそうだ。それはただの思いつきの理由で、実際には何かほかのことを見たかったのではないか。つまり、彼女は新聞から何かを捜していたのではなかろうか。そして、それが見つかったから、あとの新聞を読む必要がなくなったのではなかろうか。——杉本隆治は、草から腰をあげて、足を速めてわが家に向かった。頭の中はいろいろな考えが、藻《も》のように、もやもやと浮動していた。

彼は、家に帰ると、状差しの中から、以前に新聞社から回送された潮田芳子の手紙を抜きだした。

——貴紙を購読いたします。購読料を同封します。貴紙連載中の「野盗伝奇」という小説が面白そうですから、読んでみたいと思います。十九日付けの新聞からお送りください……。

女にしては、かなり整った文字だった。が、そんなことよりも、申込みの日より二日前にさかのぼって、わざわざ十九日付けからというのは、どういう意味だろう。新聞記事は、早ければ一日前の出来事が出る。『甲信新聞』は夕刊をもたない。だから十九日付けから読みたいというのは、十八日以後の出来事を知りたいという意味になるのだ。

彼はそう考えだした。

彼の手もとには、新聞社から掲載紙を毎日送ってきている。その綴込《とじこ》みを、彼は机の上にひらいた。二月十九日付けから、彼は丹念に見ていった。社会面をおもに読んだが、念のため、案内広告欄も見のがさなかった。

ことをY県のどこかと東京を結ぶ関係のものに限定してみた。その考えで、毎日の記事を拾っていった。二月いっぱいは何もそれらしいものはなかった。三月にはいる。五日まではそれらしいものはなかった。十日までもなかった。十三日、十四日。ついに十六日付けの新聞に、彼は次のような意味の記事に行きあたった。

——三月十五日午後二時ごろ、臨雲峡の山林中で営林局の役人が男女の心中死体を発見した。半ば白骨化した腐爛死体で、死後約一カ月を経過している。男は鼠色《ねずみいろ》のオーバーに紺の背広、年齢三十七八歳ぐらい、女は茶色の荒らい格子縞《チェック》のオーバーに同色のツーピース、年齢、二十二三歳ぐらい。遺留品は化粧道具のはいった女のハンドバッグが一つだけである。その中に新宿からK駅までの往復切符を所持しているところから東京の者と見られる。……

翌日の新聞は、その身もとをのせていた。

——臨雲峡の情死死体の身もとは、男は東京の某デパート警備課員庄田咲次（三五）、女は同店員福田梅子（二二）と判明した。男には妻子があり、邪恋の清算と見られている。……

「これだな」

と、杉本隆治は思わず口から言葉を吐いた。東京とY県を結ぶ線はこれよりほかはない。この記事を見て潮田芳子は新聞の購読をやめたのであろう。彼女は、これが見たさに、わざわざ土地の新聞をとりよせたのに違いない。東京で発行の中央紙には、たぶん載らない記事なのだ。

「待てよ」

と、彼はまたしても考えを追った。

「潮田芳子は二月十九日付けからと指定して新聞をとりよせた。死体の発見は三月十五日で、死後約一カ月経過とある。すると、この情死は二月十八日以前に行なわれたとみても不自然ではない。時間的な符節は合っている。彼女はこの男女の情死を知っていた。新聞でその死体の発見される記事を待っていたのだ。なぜだろう？」

杉本隆治は、急に潮田芳子という女に興味を起こしはじめた。

彼は新聞社から回送された潮田芳子の住所をじっと見つめた。

四

杉本隆治が頼んだ某私立探偵社《たんていしゃ》からの返事は、それからおよそ三週間ばかりして、彼の手もとに届いた。

――ご依頼の潮田芳子に関する調査を次のごとくご報告いたします。

潮田芳子の原籍地はH県×郡×村。現住所は世田谷区烏山町××番地深紅荘アパートの内です。原籍地よりの戸籍謄本によると、潮田早雄の妻となっています。アパートの管理人の話では、彼女は三年前より独りで部屋を借り受けていて、おとなしい人だということです。最近、ソ連に抑留されていた夫が遠からず帰国してくると語っていたそうです。勤め先の渋谷のバー・ルビコンで女給をしています。

バー・ルビコンに行ってマダムに話を聞くと、ここには一年前から勤めていて、その前は西銀座裏のバー・エンゼルにいた由《よし》。素行はよく、馴染《なじみ》客は数人あるが、特別な関係は見られないそうです。ただ、一人、三十五六ぐらいの痩《や》せた男が、月に二三度ぐらい彼女を名指してくるが、そのつど、勘定を彼女が払っているところを見ると、この男だけが前のエンゼル時代から深い交渉をもっているのではないか、とマダムは言っております。いつも二人きりでボックスで低い声で話していたそうです。いつぞや友だちの女給が、あの人はあなたのいい人か、ときいたら芳子は嫌な顔をしていたといいます。芳子はその男が店に来ると、暗い顔をしていたそうです。男の名前は、誰も知っていません。

バー・エンゼルに行って話をきくと、芳子はたしかに二年前まではそこで女給をしていて、やはり評判はそう悪くありません。ただ女給としては、ぱっと明るいほうではないので、たいした客はつかなかったと言います。ここでも、ルビコンで聞いたような男が訪ねてきていたそうですが、それは彼女が店をやめる三カ月ぐらい前から顔を見せはじめたとのことです。つまり、その男が彼女のところに来るようになって三カ月後に、ルビコンに勤めの店を変えたことになります。

次に、ご依頼の××デパート警備課員庄田咲次について、その妻を訪ねると、死んだ自分の主人ながら悪口を言いました。女と心中したことが、よほど憎いとみえました。警備員というのは、デパート内の万引や泥棒《どろぼう》を警戒する役目ですが、庄田は、給料を家に半分ぐらいしか入れず、あとは、女関係に使っていたと言います。心中した相手の同デパート店員の福田梅子のことは細君も知っていて、いい恥さらしだ、と彼女は悪態を吐きました。

「わたしは主人の骨壺《こつつぼ》を仏壇なんかにあげていませんよ。縄《なわ》でくくって押入れの隅《すみ》に放《ほう》りこんであります」

と言ったくらいです。潮田芳子のことをきくと、

「そんな女は知りませんが、女遊びの好きなあの人のことだから、何をしていたかわかりませんね」

という返事でした。ここで細君をなだめて、庄田咲次の写真を一枚借りることに成功しました。この写真を持って、バー・ルビコンとエンゼルを訪ねると、マダムも女給も、芳子を訪ねてきた男は、たしかにこの人物だ、と証言しました。

ふたたび深紅荘アパートを訪ね、管理人にこの写真を示すと、管理人は頭をかいて、

「じつは、いいことではないので隠していましたが、たしかにこの人が潮田さんを月

に三四回ぐらい訪ねてきて、二晩ぐらい泊まっていくことも珍しいことではなかったようです」

と答えました。これによって、潮田芳子と庄田咲次との間は、情人関係であったことが確実です。ただ、いかなる機会で二人が結ばれたかは、不明です。

なお、ご指示により、二月十八日の彼女の行動を管理人にきくと、日付けは、はっきりと覚えていないが、たしかそのころに、芳子は朝十時ごろアパートを出かけていったことがある。いつも朝の遅い人が、珍しいことがあるものだと思ったので記憶がある、と答えました。ルビコンに行って、出勤表を見せてもらうと、二月十八日は、芳子は欠勤となっています。

以上、現在までの調査をご報告いたしました。さらに特別のご依頼があれば、その点を調査いたします……。

杉本隆治は、この報告書を二度ばかり繰りかえして読んで、

「さすがに商売ともなればうまいものだな。よく、こうも調査が行きとどいたものだ」

と感心した。

これによって、庄田咲次と福田梅子の情死事件に、潮田芳子が関係していることが、はっきりとわかった。たしかに彼女は、この二人が臨雲峡の山林で心中したことを知っていた。それは彼女が朝早くアパートを出かけ、バー・ルビコンを欠勤した二月十八日

に行なわれた。臨雲峡は中央線のK駅で下車する。彼女は二人をどこで見送ったのであろう？　新宿か、K駅か。

彼は時刻表を繰ってみた。中央線でK市方面行きの列車は、準急が新宿から八時十分と十二時二十五分と二本出ている。夜行は問題ではあるまい。緩行《かんこう》列車もいちおう除外しておく。行くならやはり準急に乗ったに違いないからだ。

潮田芳子が朝十時ごろアパートを出たといえば、十一時三十二分発の普通列車にも間に合うが、次の十二時二十五分発の準急に乗ったとみるほうが正しいようだ。これはK駅に午後三時五分に到着するのである。K駅から臨雲峡の心中現場までは、バスと徒歩で一時間はたっぷりかかるだろう。庄田と梅子の情死者二人は、冬の陽《ひ》の昏《く》れかかる間近な時刻に、運命の場所に辿《たど》りついたことになるのだ。杉本隆治の眼は、突兀《とっこつ》たる巌石《がんせき》に囲まれた山峡《やまかい》の林の中を彷徨《ほうこう》する男女二人の姿を想像していた。

その情死は、約一カ月後に、営林局の役人によって腐爛死体として発見されて世間に知れるまで、潮田芳子だけが知っていた。彼女は、その情死の事実が世間に知れる日を、地元の新聞を読んで知りたがっていた。彼女の位置は、いったい、どこにあったのであろう。

彼は、もう一度、二月十九日付けの『甲信新聞』を開いてみた。崖崩《がけくず》れ。農協の不正。町会議員の選挙。格別なことはない。郷土出身という××大臣のK駅前での演説の写真が大きく載っている。

彼の眼は、この写真に固定した。いつか犬の退屈な反覆運動を眺《なが》めていた時のように、頭の中ではさまざまな思考が湧《わ》いていた。

杉本隆治は、明日に迫っている締切の原稿をそっちのけにして、頭を抱えて考えこんだ。彼の小説に愛想をつかした一読者が、ここまで彼を引きずってこようとは思わなかった。

女房は、彼が小説の筋で苦悩しているとでも思っているに違いない。

五

潮田芳子は四五人の仲間にはいって、客にサービスしていたが、朋輩《ほうばい》から、

「芳子さん、ご指名よ」

と言われて立ちあがった。そのボックスに行ってみると、四十二三の髪の長い小太りの男がひとりですわっていた。芳子には、まるきり見覚えがないし、このバー・ルビコンでも初めての客であった。

「君が芳子さんかい？　潮田芳子さんだね」

と、その男はにこにこして言った。

芳子は、この店でも変名は使わず芳子と名乗っていたが、潮田芳子か、と姓名をきか

れて、その客の顔を見なおした。ほの暗い間接照明のなかに、卓上には桃色のシェードのかかったスタンド・ランプが点《つ》いている。その赤い光線の中に浮き出た顔は、まったく心当たりがなかった。

「そうよ、あなたは、どなたですの？」

と、芳子はそれでも客の横に腰をおろした。

「いや、ぼくは、こういう者だよ」

と、男はポケットを探って、角のよごれた名刺を一枚くれた。芳子が灯に近づけてみると、〝杉本隆治〟と活字がならんでいた。彼女は、あら、と口の中で言った。

「そうですよ、あなたが愛読してくれている『野盗伝奇』を書いている男だよ」

相手の表情を見て、杉本隆治は顔いっぱいに笑いながら言った。

「どうもありがとう。甲信新聞社から知らせてくれたのでね。たしか、お礼状をあげたはずだった。それでじつは昨日、あなたの住所の近くまで来たので、失礼だと思ったがアパートに寄ってみたのだが、お留守だった。きいてみると、ここにお勤めだということなので、今夜、ふらりとやってきたわけですよ。いっぺん会ってお礼を言いたかったのでね」

芳子は、なあんだ、と思った。そんなことに興味を起こして、わざわざ寄ったのか。「野盗伝奇」なんか本気で読んだこともない。ずいぶん、うれしがりやの小説家もあるものだと思った。

「まあ、先生でしたの。それは、どうも、わざわざ恐れ入りました。小説はとても面白く拝見していますわ」

と、芳子は身体を近くににじり寄せて愛想笑いをした。

「どうも」

と、杉本隆治はますます上機嫌《じょうきげん》に笑いながら、てれくさそうにあたりを見まわし、

「いい店だね」

と、ほめた。それから芳子の顔を、おどおどと見て、

「なかなか美人ですな」

と、ぼそぼそとした声で言った。

「あら、嫌《いや》ですわ、先生。わたしもお目にかかれてうれしいわ。今晩は、ゆっくりしてくださいな」

と、ビールを注《つ》ぎながら、流し眼をくれて笑った。この男は、まだ自分があの小説を読んでいると思っているのだろうか。たった一人の読者にこんなに感激して会いにくるとは、よほど流行《はや》らない作家だな、と思った。それとも女の読者だということに興味を抱いてきたのであろうか。

杉本隆治は、あまり酒が飲めないとみえて、ビール一本で顔を真っ赤にしてしまった。

もっとも、芳子が飲むし、ほかの女給が二三人たかったので、卓の上は瓶《びん》が七八本と料理で結構にぎやかなものとなった。

杉本隆治は、女どもから「先生、先生」と言われて、すっかりいい気持になったようで、一時間ばかりで帰っていった。

ところが、すぐそのあとで芳子が、あら、と叫んだ。彼がすわっていたクッションのすぐ下に茶色の封筒が落ちていたのを拾いあげたのである。

「今のお客さんだわ」

急いで戸口まで出ていったが、姿は見えなかった。

「いいわ、また今度来るに違いないから、その時まで預かっておくわ」

芳子は傍《かたわ》らの女給に言って、和服の懐《ふところ》の中に押しこんだ。それきり、忘れてしまった。

それがふたたび彼女の意識にのぼったのは、店が退《ひ》けて、アパートに帰り、着がえのために帯をといた時であった。茶色の封筒が畳の上に舞い落ちた。ああ、そうだった、と思いだして、それを拾いあげた。封筒の表も裏も、何も書いてない。封は閉じてなく、新聞紙のようなものが覗《のぞ》いていた。それが彼女を安心させて、ひきだして見る気になった。

新聞紙の半分ぐらいをさらに四つに切ったくらいの切りぬきが折ってあった。芳子はそれを開いた。眼が驚いた。まさしく『甲信新聞』の切りぬきで、××大臣がK駅前で演説している写真であった。

真っ黒い群衆の上に白い幟《のぼり》がいくつもなびいている。群衆より高いところに大臣の姿がある。芳子が、たしかにかつて現実として眺めた光景であった。写真はそのままであった。

芳子は瞳《ひとみ》を宙に置いた。持った指が、少しふるえた。腰紐《こしひも》一つだけの懐が、だらりと開いたままだった。

これは偶然だろうか。あるいは、故意に、杉本隆治が自分に見せるために置いていったものなのか。彼女は迷いはじめた。足が疲れて、畳の上にすわった。蒲団《ふとん》を敷く気も起こらなかった。杉本隆治は何を知っているのだろう。彼は何か目的をもって、この封筒を置いていったように思えてきた。直感である。これは、偶然ではない。決して偶然ではない。

人の良い通俗小説家だと思っていた杉本隆治が、芳子には急に別な人間に見えはじめてきた。

それから二日置いて、杉本隆治は、また店に現われた。芳子は指名された。

「先生。こんにちは」

と、芳子は笑いながら彼の横にすわった。ビジネス用の笑いがこわばった。

やあ、と杉本隆治も笑いながら応じた。相変わらず底意のなさそうな笑顔であった。

「先生。先日、これをお忘れでしたわ」

芳子はいったん立って、自分のハンドバッグから茶色の封筒をとりだして、さしだした。唇《くちびる》から微笑は消えないが、眼は真剣に相手の表情を見た。

「あ。ここで忘れたのか。どこかで落としたのかと思っていたが、いや、ありがとう」

彼は封筒をうけとってポケットに入れた。依然としてにこにこしているが、細めている眼が芳子を見て、瞬間に光ったように思えた。が、すぐそれはそらされて、泡《あわ》の立っているコップに落ちた。

芳子は焦燥を感じた。それから、ある試みを思いたった。危ないな、と思ったが突きとめずにはいられぬ実験だった。

「それ、なんですの？　お大事なもの？」

「なに、新聞に出ていた写真だよ。K市で大臣が演説をしている写真だがね」

と、杉本隆治は、白い歯を見せながら説明した。

「その聴衆のなかに、ちょっと気にかかる顔が写っているんだ。ぼくの知ってる奴《やつ》で、臨雲峡で心中した男だ」

まあ、と声に出して言ったのは、いあわせた二人の女給であった。

「そいつはわかっているが、すぐその横に二人の女がいる。どうもそれが同伴《つれ》らしいのだ。群衆のかたまりから少し離れて立っている具合がね。その日は奴が心中した日だと思う根拠がある。しかし心中するのなら相手の女一人でよいはずだが、女が余分に一人いる。どうも変だね。ぼくは、その女二人の顔をよく見たいと思うのだが、なにしろ小さく写っているのでわからん。それで、この新聞の切りぬきを新聞社に送って、原板から引きのばして、送ってもらおうと思ったのさ。もの好きのようだが、これは少し調べてみようと思ってね」

「まあ、探偵《たんてい》のようだわ」

と、傍らの女給二人は声をあわせて笑った。芳子は、息がつまった。

六

芳子が、杉本隆治の真意を知ったのは、その時からであった。

杉本隆治は嘘《うそ》をついている。あの写真にはそんな顔などありはしないのだ。それは自分がよくその写真を注意して見たのだから知っている。庄田咲次も福田梅子も、それから自分も、全然、写真には出ていなかった。

写ってもいないものを、写っているという杉本隆治の企《たくら》みは、はじめて彼女に明確な決定を与えた。彼は自分を試したのだ。彼が庄田咲次と友人だというのも嘘にきまっている。

試された？　そのことはたいした脅威ではないだろう。恐ろしいのは、彼があ、の、ことを少しでも嗅《か》ぎつけていることである。その嗅覚《きゆうかく》の発展が恐ろしかった。

その畏怖《いふ》の影が、もっと彼女の心に濃く落ちたのは、次のような、さりげない実験が杉本隆治によってなされてからだった。

一週間ばかりして彼はまた店にやってきた。やっぱり彼は芳子を指名した。

「この間の写真はだめだったよ」

と、彼は邪気のない笑顔で言いだした。

「新聞社では原板を捨ててしまってないそうだ。残念だな。あの写真から面白い手がかりが摑《つか》めそうなのになあ」

「そう。惜しかったわね」

芳子は言って、コップのビールを飲んだ。芝居をしている彼がにくかった。

すると杉本隆治は、そこで言葉の調子を変えた。

「そうそう、写真といえば、ぼくはこのごろ、人なみにカメラをはじめてね。今日、焼付けをさせたばかりなんだ。見てくれるかい？」

「見せてよ」

と、お世辞の相槌《あいづち》を打ったのは、一緒にいた朋輩の女給であった。

「これだ」

彼はポケットから二三枚の印画をとりだしてテーブルの皿の横に置いた。

「あら、いやだ。同じアベックの写真ばかりじゃないの?」

女給が手にとるなり言った。

「そうさ、背景と合って、いい写真だろう」

杉本隆治は、にやにやしながら言った。

「へんな趣味ね、よそのアベックを撮ったりして。芳子さん、ごらんよ」

女は、写真をまわした。

芳子は、杉本隆治がポケットから写真をとりだしたときから、ある予感がしていた。悪い予感である。警戒が心を緊張させ、微《かす》かにふるえさせた。それが的中したのは、写真を手にとり、視線を当てた瞬間からであった。

男と女が田舎道を歩いている後ろ姿だった。武蔵野のあたりらしく、早春の雑木林が、遠近に濃淡を重ねていた。平凡な、普通の写真である。が、芳子がいきなり瞳《め》を据えたのは、人物の服装であった。男は薄色のオーバーに、濃いズボンをはいている。女のオーバーには荒らい格子縞《チェック》が、はっきり写っていた。黒白のこの写真から、庄田咲次の鼠色のオーバーに紺色の背広、福田梅子の茶色の格子縞のオーバーに同色のツーピースが、芳子の瞳にありありと色彩を点じた。

やっぱり来たな、と芳子は思った。覚悟を決めると、動悸《どうき》はさほど打たなかった。彼女はうつむいて写真を凝視した。が、じつは杉本隆治を凝視しているといえた。彼の細い眼の中に光っている瞳と、空間で火花を散らしていることを意識した。

「お上手ね」

と、芳子は圧力に抵抗するように、やっと顔を上げた。さりげなく写真を持主に返した。

「うまいもんだろう」

そう言って、ほんの一二秒だが、杉本隆治は芳子の顔をじっと見つめた。彼女が写真を見ていながら意識したと同じ光った眼がそこにあった。

杉本隆治は、やはりあのことを嗅いでいる。彼はやがて知るかもしれない。芳子の心に風が吹き荒れていた。その夜、彼女は朝の四時まで眠れなかった。——

潮田芳子と杉本隆治の間は、それから急速に親しいものとなった。彼女は彼が店に来ないと電話をかけて誘った。手紙も書いて出した。女給たちがビジネス・レターと呼んでいる客に出す形式的な誘惑の手紙とは異なった、感情のこもった文句で綴《つづ》った。

誰が見ても、特別にひいきの客と、なじみの女給の間となった。杉本隆治がバー・ルビコンに遊びにくる回数とくらべて、それがどんなに早く醸成されたかは、芳子は彼とこのような約束をするほどになったのでもわかる。

「ねえ、先生。近いうち、どこかに連れていってくださらない？　わたし、一日ぐらい、お店を休むわ」

杉本隆治は鼻に皺《しわ》を寄せて、うれしそうに笑った。

「いいね。芳ベエとなら行こう。どこがいい？」

「そうね。どこか静かなところがいいわ。奥伊豆なんかどう？　朝早くから出かけて」

「奥伊豆か。ますますいいね」

「あら清遊よ。先生」

「なあんだ」

「だって、すぐ、そうなるの嫌ですわ。今度は清遊にしましょう。誤解のないように、どなたか先生のお親しい女の方を一人お誘いして。いらっしゃるんでしょ、そういう方？」

この問いをうけて、杉本隆治は眼を細め、遠くを見るような瞳をした。

「ないことも、ないがね」

「よかった。その方、わたしもお親しくなりたいわ。ね、いいでしょう」

「うん」

「なんだか、お気がすすまないようね」

「芳ベエと二人きりでないと、意味ないからな」

「いやだわ、先生。それは、その次からね」

「ほんとうかい」

「わたしって、急にそんなことに飛びこめないのよ。ね、わかるでしょ？」

芳子は、杉本隆治の手を引きよせ、その掌《て》を指で掻《か》いた。

「よし。仕方がない。今度はそうしよう」

と、彼は退いた。

「そんなら、ここで、日取りと時間を約束しよう」

「え、いいわ、待っててね」

芳子は立ちあがった。事務室に時刻表を借りにいくためである。

七

杉本隆治は、懇意にしている雑誌の婦人編集者をとくに頼んで同行してもらった。理由はとくに打ち明けなかった。婦人編集者の田坂ふじ子は、この先生なら安心だと見くびったのか、簡単に承知してくれた。

杉本隆治、潮田芳子、田坂ふじ子の三人は昼前には伊豆の伊東に着いていた。ここで山越しに修善寺に出て、三島を回って帰ろうという計画であった。

これから何かが始まろうとしている。杉本隆治は、危険な期待に、神経が針のようになっていた。それを普通の顔色にするのに骨が折れた。

芳子は平然としていた。片手にビニールの風呂敷《ふろしき》包みを抱いていた。弁当でもはいっているのであろう。いかにもピクニックに来たというふうに愉《たの》しげなようすであった。女二人は打ちとけて話しあっていた。

バスは伊東の町を出た。絶えず山の道をはいあがった。のぼるにつれて、伊東の町は小さく沈み、相模《さがみ》湾の紫色を含んだ晩春の海がひろがった。遠くは雲の色に融《と》けいっていた。

「まあ、すてき」

女編集者は無心にほめた。

その海も見えなくなった。天城《あまぎ》連山の峠をバスはあえぎながら越すのである。乗客は少なく、大半は窓から射《さ》す陽《ひ》の暖まりと、退屈な山の風景に飽いて眼を閉じていた。

「さあ、ここで降りましょう」

芳子が言った。

バスは山ばかりの中に停《と》まった。三人を吐きだすと、ふたたび白い車体を揺すって、道を走り去った。停留所は、農家が四五軒あるだけで、山のうねりが両方から迫っていた。

この辺の山中で遊んで、次か、次のバスで修善寺に向かうというのが、芳子の提唱した案であった。

「この道を行ってみません？」

芳子は曲がって林の中にはいっている一本の山径《やまみち》を指した。浮々していて額が汗ばんでいた。

径は、湧《わ》き水のためにところどころ濡《ぬ》れていた。さまざまな木々の緑の濃淡が美しい。気が遠くなるような静寂が、人間の耳を圧迫した。どこか遠方で猟銃の鳴る音がした。灌木《かんぼく》の茂みがあった。そこだけは森林が穴のように途切れていて、草の上に陽の光が溢《あふ》れて光っていた。

「ここいらで、お休みしましょう」

芳子が言った。田坂ふじ子は賛成した。

杉本隆治は、あたりを見まわした。ずいぶん、山の中にはいったな、と思った。ここなら、人はめったに来ないだろう。彼の眼は、臨雲峡の山林を想像していた。

「先生。おすわりなさいよ」

と、芳子が言った。包みを解いたビニールの風呂敷が親切に草の上に広げてあった。

女二人は、尻《しり》にハンカチを敷き、足を揃《そろ》えて草の上に伸ばした。

「お腹が空《す》いたわ」

と、女編集者は言った。

「お弁当にしましょうか?」

と、芳子が応じた。

女二人はたがいに持参の弁当を出した。田坂ふじ子はボール箱にはいったサンドウィッチを開いた。芳子は折箱に詰めた巻ずしを出した。それと一緒に、ジュース瓶《びん》が三本、草の上に転がった。

「お食べなさいよ」

田坂ふじ子は、サンドウィッチを一つ口の中に入れて、

と、芳子と杉本隆治にすすめた。

「ご馳走《ちそう》さま」

と、芳子は遠慮せずにサンドウィッチに手を出し、

「わたし、おすしを持ってきたけれど、いつも食べつけているので、なんだかたくさんだわ。よかったら食べてくださらない？」

田坂ふじ子と杉本隆治へ小さな折詰をさしだした。

「そう。じゃ、交換しましょうか」

田坂ふじ子はためらわずに、折詰をうけとって、すしを二つの指ではさみ、口に持っていこうとした。が、その時、すしは指から離れ、草の上に飛んだ。

「危ない、田坂君」

彼女の指を叩《たた》いた杉本隆治が、血相変えて立ちあがっていた。

「毒がはいっているんだ、それは！」

田坂ふじ子があっけにとられて、彼を見上げた。

杉本隆治は、潮田芳子の蒼《あお》ざめていく顔を見つめた。芳子はこわい眼つきをし、男の視線を正面に受けてはずさなかった。火が出るような瞳だった。

「芳べエ。この手で臨雲峡で二人を殺したな。心中死体と見せかけたのは君だろう」

芳子は返事をせずに、ふるえる唇を噛《か》んでいた。立てた眉《まゆ》が凄《すご》い形相をつくった。

杉本隆治は、その顔へ興奮でどもりながら言った。

「君は二月十八日に庄田咲次と福田梅子を誘って臨雲峡に行った。今の方法で二人を毒死させ、自分だけ逃げたのだ。あとの男女の死体は心中と見なされて残る。誰も犯人があることに気がつかない。場所も心中の名所でお誂《あつら》えむきだった。なんだ、また心中か、珍しくもない、と片づけられてしまった。君の狙《ねら》いはそれだった」

杉本隆治は、咽喉《のど》を動かして唾《つば》をのんだ。

八

潮田芳子は口をきかなかった。女編集者は眼をいっぱいに見ひらいている。ちょっとでも動くと空気が裂けそうだった。遠くで銃声がした。

「君は目的をはたした。しかし、一つだけ気にかかることがあった」

杉本隆治は、つづけた。

「それは、死んだ二人が、どうなったかという心配だった。君は、二人が倒れるのを見て逃げ帰ったのだから、その結果が知りたかった。それでなければ落ちつかない。どうだ、そうだろう？　たいていの犯人は、あとで犯行現場のようすを見にくるという心理がある。君はそれを新聞を見ることで代行した。あるいは他殺か、心中かの警察の決定も知りたかったであろう。しかし東京で発行の新聞には、地方のそんな瑣末《さまつ》な事件は出ないかもしれぬ。それで君は臨雲峡のあるＹ県の地元地方紙の購読を申しいれた。それは賢明だった。ただ君は二つの誤りを冒した。君は申しこみにさいし、新聞社に何か理由をつけねばならぬと思ったのであろう。ぼくの書いている『野盗伝奇』が読みたいから、とつけ加えた。それは君が、怪しまれてはならぬという心の怯《おび》えからだった。よけいなことを書いたものだ。それがぼくに怪しませるきっかけをつけた。もう一つは十九日付けから送れと言った。それでぼくに事件はその前日の十八日に起こったと推定させた。はたして、調べたら、その日君は、店を休んでいた。まだ詳しく言いたいが君には無用のことだろう。ただ種々の想像を加えて、君は新宿を十二時二十五分の準急に乗ったに違いないと思った。この列車はＫ駅には三時五分に着く。それから臨雲峡に行くのだが、その時刻には偶然に××大臣がＫ駅前でたいそうな人を集めて演説していた。それは写真入りで新聞にのっていた。ぼくは、必ず、君がそれを見たに違いないと思った。よし、この写真で君を試そうと思った」

杉本隆治はまた唾をのんだ。

「ぼくはある所に頼んで、君と庄田咲次の関係を調べてもらった。もはや、君と庄田との間に一本の線がつづいていることは明瞭《めいりよう》となった。しかも庄田は相手の福田梅子とも関係がある。心中死体にしても世間は疑わない。ぼくの推理の自信は、いよいよ強くなった。ぼくは××大臣の新聞写真をわざと置き忘れて、君に見せたね。ちょっとした嘘も言った。それで君が必ずぼくに疑惑をもつと思ったからだ。つまりぼくが君を試していることを、知ってもらいたかった。それだけでは弱いから、心中死体の服装を新聞記事で知って、ある若い友だちにそれに似た服装をしてもらって写真を撮り、君に見せた。君は、ぼくが試していることを確実に知ったであろう。君はぼくが気味悪くなり、恐ろしくなったに違いない。次はぼくが、君の誘いを待つ番だった。はたして君はそれをやった。君は急速にぼくに親しくなろうとし、今日、ここに誘いこんだではないか。君は女の友だちを一人連れてこいと言った。ぼく一人の死体では心中にならないからな。田坂君とぼくがそのすしを食ったら、その中に仕込んだ青酸加里か何かでたちまち息を引きとる。君はこっそりこの場を去る。三から一を引いて、二つの情死死体がこの奥伊豆の山中に残るというわけだ。ああ、他人のことはわからないものだな、あの二人が心中するほどの仲とは知らなかった、と世間はおどろく、女房はぼくの遺骨を押入れの中に足蹴《あしげ》にして投げこむかもしれない」

とつぜん、笑いが起こった。潮田芳子は口の奥まで見せて、仰向《あおむ》いて笑った。

「先生」

と、彼女は笑いをとつぜん消すと鋭く言った。

「さすがに小説家だけに、うまく作るわね。じゃ、このおすしに毒薬が仕込んであると言うの？」

「そうだ」

小説家は答えた。

「そうですか。それじゃ、毒薬で死ぬかどうか、わたしが、この折りのおすしを全部食べてみるから、見ていて頂戴《ちょうだい》。青酸加里だったら三四分ぐらいで死ぬわね。ほかの毒物だったら、苦しみだすわ。苦しんでも、ほっといてよ」

潮田芳子は、呆然《ぼうぜん》としている田坂ふじ子の手から折詰を引ったくると、たちまち指で摑《つか》んで口の中に入れはじめた。

杉本隆治は息をのんで、その光景を見つめた。声が出なかった。眼をむいているだけである。

巻ずしは輪切りにして七つか八つあった。芳子はつぎつぎにそれを嚙んで咽喉に通した。非常な速さで、ことごとくそれを食べつくしたのは、むろん意地からであった。

「どう、みんな食べたでしょ？　おかげで、お腹《なか》がいっぱいになったわ。わたしが死ぬか苦しむか、そこで待っていて頂戴」

そう言うと、彼女は長々と草の上に寝そべった。

温和な太陽は彼女の顔の上を明るく照らした。彼女は眼を閉じた。鶯《うぐいす》が啼《な》いている。

長い時間が経過した。杉本隆治と田坂ふじ子とが、傍《かたわ》らで声も出さずにいるのに変わりはない。さらに長い長い時間が過ぎた。

潮田芳子は眠ったようである。身動きもしない。が、つむった眼の端から、涙が一筋流れ出た。杉本隆治は、危うく声をかけるところだった。

そのとき、彼女はぱっと飛び起きた。はねるような起き方であった。

「さあ、十分ぐらいは経《た》ったわね」

と、彼女は杉本隆治を睨《にら》んで言った。

「青酸加里だったら、とっくに息が止まっているわ。ほかの毒薬でも徴候がはじまっているわ。だのに、わたしは、こんなに、ぴんぴんしているわ。さあこれで、あなたの妄《もう》想《そう》のでたらめがわかったでしょ。あんまり失礼なことを言わないでよ」

彼女は言いおわると、さっさと空箱と瓶《びん》をビニールの風呂敷に包み、草を払って立ちあがった。

「帰ります。さよなら」

潮田芳子は、その一言を残すと、大股《おおまた》で道を元の方へ歩きだした。どこにも変わったところの見られない、しっかりした足どりであった。姿は、林の枝の煩瑣《はんさ》な交差の中にすぐ消えた。

九

潮田芳子が杉本隆治に送ってきた遺書。

——先生。

わたしの犯罪は、あなたのおっしゃったとおりです。どこも訂正するところはありません。たしかに臨雲峡であの二人を殺したのはわたしでした。なぜ殺したか。それはまだあなたの推理には届いていないようですから、最後に申しあげます。

わたしの夫は終戦の前年に、満州に兵隊としてとられていきました。結婚後、半年も経っていませんでした。わたしは夫を愛していましたから、終戦と同時に、満州の大部分の将兵がシベリアに連れ去られたことを聞いて、たいそう悲しみました。しかし元気であれば、いつかは帰ってくるものと信じ、長い間それだけを待っていました。夫はなかなか帰ってきませんでした。わたしが、舞鶴までむだな出迎えにいったことも一再ではありませんでした。が、夫はもとから身体は頑健《がんけん》でしたから、いつかは帰ってくるものと信じ、長い長い歳月をひとりで待っていました。いろいろな仕事に転じました。女一人で楽には暮らせません。最後の職業がバーの女給でした。西銀座裏のエンゼルです。

女給という職業は、かなりな衣装がいるものです。パトロンのない身には、その衣装づくりに苦労します。わたしはなけなしの貯金をはたき、ある日、デパートにドレスを買いにいきました。見かけだけのいちばん安いものを買いました。それだけで帰ってくればよかったものを、ふとレースの手袋が買いたくなって、特売場に行きました。いろいろ漁《あさ》って一対を求め買物袋に入れました。それから一階におりて戸口を出ようとしたら、一人の男に丁重に呼びとめられました。彼はこのデパートの警備員でした。わたしの買物袋の中をちょっと見せてくれと言うのです。人気のない場所に連れていかれ、袋の中からとりだされたものは二対の手袋でした。一対は包装紙で包んであったが、一対はそのままでした。デパートの買物検印のない品です。わたしはおどろきました。たぶん特売場の台から、この軽い品がわたしの買物袋の口に落ちこんできたに違いありません。

わたしは弁解しましたが、その警備員はきいてくれません。わたしの住所と氏名を手帳に控えました。わたしは真っ青になりました。万引女にされたのです。その男は、にやにや笑いながら、ともかく、その日は帰してくれました。

しかし、それですんだのではありません。もっと恐ろしいことが、あとにつづきました。ある日、その男が、わたしのアパートに訪ねてきたのです。ちょうど出勤前でした。男は畳の上にあがりこみ、今度は自分の料簡《りょうけん》で内密にしてやると言いました。わたしは喜びました。自分の故意にしたことではないにしろ、そんな誤解の恥からのがれたことに、ほっとしました。もしお店やアパートの人たちにこれが知れたらどうしようと毎日生きた心地もなかったからです。

そんな女の弱味につけこんだその男の行動が、それからどんなふうに変わったかは、ご想像がつきましょう。わたしが弱かったのです。勇気が欠けていたのです。わたしは、その男の強要に抵抗を失いました。

その男、つまり庄田咲次はそれからわたしに付きまといました。彼はわたしの身体を欲しがるばかりでなく、ときには小遣銭までまきあげていきました。お店に来ては、わたしの支払いで酒もタダで飲んでいきます。わたしはヒモを持ったのです。

わたしは夫をうらみました。なぜ早く帰ってきてくれないのか。あなたが帰ってくれてさえいたら、こんな地獄の目に会わなくともすんだものを、と思いました。逆恨みかもしれません。夫にすまないのは、わたしのほうでした。でも、ほんとにそう思ったのです。

庄田という男は下劣で、とても夫の比ではありません。それに、女がずいぶんありました。福田梅子もその一人です。彼は、しゃあしゃあと福田梅子をわたしにひきあわせるのです。たぶん、わたしの嫉妬《しっと》を煽《あお》らせて愛情をつなぐつもりだったのでしょう。それにわたしが、いくぶんでも、のったというのは、どういう心理からでしょうか。そのうち、音信のなかった夫から、便りが届きました。近いうちに帰国できるというのです。わたしはよろこびました。青空を仰ぐような気持でした。それから悩みました。庄田咲次のことです。夫が帰ってきたら、すべてを白状して裁きを待つつもりでしたが、その前に庄田と手を切らねばなりません。庄田に事情を言って頼むと、彼は受けつけないばかりか、かえってわたしに情欲を燃やすのでした。わたしの彼に対する殺意は、こうして生じました。

殺した方法は、あなたの推理されたとおりです。福田梅子を誘って臨雲峡に行こう、と言うと庄田はこの奇態なピクニックをよろこびました。情婦二人を連れていくことに彼は変態的な誇りを感じたのでしょう。

列車は新宿発の十二時二十五分に約束しましたが、わたしはわざとその前の十一時三十二分発の普通列車にしました。列車の中で三人一緒にいるところを、知った人に見られたくなかったからです。この列車はK駅に十四時三十三分につきます。庄田たちの乗っている準急がつくまで、三十分ばかりありました。その間に、わたしは駅前飲食店で中華そばを食べながら、あなたの小説の載っている『甲信新聞』を読んだのでした。列車から降りた庄田たちと一緒になったときに、駅前で××大臣の演説がありました。

わたしは庄田と梅子に臨雲峡の山林で青酸加里のはいった手製のおはぎを食べさせました。二人はあっという間に倒れました。あとは、わたしが残りのおはぎを片づけて帰れば、心中死体が残るわけです。それは、うまく運びました。

わたしは、ほっとしました。これで、安心して夫の帰りが待てます。ただ、気にかかるのは、二人の死体をはたして情死と見てくれるか、あるいは他殺となるか、警察の判断が知りたかったのです。そのため、飲食店で見た『甲信新聞』をとることにしました。あなたの小説を理由にしたため、そこからあなたの不審を招く結果になりました。

わたしは、夫をどうしても欲しいのです。それで、今度はあなたを抹殺《まっさつ》しようと思いました。庄田を殺したのと同じ方法で。

だが、それも見破られました。あなたは、わたしの弁当のすしを疑いましたが、毒物はじつはジュースにいれていたのです。すしを食べたあと、咽喉の乾きにジュースを一息に飲んでいただこうと思って。

そのジュース瓶は、わたしがその場で持ち帰りましたね。むだではありません。これから、それをわたしが飲むところです……。

鬼畜

一

竹中宗吉《そうきち》は三十すぎまでは、各地の印刷屋を転々として渡り歩く職人であった。こんな職人は今どきは少なくなったが、地方にはまれにあるのだ。彼は十六の時に印刷屋に弟子入りして、石版の製版技術を覚えこむと、二十一の時にとびだして諸所を渡り歩いた。違った印刷屋を数多く歩くことを、技術の修業だと思っていたし、実際そうでもあった。

宗吉は、二十五六になると立派な腕の職人になっていた。ことにラベルのような精密な仕事がうまく、近県の職人仲間の間で彼の名を言えば、ああ、あの男か、と知らぬ者がなかった。それくらいだから雇い主は、彼に最上の給金を払って優遇した。彼は酒もあまり飲めず、女買いも臆病《おくびよう》なほうで、あまった金は貯金通帳にせっせと入れた。将来、印刷屋を開くつもりはあったのである。

二十七のときに彼は女房をもった。お梅という女で、働いていた印刷所の住みこみの女工であった。痩《や》せていて、一重瞼《ひとえまぶた》の眼尻《めじり》が少しつりあがっているほかは、さして不美人とも思えない。同じ家の住みこみ同士で仲よくなり、雇い主がうるさく言いだしたので、この女を連れて逃げた。自然と夫婦ということになった。

夫婦になってからも、やっぱり方々の印刷所を渡り歩いた。別に決まった家は借りず、印刷所の二階の空いたところで二人は寝起きした。お梅は女中がわりにそこで働くから、所帯道具の世話はいらない。ほんの着がえの風呂敷《ふろしき》包みだけである。貯金通帳はお梅がしっかりと預かった。

印刷所の主人も夫婦の住みこみは迷惑だったが、宗吉の腕がよいから置いた。こうして夫婦は流転《るてん》のような生活をしながら、だんだん故郷から東の方へ遠ざかった。しかし貯金通帳の金額はふえるばかりであった。

S市まで来て働いているうちに、市内の小さな印刷屋が居抜きのままで売りに出ていることを知った。宗吉はそれを買いとることをお梅に相談した。貯金はそれだけ溜《た》まっていたから彼女も賛成した。

宗吉は三十二歳でようやく渡り職人をやめて、小さいながら印刷屋の主《あるじ》になった。設備は中古の四截《さい》機械一台であった。が、これは、ラベルのような小物を刷るには格好であった。石版印刷の上がりは、色版という製版技術が効果を左右する。宗吉の腕は多年諸方を渡り歩いて鍛えているので、刷上がりは見事であった。

初めは市内の大きな印刷所の下請けをやった。直接の得意のない新規の悲しさには、そんな仕事しかなかった。儲《もう》けの幅はきわめて少ない。

しかし、宗吉の職人気質《かたぎ》の緻密《ちみつ》な仕事ぶりが気に入られ、大きな印刷所では、小物はあすこでなければならないということになり、下請けながら注文はしだいにふえてきた。そうなると、宗吉も気が乗って、朝から夜の十時ごろまで働いた。職人の機械方一人と、刷版《すりばん》の製版工一人だけで、あとは見習小僧二人というきわめて小人数の経営にした。毎晩のように夜業をした。

お梅は気性の勝った女で、自分で機械の紙さしをしたり、ラベルの打抜きをしたり、截断もした。子供が生まれないから、邪魔になるものはなかった。宗吉がむっつりしているのに、彼女は口の立つ女だった。注文に来るよその印刷所の外交員たちは、たいていお梅と話して帰った。彼女は薄い唇《くちびる》でよくしゃべり、調子の高い声を出した。笑うときでもつりあがった眼尻はさがらなかった。雇い人たちは宗吉よりも彼女の機嫌《きげん》をとった。

こうして利は少ないながら、また少しずつ溜まりはじめた。

「どうも下請けは儲けがない。あと半年ぐらいで半截判のオフセットを入れよう。それくらいの金はできるはずだ」

夫婦だけになったときに宗吉は言った。

「そうだね、いつまでも下請けでもないね」

お梅も、うまい汁はよその印刷屋に吸われているような気がしていたので、それに賛同した。とにかく、渡り職人だった彼は、そこまで漕《こ》ぎつけたという感じであった。

宗吉が菊代を知ったのは、その時期である。

菊代は鳥鍋《とりなべ》料理の〝ちどり〟の女中であった。宗吉は仕事を持ってきてくれる印刷所の外交員たちをお礼のつもりでときどきは飲み屋に誘ったが、宗吉を〝ちどり〟に連れていったのは、その外交員の石田という男だった。同じ飲ませてもらえるなら、自分の知ったところに行きたい、という彼の希望であった。

〝ちどり〟は市内でも二流の料理屋だが、女中は十二三人いた。石田はここにときどき来るらしく、みんなイーさん、イーさんと言っていた。

「竹中さん、こいつはお春といってね、ここの古狸《ふるだぬき》なんだ。こんな顔でも自信があるとみえて、ぼくが前にずいぶん口説いたが、どうしても乗ってこなかったしたたかものさ」

石田が、宗吉の横にぺったりとすわった女のことを言った。女はまる顔で額が広く、大きな眼をしていた。髪の毛の赤い難を除けば、皮膚が白く、ぽってりとした男好きのする顔だった。

「あんなこと言っている。イーさんと違って、こちら純情そうね。どうぞ、ターさん、いれさせてね」

お春という女は宗吉に酌《しゃく》をした。大きな眼がうす赤く、色気を感じさせた。年齢は二十五六にみえたが、むろんもっと上に違いない。サービスは行きとどいていた。ほかに二三人の女中もこの座敷にはいっていたが、お春は何かと宗吉にもつれるようにした。彼の膝《ひざ》に手をおいて、白い咽喉《のど》を見せて唄《うた》った。うたう唇の格好がかわいかった。石田は、眺《なが》めていてにこにこしていた。

宗吉が、はじめてお春の身体を知ったのは、それから三月ぐらい経《た》ってからである。彼はその間、しきりと〝ちどり〟に通った。はじめて会ってから、お春のサービスのよさが忘れられない。彼が行くと、座敷には必ずお春が出た。彼は〝ちどり〟ではお春の客として待遇された。彼が行くと、お春はよその座敷にはいっていても、そこを捨ててやってきた。

宗吉の商売は順調だったから〝ちどり〟で使うだけの金は自由になった。彼はかなりのチップをお春に出した。

朝から夜まで、根《こん》の詰まる仕事をしていると、身体の疲労と気鬱《きうつ》とがあった。お春を知ってからは、その気鬱を散らすことを覚えた。八時ごろになると腰が落ちつかない。支度をしなおして〝ちどり〟へ出かけた。そんなことが月に三度ぐらいはあった。

三度というのは頻繁《ひんぱん》な回数ではない。宗吉は女房のお梅の眼を恐れたのだ。お梅は自分も労働をするので、仕事がすむ八時ごろになると二階に上がって蒲団《ふとん》の中に転んでしまう。宗吉にとっては外出の都合がよかった。が、それも月に四度以上は咎《とが》められる気づかいがあったのである。

宗吉は女房の狐《きつね》のような尖《とが》った顔よりも、お春の色の白いまる顔に惹《ひ》かれた。それによその座敷をほうってまでくる実意がうれしい。

「あたし、ターさんが好きよ」

と、肩に頬《ほお》を押しつけるしぐさは、いちおうどの客にもしていることと思いながらも、引きずられてしまう。

彼が〝ちどり〟に行って、お春が抜けられない座敷で唄っているときなど、彼は嫉妬《しっと》が起こった。彼の前にいる他の女中は、

「ターさん、寂しそうね、いますぐ呼んでくるわ」

と言ってからかった。彼は自分が、ここで完全にお春の馴染客《なじみきゃく》になっていることに満足した。

お春がはいってくると、ほかの女中たちは遠慮した。彼女は誰もいなくなると、いきなり杯を二三杯あおって、彼を押し倒してその酒を口移しした。それから、ごめんなさいね、やっと抜けてきたのよ、とあやまり、身体を押しつけてきた。彼女は太《ふと》り肉《じし》なので、宗吉は瘦せた女房にない重量感をうけとった。

ある夜、宗吉はその座敷でひどく酔って寝こんだ。その日は昼間の仕事が特別に忙し

かったので、その疲れが出たらしかった。

彼は起こされて眼がさめた。

「もう、かんばんよ。よく眠ったわね」

と、お春が言った。彼はお梅を意識して、そんなに遅くまでいたことがなかったので、あわてて起きあがった。それから手洗いに立った。いつものようにお春が戸口で待っていた。

出てくると、まだ足もとが揺れた。飲めない彼もこのごろはかなり飲めるようになっていた。お春が傍《そば》にいて彼の身体をささえた。

廊下をもとの方へ歩いていると灯を消した空き部屋があった。ほかの女中たちは帰ったらしく二階には声がない。宗吉はお春を抱くと、暗いその六畳に連れこんだ。

だめよ、とお春は言ったが、彼は乱暴にお春をそこに倒した。片手を伸ばして座蒲団を彼女の頭の下にしいた。女は倒されてからは強《し》いて跳ねかえそうとはしなかった。

「ターさん、浮気なの？　真剣なの？」

と、女は下から落ちついた声で言った。

「真剣だ」

と、彼は荒らい息を吐いて言った。

「そう、浮気でするならいやよ。わたしは誰ともこんなことをしたことないのよ」

「浮気じゃない。おまえのことは考えている」

宗吉はあえいで答えた。

「そう、きっとね？　捨てないでみてくれるのね？」

女のこの質問の意味の重大さを彼は半分気づいていた。彼の熱い頭の中は、いまの商売の順調を勘定した。この女ひとりぐらいは、なんとかなりそうな気がした。

「おれに任せてくれ」

彼は女の耳に上からささやいた。

「本当ね？」

嘘《うそ》ではないと彼は言った。女は納得した意思を身体の姿勢ではじめてみせた。彼はこうして、激情のなかで動きのとれぬ言質《げんち》を女に与えたのだ。

それから宗吉と菊代（お春というのは店で使う名で、実名は菊代と告白した）の秘密な交渉がつづいた。

女房のお梅はまったく気がつかない。気性の勝った女だから、わかったら大事と思って、宗吉は細密な用心を重ねて女と会った。菊代には女房の痩せている身体と違って若い弾力があった。彼は夢中にのぼせた。

三月ばかりたつと、菊代は身体の異常を言いだした。

「もうお店で働けないわ。あんたのことも、うすうす気づかれているのよ」

それで家を持たせてくれと菊代は強引にねだるのだ。この要求を宗吉は断われなかった。断わることができない。それだけの言質を彼は女に与えている。抜きさしならぬ呪《じゅ》縛《ばく》が彼をしめつけた。予感はあったが、それがこうまで早く実現しようとは思わなかった。

だが、まだどこかに満足がないではなかった。渡り職人だった彼が、ともかくも好きな女を囲う身分になれたという充足は出世感に近い。それに、初めて子供をもつという感情も改めて湧《わ》いた。

この女の生活ぐらいみていける気がした。懸念はお梅のことだが、今までどおり用心すれば匿《かく》しおおせるであろう。なに、なんとかなると思った。なんとかなる——この漠《ばく》とした無計算な希望が、じつは、それから八年間もつづいたのであった。

二

八年間、宗吉がお梅の眼から菊代を匿しおおせたのは、ふしぎなくらいであった。しかも、三人の子ができていた。上が男の子で七つ、次が女の子で四つ、その下が男で二つであった。家はS市から一時間ばかり汽車で行く町に一軒をもたせた。

もっとも、お梅にそんなに長い間わからなかったのは理由のないことではない。第一に彼女は亭主の宗吉を自分の思うままになる男だと高《たか》をくくっていた。顔や性格から考えても、とても女ができる男ではないと思っている。誰の眼にも、この亭主は女房の下にしかれている男としかうつらなかった。

それから商売のほうが繁盛し、八年間には、オフセット機械四截判を二台も据《す》えることができた。念願どおりに下請け仕事を断わり、宗吉自身が直接に得意先をまわるようになった。これは一度、外交員を置いてつかいこみされたのに懲《こ》りたからだ。宗吉は近在の得意はもちろん、ずいぶん遠い土地まで足を伸ばして、酒や醬油《しょうゆ》の醸造元からラベルの注文をとってきた。今までの下請け時代よりずっと儲かった。それが外に泊まれる便利となった。

便利といえば、集金の金から、菊代のほうに生活費を出すことが自由にできた。女房への口実は、先方が支払いを延ばしたとか、金が焦《こ》げつきになったとか、値引きされたとか、いくらでもあった。

月に二三度は泊まる宗吉を、菊代はよろこんで迎えた。女房にない色気をこの女はいつまでも持っている。皮膚は彼が〝ちどり〟で知ったときと少しも変わらなかった。女房の身体には、とうに脂《あぶら》がなくなっていた。

上の子は利一、なかの女の子は良子、下の男の子は庄二と名前をつけていた。二つになる幼児は別として、上の二人の子は宗吉が行くと「父ちゃん」「父ちゃん」と呼んでまつわりついた。宗吉は必ず子供の好きなものを土産にもっていく。子供の顔は宗吉よ

りも菊代に似ていた。宗吉がそう言うと、

「あら、そうかしら。わたしはあなたにそっくりだと思うのだけど」

と、菊代は食膳《しょくぜん》に宗吉の好きな刺身の皿などならべながら、子供たちの顔をちょっと検《あらた》めるように見て笑うのだ。宗吉は満足して、子供の口へ刺身を箸《はし》で入れなどして、幸福な父親になりきっていた。

八年間、よくもだましおおせたものだ、とことが露見したとき、お梅はどなったが、まったくそのとおりであった。いや、思わぬ変化が起こらなかったら、そのままの状態で、もっと長く女房にかくせたかもしれない。

不測の事故は、近所から出た火のために類焼というかたちでまず現われた。家も機械もことごとく焼かれた。まさかと思っていたので、保険の掛け金も少なかった。貯蓄をはたき、やっと小さな家と機械一台を買えたのが精いっぱいであった。

次には近代設備をした大きな印刷会社がその市にできたことだ。技術も優秀だった。旧《ふる》い型の職人の技術しかない宗吉の印刷がその競争に負けるのは、とうぜんであった。彼の商売はしだいに転落した。

ふたたび下請けにかえるところまで凋落《ちょうらく》したが、そうなるとほかの印刷所は彼に冷酷だった。前の下請けの時に出していた注文品の得意先を宗吉が直接に行ったためにずいぶん荒らされている。それを憎んでいるから、こんど困って宗吉が頭を下げてまわっても、どこも相手にしなかった。

宗吉はあせった。その焦燥のおおかたは、今までのように菊代に生活費を出してやれなくなったことだ。そのうえ、金が窮屈になったから、お梅が家計に目を光らせて、融通が少しもできなくなった。

「どうしてくださるのよ。あんたと奥さんはいいかもしれないが、わたしたち親子四人は干ぼしだわ」

宗吉があやまりに行くと、菊代は眉毛《まゆげ》の間に皺《しわ》を立てて苦情を言った。この抗議をきくのが宗吉には何より辛《つら》かった。そのつど、なんとか工面してきた金を置いては、なだめて帰った。

しかし、その工面のできる間は、どうにか小康が保たれた。破綻《はたん》は、いよいよ千円の金も運べなくなったときからである。

「わたしは、あんたにだまされた」

と、女は怒りだした。今まで見なれた愛想のいい顔からは想像できなかった。

「大きなことを言って何よ。八年間、わたしはあんたのおもちゃになっていたようなものだわ。わたしは、あんたのような男にくっついたばかりに、とんだ不幸な目に会った」

いったい、これからどうしてくれるかと迫った。しかし、菊代の家には、タンスや三面鏡や電気洗濯機《せんたくき》、冷蔵庫、蓄音器などが相変わらず置かれてあった。手入れのいい女だけに、品物は新しい。タンスの引出しの中には、数々の衣類がまだしまってあるに違いない。ことごとく彼の買ってやったものだ。苦しい時はおたがいだ、なぜそんな品を質入れするか、売り払わないのか、という言葉は宗吉の咽喉までこみあげてくることがあるが、それが、どうしても吐けなかった。弱々しい眼で、言いわけする結果にしかならなかった。

女の不機嫌を見ることと、言いわけしなければならぬ辛さに、宗吉の足は菊代の家からしだいに遠ざかった。ともかく、行かないでいる間は、その責苦から一寸遁《いっすんのが》れすることができるのだ。だがそれは自分の手で眼隠ししているようなもので、少しも気休めにはならない。いつ、どんなことになるかという不安からは、瞬時ものがれることはできなかった。

商売のほうは、いよいよだめで、金は手づまるばかりであった。

三

菊代が三人の子を連れて、宗吉の家に乗りこんできたのは、夏の夜のことである。はじめ宗吉を外に呼びだして、不実をなじった。

「このまま捨てるつもりでしょう。そうはいきませんよ。そんな約束であなたの世話になったのではありませんからね。とにかく今夜は、わたしら四人の生活のたつようにしてください」

菊代はワンピースに下駄《げた》をはき、二つになる庄二を背中に負っていた。七つの利一と四つの良子は母親の傍《かたわ》らに両方からくっついていた。

「そんなことを今、言ってきても困る。明日行って話すから、今夜は帰ってくれ」

宗吉は汗を出して必死に菊代をなだめたが、彼女はきかなかった。あんたが来る来るというのは、あてにならないと言うのだ。一時間近くもそんな押し問答をした。蚊がかむので背中の子は泣きだしてやまない。

「あんた、そこで何をしているの？　話があるなら、家の中でしなさいよ」

背後からとつぜんにお梅の声がかかった。いつ、そこに来ていたのかわからなかった。

宗吉は足がふるえた。動悸《どうき》が打って、舌がしびれたように口がきけなかった。できるなら、この場からにげだしたい。こういう場面は予想しないでもなかったが、あんまりとつぜんな来かたなので、己れを失った。

家の中にはいると、二人の女は思ったより平静であった。菊代はワンピースの膝を包むようにきちんとすわって切り口上の挨拶《あいさつ》をお梅にした。

「奥さん、わたしは宗吉さんのお世話になっていました。申しわけございません。奥さんには、このとおりお詫《わ》びいたします」

興奮もせず、顔色も変えていなかった。その覚悟でここまで出てきた、といわぬばかりであった。もとより口の達者な女だった。それからいっさいのことを打ちあけた。打ちあけたというよりも説明している言い方に近かった。まるで今後の自分たちの始末を迫るため、詳しく経緯《いきさつ》を述べているようにみえた。

お梅は浴衣《ゆかた》の懐《ふところ》をはだけて、ゆっくり団扇《うちわ》を使って風を入れていた。骨っぽい皮膚がのぞいていた。そう、とか、へえ、とか短い受け答えをするだけで、光った眼をときどき傍らに頭を抱えている亭主の方に向けた。こんな時、女房は泣きだすか、喚《わめ》くかと思っていた宗吉は、お梅が案外におとなしいので、安心もし、こわくもあった。彼女は菊代の話を鼻の先で聞きおわると、

「その子供は、三人ともうちの子かね？」

とききかえした。背中の子は足の先を畳に垂らし、首を投げて寝入っていた。上の男の子と女の子は母親の身体にすりよって、恐ろしそうにお梅を見つめていた。

「そうです。間違いなく宗吉さんの子です」

菊代は疑われでもしたように、昂然《こうぜん》と顔を上げて言った。

「上の子は、いくつかね？」

お梅は雇い人に言うように、横柄《おうへい》な態度を露骨にわざと出していた。

「七つです」

菊代はお梅の陰気な敵意を感じとって、投げつけるように答えた。

お梅は、ふん、と言った。それから宗吉の方を向いて、はじめて尖った声を出した。

「あんた、八年間もようもわたしをだましおおせたね。こんな女を囲うような身分にいつから、なったのかい？」

とつぜんに宗吉の頰が鳴ってしびれた。それで堰《せき》を切ったように、お梅の手がつづけさまに彼の頭や顔に殴打を加えた。宗吉は両手を突いてこの打擲《ちようちやく》をうけていた。菊代はそれを傍観し、二人の子はおびえた泣き声をあげた。

その夜は、話の決着がつかなかった。お梅は、あとのことは、宗吉が勝手に始末をつけるだろう、と相手にならなかった。

「うちには金は一銭もないからね。あんたがよそから借りてくるなり、泥棒《どろぼう》するなりしてこの女のかたをつけるんだね」

と、亭主に言った。

「ひどいことを言うね、奥さん、あたしゃ淫売《いんばい》じゃないよ」

菊代がお梅に突っかかった。女同士の口汚ない争いが始まったが、宗吉は、一言も口がきけない。青い顔をして、おろおろするばかりであった。

「どうしてくれるの、あんた。男ならなんとか言ったら、どう？」

菊代は宗吉にたたみこんだ。宗吉がお梅の前で言える道理がなかった。ワイシャツ一枚の背中は水を掛けたように濡《ぬ》れていた。薄くなった髪が打擲に乱れたままで、頭の真ん中の禿《は》げたところがあわれに赤かった。顔も首筋も汗がふき出て流れていた。

話はいつまでも空回りするだけであった。心配して起きていた二人の子も畳の上に寝てしまった。気づくと十二時を過ぎている。三人も今は疲労した。

「今晩はもう帰る汽車もないからね。ここに泊めてもらいますよ」

菊代は、眼をぎらぎらさせて言った。

顔色を変えたのは宗吉だった。彼はお梅の顔をうかがうように見た。が、お梅はぞんがいに平気であった。

「ああ、いいよ。あんたは、そっちで寝なさい」

そっと指さしたのは、次の板の間であった。階下は仕事場を広くとっているので、四畳半のこの座敷と、三畳ぐらいの板の間しかない。その板の間も、隅《すみ》には印刷インクの缶《かん》や紙が積みあげてあった。

お梅は、さっさと押入れから夏蒲団《なつぶとん》を出して敷き、四畳半に蚊帳《かや》をつりはじめた。さすがの菊代も板の間に子供を抱えて追いたてられた。

「あんた、蚊帳を貸しなさい」

菊代は宗吉に言ったが、返事はお梅がした。

「うちは夫婦者だからね。あいにく、蚊帳は一つしかないのでね」

菊代はお梅を睨《にら》んだ。

四

菊代は、板の間に起きたまま眠ることができない。茣蓙《ござ》を一枚、ようやく貸してもらって敷いたのだが、身体が痛くて、横になっていられなかった。子供たちは疲れたものか、よく眠っている。それに蚊が群らがってきた。だだっぴろい仕事場の暗い所からおびただしい蚊が羽音をたててやってくるのである。菊代は寸時も団扇を動かすことをやめることができなかった。

眠れないのはそれだけではなかった。彼女の耳は萌黄色《もえぎいろ》の蚊帳の中の動静から離れなかった。それはここと畳三枚と隔たない距離にある。男と女の小さな話し声や咳《せき》が、神経を苛立《いらだ》たし、聞くまいと努めても、鋭い針のように突きささってくる。ときどき、ぴたぴたと身体をたたくような音が聞こえた。

萌黄色の蚊帳は、電灯を消しても、うす明かりで内の白い蒲団をぼんやり透かせて見せた。菊代の半開きの眼は、無意識にそれを覗《のぞ》いた。もとより茫《ぼう》と白いものしか見えないが、それがたびたび動く。菊代は自分のところへ来たときの宗吉の動作を思い浮かべて、眼は冴《さ》えるばかりであった。

蚊帳が一枚しかなければ、せめて子供だけでもいっしょに入れさせたらどうか。菊代は女房にすくんでいる宗吉のふぬけた格好に今さら腹が立った。夫婦は悠々《ゆうゆう》と蚊帳の中に太平楽に寝ている。それも何をしているかわかったものではない。自分たち親子は板の間に寝せ、蚊の群らがるのも知らぬげである。いや、知らぬのではない、お梅がちゃんと肚《はら》に入れてそうしているのだ。それで親子四人に復讐《ふくしゅう》しているつもりであろう。

お梅のその仕打ちの意図は、宗吉のほうがまだよくわかっていた。ずっと以前、まだ宗吉夫婦が渡り職人として各地を歩いていた時だ。ある土地の印刷所の二階で寝せられたが、蚊帳の用意がなかったものか、蚊の多い夏の蒸し暑い夜を蚊帳なしで過ごしたことがある。ああ、早く一軒もって、蚊帳をつってゆっくりと寝たいね、とお梅が言ったものだった。その時の苦痛を思いだして、彼女は菊代に仕返ししているのだ。

宗吉は起きて菊代の傍に行くことができない。お梅が眠ったら実行しようと思うのだが、いつも頭を枕《まくら》につけると、すぐ鼾《いびき》をかくお梅が、いつまでたっても寝息をたてなかった。さきほどから、彼の脇腹《わきばら》や腿《もも》は、痣《あざ》ができるほど抓《つね》りあげられていた。首や頬も爪《つめ》が筋をひいて血が滲《にじ》んでいる。お梅は泣きもせず、喚きもせず、うすい蒲団の下で、その折檻《せっかん》をした。彼は声を殺してそれに耐えた。菊代に気をかねて、動悸ばかりが激しく打つのだ。お梅はうす暗いなかで、眼を燐《りん》のように光らせていた。

「畜生」

と、いきなり板の間から菊代が叫んで起きあがった。足を踏みならして来た。

「おまえたち夫婦は鬼のようなやつだ」

蚊帳のすぐ横で彼女は喚いた。

「それでも人間か。そんなにこの男が欲しかったら、きれいに返してやる。取られぬようにするがいいよ」

菊代の声は咽喉《のど》の奥から発声して異様だった。お梅に言っているのだ。

「そのかわり、この子たちは、この男の子供だからね。この家に置いていくよ」

お梅は知らぬ顔をして、眠った振りをしている。ごそとも身体を動かさない。宗吉は、どうしていいかわからず、うかつに言葉も出なかった。心臓が苦しいくらい早く打った。暗いところで下駄を突っかける音がした。宗吉はたまりかねて起きあがろうとすると、お梅の手が強く押えた。

「だまされていたのは、どっちかね。なんだい。甲斐性《かいしよう》なし」

それが菊代が宗吉に投げつけた最後の言葉である。土間を下駄で鳴らし、がたんと戸口をあけると、下駄音は往来にとびだして走り去った。宗吉は、いよいよ辛抱できなくなって、はね起きた。蚊帳をくぐると、はだしのまま土間にとびおり、戸口に向かった。道路に出てみると、どこにも人影はなかった。彼は二町ばかりも駆けてみたが、やはり人の姿は見えなかった。電柱にとりつけた外灯が、光の輪を道にぽつんと投げているだけで、深夜の暗い部分も、明かるい部分も、動いているものは一物もなかった。細い月が意外の大きさで西に落ちていて、涼しい風が吹いていた。

宗吉は、菊代が哀れでならない。どんなに責められても仕方がないのだ。自分が彼女に与えた八年前の言質《げんち》が、こんなにも重大な結末をひきおこしたかと思うと、身ぶるいがした。あの時のどうにかなると漠然《ばくぜん》と考えた無計算な一言が、ついに一人の女を無慚《むざん》に突きおとしてしまった。その後悔と、自分の無力がしみじみとわかった。

しかし、菊代が逃げたことで、妙にどこかに落ちつくものがあった。それは、やっとこれで一つは片づいたという安心なのだ。菊代に逃げられた寂しさよりも、その安心のほうがこの場合、大きかった。

宗吉は、お梅のほうが心配になって、引きかえした。外灯の光の輪の中には、蚊が群れて舞っている。自分の家の前まで来ると、外側の硝子《ガラス》戸は、意外にも内側からの灯をうつしていた。

宗吉は、お梅が何をはじめたかと思って、こわごわと中にはいった。お梅は、電灯をつけて板の間に立っていた。そこには三人の子が、母親のいなくなったのも知らずに足をひろげて眠っている。お梅は電灯をつけて、上からじっとそれを見おろしているのだ。その横顔の凄《すご》さに宗吉は思わず唾《つば》をのんだ。

「これは、あんたの子かえ?」

宗吉が来たのを知って、じろりと彼に眼をくれた。光線の加減で、瞳《め》の片方が、ぴかりと光った。

宗吉が返事ができないでいると、

「似てないよ」

と言いすてるなり、電灯のスイッチをぱちんと捻《ひね》って、さっさとひとりで蚊帳をはぐってなかにはいった。

五

昼すぎ、宗吉は三人の子を連れて、菊代の家に行った。彼が自分で行ったというより
も、お梅が行かせたのだった。
「わたしは他人が産んだ子はよう育てんからね、この子供たちは、あんたがあの女のと
ころへ返しておいで」
お梅はそう言った。仕方なく宗吉は二つの子を負い、上二人の子の手をひいて汽車に
乗った。子供たちは自分の家に帰るというので急に元気づいている。
菊代の家に行ってみると、戸締まりがしてあった。顔見知りの隣りの人に聞くと、今
朝、運送屋を呼んで荷造りしたものを運びだし、菊代は故郷に帰ると挨拶《あいさつ》していったと
言う。
「へええ、旦那《だんな》さんは知ってることとばかり思っていたがね」

隣りの人は、子を背負ったり手をひいたりしている宗吉の奇妙な風体《ふうてい》を、じろじろと見た。宗吉は逃げるように帰った。

菊代の故郷というのは東北だった。本当に帰郷したのだろうか。それとも別な土地に移ったのか。どっちにしても、運送屋を調べて突きとめるだけの気力は宗吉にはなかった。

もの心ついている七つの利一は、また元の家に帰るというので、しょげてしまっていた。

「お母ちゃんはどこに行ったの?」

ときいた。

「お母ちゃんは用があってよそに行ったのだ。それまでお父ちゃんの家で遊んでいるのだ。いいかい。おばさんの言うことをきいておとなしくしているんだよ」

宗吉が言うと、利一はそれ以上きかなかった。眼が青く澄み、皮膚が薄く、瘦《や》せて、頭ばかり大きい子であった。

宗吉は汽車の中で菓子を買って、子供たちに与えた。その食べている三人の顔をつくづく眺《なが》めた。お梅の言った言葉を思いだしたのである。なるほど今までは菊代に似ているとだけ思っていたのが、こうして見ていると自分に似たところが少しもないことに気づいた。

これははたして、おれの子であろうか、宗吉はかすかな疑念が起こった。これまでは思ってもみなかったことである。もしおれでなかったら誰であろう。上の利一が菊代の腹にはいったときは、彼女と最初の交渉のあった直後という計算だった。あるいは、という疑念が、ここに突きあたる。彼を〝ちどり〟に連れていった印刷外交員の石田の顔が浮かんだ。

石田は〝ちどり〟の馴染客《なじみきやく》であった。菊代との仲を疑えば疑えぬことはない。石田はその後、ぱったり宗吉の前に姿を見せなくなった。もっとも、宗吉が下請け仕事をやめたので、印刷所とは縁が切れたせいでもあったが。それなら下の二人の子はどうか。これは彼が菊代を一軒の家に囲ってからできた子供たちである。その家は汽車で一時間もはなれた土地にあった。それも彼がしじゅう行ったのではない。月に二三度、泊っていたにすぎない。菊代と石田の交渉がつづいていれば、どのようにでも宗吉の眼を掠《かす》める時間はあるはずであった。……

宗吉は子供の顔を子細に点検するように見た。眼つき、鼻の格好、口もと、顎《あご》のあたり、ことごとく菊代に似ている。菊代は、いつぞや利一の幼いときに、この子はあなたに似てるわ、と言ったが、こうして見ると、自分に似ているところがあるとは思えない。あの言葉は、こっちをごまかすための策略であったか。しかし、さりとて石田に似ている面影《おもかげ》も見当たらなかった。結局どうとも判じかねる。

だが、お梅が電灯をつけて子供の顔を上から眺め、この子はあんたの子かえ、似てないよ、と吐きだした一言は宗吉にこたえた。あれは女の直感ではなかろうか。彼が気づかないものをお梅は見破ったような気がする。

宗吉は三人の子を連れて、また戻った。お梅は、その姿を見るなり、眼を光らせて、

「どうしたの？」

ときいた。宗吉が、ありていを言うと、

「いいざまだね。よその子をしょいこんだりして。あの女のほうがあんたより一枚も二枚もうわ手だね。あたしゃ、そんな子の世話はごめんだからね」

と言った。

お梅は、それから顔を見る人ごとに、子供のことを言いふらした。

「この子は、うちの二号さんの子ですよ。呆《あき》れたもんだね、女房が紙さしをしたり、打抜きをしたりして、真っ黒になって働いているときに、ちゃんと二号を囲っていたんですからね。それもうちの子か、誰の子かわかりゃしない」

吹聴《ふいちょう》にも、露骨な感情がこもっている。はじめて聞く者は眼をまるくし、受け答えにたじろいだ。彼女の言葉は相手かまわず遠慮がなかった。雇っている二人の通いの職人にも隠すところがない。

三人の子は宗吉が面倒をみなければならなかった。上の利一は青白い顔をして、あま

りものを言わなかった。この子にもうすうすようすはわかっているのであろう。二階の紙倉庫になっている薄暗い六畳ばかりの間にはいって、破れた紙に鉛筆で絵のようなものを描き、一日じゅうでも下に降りてこなかった。四つになる良子が、あまえているといえば、いちばん宗吉にあまえていた。髪が赤く縮れているところも母親似である。父ちゃん、父ちゃん、と仕事をしている宗吉にまつわった。着たなりの赤い花模様のワンピースは汚れているが、着がえを買うのもお梅に宗吉は気をかねているから、洗濯《せんたく》もできない。この子は来てから一度もお梅に「おばちゃん」とも言わなかった。けわしい表情をしているお梅からは逃げている。

「上の男の子は、大きな眼ばかり光らして、いけすかないやつだ」

と、お梅は利一を激しく憎んだ。二階に紙を取りにいったお梅がどなっている声を、宗吉は身体をかがめて仕事しながら下で耳をすませた。打つような物音はしても、利一の泣く声は一度も聞こえなかった。

お梅は良子をその髪のことからちぢれ、ちぢれと呼び、二つの庄二をがき、がきと呼んだ。庄二はよちよちと歩いてお梅の足の進路に突き倒され、泣いてばかりいる。

お梅はヒステリーになって宗吉に当たった。尖《とが》った顔に眼をさらに吊《つ》った。薄い眉毛《まゆげ》だけに、吊りあがった眦《まなじり》は、歌舞伎《かぶき》役者のようである。彼女の圧迫から、庄二の泣き声が家じゅうにひびくと、宗吉は頭が割れそうであった。

「旦那も、お気の毒ですね」

わざと知らぬふりをして仕事台にかがみこんで動かぬ宗吉に、雇いの職人が小さい声で言った。

庄二が病気になった。なんの病気かはじめはよくわからなかった。元気がなくなって、細い声で泣いてばかりいる。唇《くちびる》は蒼《あお》く、瞳《ひとみ》はぼんやりしてあまり動かなかった。

「かわいいあんたの子だからね、よくみてやりなさいよ。あたしには世話はできないよ」

と、お梅は宣言した。言うまでもない、彼女が介抱しようとは宗吉は塵《ちり》ほども思っていなかった。

庄二は食欲がなかった。宗吉は自分でお粥《かゆ》を鍋《なべ》で炊《た》き、布でうら漉《ご》ししてのませたが、すぐに吐いてしまう。体温計ではかってみたが熱はなかった。便は草のように青かった。

医者を呼んだ。

「栄養失調ですね、腸も悪くなっています」

医者が宗吉に言ったので、彼は赤くなった。後ろめたさが顔に出た。日ごろから届かない子供の世話を医者に指摘されたような気がした。

医者は注射を打ち、手当ての方法を言って、薬を置いて帰った。

だが、その手当てを宗吉は充分にしたとは言いきれない。子供の傍《そば》に長くついていてやることができなかった。仕事と両方だから仕方がないのだ。それに、少しでも時間をかけて子供の手当てをしていると、お梅が不機嫌《ふきげん》な顔ではいってきて、彼を仕事場に追いたてた。

庄二はいつまでも快くならなかった。弱い声を出して、ひいひいと泣く。もはや火のつくような大きな泣き声はきかれなくなった。口をあけて、はあはあと犬のような息をつづける。温めて飲ませた牛乳は、口の端から噴き出るように枕に吐いた。

庄二は三畳の間に寝かせておいた。日光の射《さ》さない暗い部屋で、日ごろはがらくたの荷を置いてある物置のかわりであった。宗吉は仕事をしている時に、ふと不安になることがある。こうしている間にも、お梅がその三畳に行って、何かしているのではないか、という不安であった。

宗吉の石版に書いている油墨のついた猫毛《ねこげ》の細い筆先がふるえた。削針《そぎばり》をもった指が思うように動かない。宗吉はたまりかねてとんでいった。誰もいない。暗いところで庄二が間欠的に小さな泣き声を出して横たわっているだけであった。そんなことが何度かあった。

庄二は日が経《た》つにつれて痩せていった。吸う息も吐く息も弱い。時には、眼をあけて瞬《まばた》きもせず天井を見つめていることがあった。天井は古くて煤《すす》けているうえに、暗いので何も見えない。

ある日、宗吉は版の上にローラーを両手で転がしている時に、また例の不安が起こった。お梅は、と見ると、印刷用の紙を縦にしたり、横にしたりして揃《そろ》えている。それで一度は安心した。が、また落ちつかなさが返ってきた。

宗吉は三畳に足早に行った。寝ているはずの小さな顔がそこになかった。蒲団《ふとん》だけがもりあがっている。宗吉は声をのんだ。うす暗いところに眼をさだめると、庄二の顔の上に古毛布がくしゃくしゃになって落ちていた。毛布は重々しい皺《しわ》をつくっている。それはいかにも子供の顔の上にばさりとかけたという感じであった。

宗吉は、いそいで毛布をとりのけた。庄二の小さい白い顔が出てきた。首を振らない。声も出さない。陶器のように固定していた。

宗吉は庄二の顔を手で揺すぶった。ぐらぐらと揺れるが、自分の力では抵抗がなかった。眼を指であけてみたが、瞳は動かなかった。息が止まっていた。

宗吉は毛布をあわてて隅《すみ》に投げた。古い粗悪な毛布で、手に持っただけで重みがあった。いつも積んである行李《こうり》の上にカバーのように蔽《おお》っていたものだった。それがずり落ちて、庄二の顔の上にかかるとしても、少し距離があるのだ。その不自然が宗吉をあわてさせ、毛布を隅に投げさせた。この毛布で庄二の弱い息がふさがれたことは明瞭《めいりよう》であった。宗吉はひとりでに駆けだして医者を呼んだ。

医者は死亡診断書をかいた。病みおとろえたこの子の死に、医者は疑問をもたぬようだった。宗吉は安心した。

「これで、あんたも一つ気が楽になったね」

と、お梅は宗吉に言った。眼もとにかすかな笑いを見せた。近ごろめったにないことであった。

いったい、あの毛布は行李の上からどうしてすべり落ちたのであろう。今まで一度もなかったことが急に起こるはずはなかった。かりに落ちたとしても、庄二の枕もとから三尺ぐらいは離れたところに落下すべきであった。

宗吉は、それをしたのは女房だと思っている。何一つ、証拠はない。しかし、人がしたとすれば、お梅よりほかないのだ。だが、彼はお梅にはそれを口に出して言えなかった。証拠がないためだけではなかった。彼の心には、この結果、一息つくひそかな安らぎがあったからである。

実際、二つの庄二をこのまま育てなければならぬ厄介《やっかい》を思うと、いっそ死んでくれたほうがよかった気がした。はっきり言えば、助かった、という安堵《あんど》が宗吉にした。それから、この意識がいつとなく彼の知らぬ間に増長した。

子供の死んだ夜、お梅は、はじめて宗吉に挑《いど》んだ。菊代のことがあって以来、絶えてないことである。それも、お梅は異常に昂《たか》ぶっていた。

おかしなことに、彼女は身体を執拗《しつよう》に宗吉に持ってきた。これも今では彼が覚えていないことだった。彼は知らぬことを知らされた思いがした。彼は興奮して溺《おぼ》れた。二人の心の奥には、共通に無意識の罪悪を感じていた。その暗さが、いっそうに陶酔を駆りたてた。そして、その最中に、お梅は宗吉にあることの実行を迫った。宗吉は、うなずかないわけにはいかなかった。

六

宗吉は、良子を連れて汽車に乗った。赤い縮れ毛のこの子は、宗吉にいちばんなついている。この土地から東京まで急行で、三時間はたっぷりかかった。汽車の中では、アイスクリームや菓子を買ってやった。長い汽車に乗れるので良子は喜んでいた。

「とうきょう、まだまだね？」

ときく。ものをきくときに顎をひいて、額ごしに見るところは、母親の菊代そっくりであった。すべて母親似というところに、この子の不幸があったのかもしれない。宗吉は、自分の面《おも》ざしも石田の顔の名残りも、この子に見つけることはできなかった。菊代がどこまでも狡《ずる》く隠しているような気がした。

「良子、おまえ、父ちゃんの名前が言えるかい？」

宗吉は試すようにきいた。

「父ちゃんのなまえ、父ちゃんだろ」

四つの良子はどこか媚《こ》びるように言った。

「じゃ、おうちはどこか、所の名前を知っているか？　よそのおじさんにきかれたら、なんと言うのかい？」

「よしこのおうちね、かみがいっぱいあるおうちという」

宗吉は少しうろたえた。紙がいっぱいあるのというのは印刷屋のことを言っているのだ。が、これだけでは他人にはわかりはしないだろう。宗吉は煙草《たばこ》を吸った。

前の座席にいる中年の女が、鼻に皺をよせて笑いながら、良子に南京《ナンキン》豆をくれた。

「ありがと」

と、良子はお頂戴《ちょうだい》をして、父親の顔を見た。

「お利口ちゃんね。どこへ行くの？」

と、女はきいた。

「とうきょう」

「そう、いいわね。どこから汽車ぽっぽに乗ったの？」

良子は宗吉の顔を見上げた。宗吉は煙を吐いて、吸殻《すいがら》を捨て、靴《くつ》で踏みにじると、腕をくんで眠る格好をした。向かいの女はそれ以上、質問してこなかった。

宗吉は誰とも良子と話す機会《おり》をつくるまいと思った。彼は東京駅で降りた。駅の内は人が混《こ》んでいた。しかし、まだそこで実行する気にはなれなかった。あんまり早すぎるようだった。

都電に乗って数寄屋橋《すきやばし》のところで降りた。それから銀座を良子の手をひいて歩いた。思いのほか銀座は人の歩きが少なかった。いざそれを実行しようと思うと、あんがいに群衆の密度が疎《まば》らであることを知った。

銀座から新橋を歩いた。新橋はもっと人が少なかった。良子はもの珍しがって、よそ見ばかりしている。その機会を狙《ねら》えば、狙えないことはなかった。が、容易に決心がつかなかった。すぐ誰かに素振りを気づかれそうであった。

新橋からまた銀座に戻り、京橋の方に歩いた。結局、どこにも、その場所はなかった。良子は歩き疲れて、腹がすいたと言いだしたので、宗吉はデパートの食堂に連れていくことにした。

エレベーターで六階に上った。食堂は混んでいた。良子は相変わらず、眼をきょろきょろと周囲に移して、椅子《いす》の上にじっとしていなかった。ほかの子はみんな手に三角形の小さい旗を持っている。象の絵がついていて、良子は欲しそうな眼をしていた。屋上に子供の遊び場があって、そこで貰《もら》えるものらしかった。

「良子も旗がほしいかい?」

と言うと、うん、と言った。

「じゃ、あとで貰いにいこうな。上には、お猿《さる》さんや熊《くま》さんがいるよ」

「おサルさん、ほんとにいるの?」

良子は眼を輝かした。宗吉は、この子が猿も見ていないことに気づいた。菊代のところにいるときは、一度も外に連れていったことがなかった。良子は急に饒舌《じょうぜつ》になった。運ばれてきたちらしずしをうまそうに食べた。

屋上に上がると、小さな動物園があった。暑い陽《ひ》ざかりで、猿は日陰にかたまってすわっていて、四五匹だけが木の枝を仕方なさそうに歩いていた。

良子も、ほかの子供といっしょに猿の檻《おり》を見ていた。手には貰った小旗を持っている。よごれたワンピースが目立った。

宗吉ははじめて、その場所を見つけたと思った。彼はかがむと、

「父ちゃんは、ちょっと用事があるからね、ここで待っておいで」

と言った。良子は、うん、と返事をした。眼はやはり猿を見上げたままであった。

彼はそこを離れた。屋上から下に降りる入口で振りかえってみたとき、どういうつもりか、良子がこっちを向いていた。強い陽射しで顔は真っ白であった。髪の毛だけが燃えているように赤い。彼は少しあわてたが、それなりに後も見ずにエレベーターに乗った。

一階に降りて、出入口に歩いている時、店内から女の声で、迷い子のアナウンスが聞こえた。宗吉は、ぎくっとなったが、それは男の子だった。

宗吉は汽車に乗っている間じゅう、窓の方ばかり向いていた。来るときと同じ景色が逆に流れてくる。あれは、おれの子ではない、と彼は心に言いきかせていた。

家にはいると、宗吉が一人だけなので、お梅は顔に薄い笑いを浮かべた。

その夜も、お梅は宗吉に自分から身体をもってきた。一人の始末がつくごとに、この女は興奮して燃えてくる。

「これで、あんたも、だいぶん肩の荷が楽になったね」

とささやいた。

そうだ。たしかに気は楽になった。女房の不機嫌《ふきげん》と、子供の気重な存在からの解放感は、切実にあった。

人には、良子を実の母親の所へ返したと吹聴した。

しかし、もう一人、残っている！

七

利一を、お梅はいちばん嫌《きら》っていた。

「気味の悪い子ね。大きな眼をぎろぎろさせて、何を考えているかわからない」

と言った。

そういうところは確かにあった。頭が身体のつりあいより大きく、血の色の薄い皮膚に、大きな眼を光らせているところは、どこか奇型の子を思わせた。眼がきらきらしているというのは、白眼の部分が多いからだ、その白眼も薄い青味がきれいに透いていた。

　この子は、二階の紙の置場で一日じゅうでも遊んでいた。そこには紙の破れが散っている。白い紙のほかにも、刷り損じの紙もある。利一は、その紙に鉛筆で絵を描いた。絵にはなっていない。丸や線が滅茶滅茶《めちゃめちゃ》に走っているだけだ。それでも彼は、何かの形を描いたと思っているらしく、少しも飽きるふうがなかった。

　紙だけではなかった。裏には使えなくなった石版の石が捨ててある。石版用の石は、不用の版を落とすために、金剛砂をかけ、磨石《みがきいし》で摺《す》るのである。そのため、しだいに厚さが薄くなり、割れてしまう。裏は、くぼ地になって雨が降ると水が溜《た》まるから、お梅は二つにも三つにも割れたこの石版の石を、さらに割って、ほかの石と混ぜて低くなった個所に埋めておいた。利一は、この石の破片を拾ってきてそれに鉛筆で描いた。石は滑らかだから、よく鉛筆が滑った。水で洗えば消えるから、それが面白いとみえ、紙のほかに、この石にも何やら一心に描いた。

　この子は、そんなことに執着をもっていた。外には、めったに出ない。階下にもあまり降りてこなかった。子供心にも、お梅と顔を合わさないようにしているらしかった。

「あの子は、根性が悪いよ」

　と、お梅は宗吉に告げた。

「あの子の母親そっくりだね」

二階に紙を取りにいっても、暗いところであの子がぎらぎら眼を光らせて、こっちを睨《にら》むのを見ると、身がすくむようだとも言った。

「癪《しゃく》にさわるから、ひっぱたいてやるが、どんなにされても、泣き声一つあげないからね。しぶとい子だよ」

宗吉は、黙って聞いた。お梅の折檻《せっかん》を自分がうけているようだった。じりじりと彼はある予感に追いこまれた。

ある晩、お梅は宗吉の耳の横で言った。

「あの子は、良子のときのように、うまくいかないね。七つにもなれば、この土地の名と自分の名前は人に言えるからね。捨てても、すぐ帰ってくるよ」

いつまでも、あの子をここに置くのは我慢がならないと言うのだ。あんたはいいだろうが、自分は辛抱ができない。早く、かたをつけてくれと迫った。

どうすればいいのだ、と宗吉は反問した。予感がいよいよ現実になった。心がふるえていた。

お梅は小さい紙包みを出して見せた。なかをあけると、白い粉がおさまっている。風邪をひいたときに飲むアスピリンのようだった。

「この間、銅版屋が少し持ってきたのでね」

青酸カリだと、お梅は声を低めて言った。宗吉が蒼《あお》い顔になると、お梅は教えるように言った。

「心配しなくてもいいよ。一ぺんに飲ませるとわかるけれど、少しずつ飲ませてやるんですよ。だんだん身体が衰弱してくるので、病気としか思えないらしいね。大丈夫、人に気づかれることはないよ」

白い粉が宗吉に脅迫を与えた。お梅のつりあがった眼が彼の顔の上に、じっとすわっている。すると宗吉は、こんなことになるのも、おれが悪かったからだと弱い心になった。それに、彼は二つのことをしていると思うのだ。庄二の顔に毛布を落としたのは彼ではなかった。しかし、その曖昧《あいまい》さが、良子を捨ててきたことで、行為の意識を、それまでもかぶらせてしまった。彼の消耗した頭の中は、両方とも自分がやったような錯覚になった。つまり、彼がお梅の発意に同意する経過には、庄二と良子の二つの階段をのぼってきた心理があった。それから彼は、もう、なんでもいいから、解放されることをねがっていた。

お梅は饅頭《まんじゅう》を買ってきた。

「わたしでは、あの子はだめだから、あんたやりなさい」

と、宗吉に出した。一つだけだった。彼はそれをうけとった。お梅はさっさと傍《そば》を逃げてしまった。彼は、いつまでもその白い饅頭を掌《てのひら》にのせていた。

彼は二階にゆっくり上った。階段の軋《きし》る音が、この時くらい高く耳についたことはなかった。

「利一」

と呼ぶと、彼は暗い隅で頭を上げた。

「何をしているかい?」

「うん」

と言っただけで、利一は説明しなかった。紙を横に散らしていた。薄暗い中で、子供の眼は光った。横の窓から射《さ》す細い光線の具合とはわかったが、なるほど、これはお梅が気味が悪いと言うはずだと思った。

「どうだ、饅頭をやろうか?」

宗吉は手に持った白い饅頭を出した。

「うん」

利一は、さすがにうれしそうにそれを取った。

宗吉は、利一がそれを口にもっていくのを、息をつめて見た。逆光線はこの子の顔の半分の輪郭に当たっている。この子は、おれの子ではないな、と彼は心の底のほうで力んだ。

とつぜん、利一が饅頭を吐いた。宗吉は、はっとなった。

「きらい」

利一は、吐いた理由をそれだけ言った。

宗吉は、餡《あん》に入れた青酸カリの味が利一にわかったのだと思った。神経質な子だけに、さといな、と思った。力が抜けた。ほっとしたのだ。

二階から降りかけると、階段の下でお梅が様子を見るように覗《のぞ》きあげていた。宗吉は、食いかけの饅頭を見せて上から首を振った。

八

お梅は諦《あきら》めなかった。彼女は、こんなことを言いだした。饅頭に入れたのは失敗であった。もっと餡の多い菓子にしたら、味はわからないのだ。それに、家の中で食べさせると警戒するかもわからないから、外で食べさせたらいいに違いない。この辺では知った顔が多いから、東京に連れていってくれ、と言うのである。

晴れた日、宗吉は利一を連れて東京に来た。前の良子の時に懲《こ》りたから、場所ははじめから考えていた。それは上野公園だった。

宗吉は、もうお梅からのがれられないと覚悟した。どうでもなれ、と思った。とにかく、早くこの地獄から解放されたかった。

上野駅の前で、最中《もなか》を五つ買った。一つ二十円の上等の菓子だった。餡が厚く入れてあって、外側にはみ出ている。

公園に行って、動物園を見てまわった。猿の檻の前に行ったとき、宗吉は良子のことを思いだした。良子はどうしているであろう。東京には孤児だけを収容する所があるから、たぶんそこにはいっているに違いない。あるいは誰か知らぬ人がひきとったかもしれない。あの子はそれが仕合わせだと思った。どうせ、おれの子ではないのだ。おれの子ではないから、それでいいのだ。

動物園を出ると、宗吉はなるべく人目に立たないベンチを選んで利一と腰かけた。

「どうだ、面白かったか？」

と、宗吉はきいた。

「うん」

利一は、かすかに笑った。いま見てきたライオンの話も虎《とら》の話もしない。顔には少しも血色がなかった。ベンチから垂れた足をぶらぶら振って、青みがかった眼を光らせて、遠くの景色を見ていた。

「利一、最中をやろうか」

と、宗吉は持っている紙包みを見せた。

「ちょうだい」

利一は手を出した。その一つを、むしゃむしゃと食べた。宗吉は、それを見て、こっそり別な最中の餡の中に白い粉を指で入れた。

「どうだ、おいしかったろう？　もう一つやろうか」

宗吉が言うと、利一は首を振った。

「あとでいい」

利一はそう言うなり、ベンチを降りると、ポケットから石をとりだして、白いズックの靴先で石蹴《いしけ》りをはじめた。煙草《たばこ》の箱ぐらいの大きさで、平らな石であった。宗吉は、それが裏に捨ててある石の欠片《かけら》であることを知った。彼は、しばらく利一が片足ずつでする石蹴りを見ていた。

「利一、もう、いいだろう。かえりがおそくなるから、早くここに来て食べな」

利一はそれを聞くと、素直にやめて石をポケットに入れ、宗吉の傍《かたわ》らにきた。

宗吉は最中を出した。あたりを見回したが、遠い所に人が動いているだけであった。

こんども利一は、最中をすぐに口の中に入れた。宗吉は息をひいて見た。利一は、口を二三度動かしていたが、ぺっと唾《つば》といっしょに最中を吐きだした。餡の真っ黒い色が地面に落ちた。

「いや。きらい」

利一は言った。味の変わっているのが、やっぱりわかっていた。

「そんなことはない。さっきはおいしかったじゃないか。さあ、お食べ」

宗吉は、食いのこりの最中を手で奪うと、利一の首をつかまえて、口の中に無理に押しこもうとした。利一は歯を食いしばって顔をそむけ、激しく首を振った。二人は、そんな争いをつづけた。

急に人の足音がしたので、宗吉は手をはなした。通行人が三人、かなり近いところに歩いてきていた。彼らは怪訝《けげん》そうに、宗吉たち親子を見ながら行きすぎた。

宗吉はふたたびそれをする勇気を失った。

彼はベンチに腰をかけたまま、ぼんやりあたりを眺《なが》めていた。陽がかなり傾いて、親子の影を長く地面に伸ばしている。木立ちの上にのぞいている博物館の青い屋根に暮色がこもっていた。

「父ちゃん、かえろうよ」

利一がしょんぼり横にすわって言った。その様子は、どこか父をあわれに思い、いたわっているようであった。

宗吉は、はじめて涙を流した。

九

何日か後、宗吉は利一をAの海岸に連れていった。Aには弁財天《べんざいてん》をまつった島があり、海岸から長い橋がかかっていて、この辺の名勝地である。

宗吉は、はじめ水族館に利一を連れてはいって見せた。さまざまな魚を初めて見て、利一はよろこんでいた。

水族館を出ると海岸の方に行った。夏もおわりかけているが、残暑がきびしいので、海にはボートが出ている。

「利一、ボートに乗せてやろうか?」

利一は海の方を見ながら、うん、とうなずいた。強い陽に海面に浮かんだボートは白く光っていた。

宗吉は、貸しボート屋に行って、利一を乗せ、オールを漕《こ》いだ。子供は珍しそうにあたりを見ていた。宗吉は、沖へ向かって出た。

海は凪《な》いでいるが、島をはずれると、かなりの波があった。ほかのボートもこの辺まではあまり来ていなかった。

宗吉が、お梅から受けた計画は、ボートを転覆させて利一を海の中に落とすことであった。宗吉自身はボートに摑《つか》まって助かればよい。不慮の事故で、子供の水死は誰も疑わぬに違いないと言うのだ。

お梅の利一に対する殺意は執念じみていた。宗吉は彼女の呪縛《じゆばく》に身動きできない。上野から二人づれで帰ったときなどは、宗吉はお梅からひどい虐待《ぎやくたい》をうけた。よその子をいつまでもしょっているのだ、もう見るのもいやだから、なんとかしてくれ、とお梅は夜なかに半狂乱で迫った。菊代と関係のあったときのことをこのときも口汚なく罵《ののし》った。これまで数知れないくらい聞かされた悪態であった。宗吉の精神はすりへっている。

沖へ出たので波が高くなった。ボートは揺れた。利一の顔に恐怖が出た。

「父ちゃん。もどろうよ。もどろうよ」

と言いだした。

「よし。かえろう」

ボートを旋回させた。これが宗吉の考えていた位置であった。横波が激しく襲ってきた。ボートは今にもかえりそうに揺れた。利一は眼を吊《つ》っている。

ところが宗吉の心にも恐怖が起こった。彼は泳げないのである。ボートを転覆させて、それに摑まるという芸当はとてもできそうになかった。だから、横波の来ているのを利用してさらにボートを揺すぶる操作は不可能であった。

彼の気持にかかわらず、波は強い力でボートをゆるがした。今は、宗吉もそれからのがれることに必死になれた。オールを懸命に漕いだが、波の勢いは彼の抵抗より大きかった。ボートはほとんどひっくりかえらんばかりに揺れた。宗吉は顔の色を失った。

利一はたまりかねて、大きな声をあげて泣きだした。その声が、いちばん近いところにいるボートに届いた。そのボートはたちまちこちらに向かって援《たす》けにきた。別のボートもその後から来はじめた。

宗吉が、利一を連れて無事に帰ると、お梅は険しい顔をして睨んだ。

夏がすぎ、秋がきた。

宗吉は、伊豆の西海岸に利一を連れていった。途中までは汽車で、それから先は、バスに乗った。

バスのなかは、温泉客らしいのが二三人いるだけで、あとは漁村の者が多かった。二時間ばかり乗りつづけて、Mという小さい町に降りた。

ここでは、飲食店に寄って遅い昼飯をとったが、いかの煮つけがおいしいと言って、利一は一皿をみんな食べた。

Mの町から半里ばかり西へ行くと、海岸に出る。秋空に富士山がきれいに見えた。沖合には遠い山がある。

二人は草の上に腰をおろした。よそ目には親子づれで遊びにきたとしか思えない。利一は退屈して、例の石を出して石蹴りをはじめた。宗吉は、その間に立って、草の端まで歩いて下をのぞいた。この辺の海岸は断崖《だんがい》になっていて、上から見ると海の青さが数十丈の直下にひろがっている。二晩前にお梅が計画したとおりの地形であった。

宗吉が下をのぞいていると、利一が寄ってきた。

「父ちゃん、たかいね」

と、利一も下を見て言った。

「ああ、高いだろ」

宗吉は返事した。返事しながら、利一を見て、その姿勢が彼のちょうど狙《ねら》っているものであることを知って心が冷えた。まだ準備ができていない。利一の背中を突きとばすには、まだ気持の用意がなかった。

宗吉は地形をしらべるように、改めて下を見回した。すると今まで気づかなかったが、三四艘《そう》の漁船が、崖《がけ》の下のすれすれにいることがわかった。その舟がいるかぎり実行はできなかった。仕方なく宗吉はそこで待つことにした。舟は容易に去りそうにない。

十

時が経《た》った。夕陽が海の上に落ちていく。風が出たが、もう肌寒《はだざむ》かった。

「まだ、かえらないの、父ちゃん」

と、利一がきいた。

「うん、もう少し、ここで遊んで帰ろう」

宗吉が言うと、利一はそれ以上なにも言わなかった。その辺の草をとって遊んでいた。お梅をいやがらせた眼は、こうして見ると普通のものである。頭は大きいが、手も足も萎《な》えたように細い。皮膚に青白い筋が浮いていた。

この子は、おれの子であろうか、とまたしても宗吉は疑問が起こった。いや、おれの子ではあるまい。眼がだいいち違う。鼻も口も違う。菊代には似ているが、おれに似たところは少しもないではないか。おれの子ではない、おれの子ではない、と自分に納得させた。

あたりは暗くなりかけた。利一は疲れて眠った。宗吉は膝《ひざ》の上に抱き、上着を脱いでかけてやった。子供は小さい鼻に寝息をたてている。羽虫がきて顔にとまると、うるさそうに頸《くび》を動かした。

空は黒くなり、遠いところに、どこかの町か漁村かの灯がかたまって光った。海の色はまったく見えなくなった。風が潮の匂《にお》いを運んでくるだけである。

宗吉は、利一を抱いたまま立ちあがった。子供は覚えずに眠りつづけている。その顔も暗くてよくわからなかった。そのほうが宗吉には助かった。

彼は利一を抱いたまま、崖の上に立った。暗闇《くらやみ》なので、遠近感がなく扁平《へんぺい》であった。ただ、下の方で波が鳴っているだけである。が、何も見えないところに、下の音だけを聞くのは、かえって上下の距離感がせまった。

宗吉は利一をほうった。暗いので物体の行方は眼に見えない。彼の腕が急に脱《ぬ》けたように軽くなっただけであった。その軽さは、どこか彼の解放感に通っていないか。彼は、瞬間眼をつぶると、背中をかえしてもとの方へ一散に駆けた。

朝、伊豆の西海岸の沖を通っている船が、絶壁の途中にかかっている白いものを発見した。乗組の漁夫が眼をさだめてみると、たしかに人間らしい。船は海岸に接岸した。白いものは開襟《かいきん》シャツを着ている男の子であった。断崖から突き出ている松の根方にひっかかっていたのである。

漁夫は綱をつけて崖を登り、子供を抱いて船におろした。子供は寒さと恐怖で疲労しはてている。乗っていた漁夫六人は介抱した。

子供が少し元気になったところで、とうぜんに漁夫たちは事情をきいた。子供は多くは言わなかった。父ちゃんに連れられてきて眠っている間に落ちたと言うだけであった。その父ちゃんはどうしたか、ときくと知らないと言った。名前や住所をきいても黙っている。年齢は、ときくと七つだと言った。自分の名になると口をつぐんだ。その様子が何かを隠しているようであった。

漁船は、港に引きかえして警察署に行き、顚末《てんまつ》を報告して子供を渡した。

警察でも、漁夫と同じようなことをきいた。どうしてあんなところに落ちたかとたずねると、

「父ちゃんとあそびにきて、眠くなったので眠った。そのあいだに落ちた」

と答えた。そのほかのことは何も言わない。たとえば、

「坊やの名前は？」

「お父ちゃんと、お母ちゃんの名前は？」

「どこから来たの？」

「おうちの所の名前を知っている？」

「お父ちゃんの仕事は何？」

などときいても、一言も言わなかった。顔を横に振らないところをみると、知っているに違いない。知っていて言わないのは、何か深い事情があって、この子はわざと黙っているのだと思われた。あるいは誰かをかばっているのではないかとも想像された。頑《がん》固《こ》に沈黙をまもりつづけている。

警察署では、この子は誰かに突きおとされたのだと判断した。それで殺人未遂事件として捜査することに決めた。

この子供の服装には特徴はなかった。シャツもズボンもありきたりのものである。品物は粗悪だから中流の家庭以下に育てられている子だとわかった。

持物はいっさいなかった。ただ、ズボンの後ろポケットから、マッチぐらいの大きさの石が出てきた。石は二センチぐらいの厚みで、片方は欠いたような凹凸《おうとつ》があるが、片方は扁平ですべすべしていた。

「坊や。いい石を持っているね。なにをするの、これ?」

警察官が石を手にとってきくと、

「いしけり」

と、子供は答えた。青白い顔で、神経質そうな大きな眼をもっている。

「そうか。いいな」

警察官はそう言って、石を机の上に置いた。彼はその石を見のがした。

だが、そこへ印刷屋の外交員が注文の名刺か何かを届けにはいってきた。彼は机の上にのっている石にふと眼をとめると、珍しそうに手にとって眺めはじめた。

別な警官が横からそれを見て、印刷屋に声をかけた。

「おい、何を見ているのだ?」

印刷屋の外交員は石を見せた。

「この石です」

「なんだい、それは?」

「石版用の石の欠片《かけら》ですよ」

警察官はその石をひったくった。

警察は町の石版印刷屋に石を持っていった。印刷屋はそれを熱心に見ていたが、かすかに何か白い線のようなものを認めた。これは金剛砂をかけて磨《みが》きおとしてない石で、前の版が残っている、と言った。

印刷屋は警察の頼みで、それにアラビアゴムをひき、製版用の黒インクをこすって、消えた版の再現を試みた。石は真っ黒になるだけで、一見して何もわからなかった。しかし、微細な模様の一部らしいものをわずかに認めた。

模様は拡大鏡で子細に点検した。酒か醤油《しょうゆ》のラベルらしく、醸造元と思える名前の一部がようやく判別された。

警察の捜査が、それに拠《よ》って始められた。

一年半待て

一

まず、事件のことから書く。

被告は、須村さと子という名で、二十九歳であった。罪名は、夫殺しである。

さと子は、戦時中、××女専を出た。卒業するとある会社の社員となった。戦争中はどの会社も男が召集されて不足だったので、代用に女の子を大量に入社させた時期がある。

終戦になると、兵隊に行った男たちが、ぼつぼつ帰ってきて、代用の女子社員はだんだん要らなくなった。二年後には、戦時中に雇傭《こよう》した女たちは、一斉《いっせい》に退社させられた。須村さと子もその一人である。

しかし、彼女は、その社に居る間に、職場で好きになった男がいたので、直ちに結婚した。それが須村要吉である。彼女より三つ年上だった。彼は中学（旧制）しか出ていないので、女専出のさと子に何か憧《あこが》れのようなものをもち、彼より求愛したのであった。この一事でも分るように、どこか気の弱い青年だった。さと子は、また彼のその心に惹《ひ》かれた。

それから八年間、夫婦に無事な暮しがつづいた。男と女の二児をあげた。要吉は学校出でないため、先の出世の見込みのなさそうな平社員だったが、真面目《まじめ》に勤めていた。給料は少いが、僅《わず》かな貯金もしながら、生活出来た。

ところが昭和××年に、その会社は事業の不振から社員を整理することになった。さして有能とは見られていなかった要吉は、老朽組と共に馘首《かくしゆ》された。

要吉はあわてた。つてを頼んで二、三の会社を転々とした。仕事が向かなかったり、あまりの薄給だったりしたためである。そこで、さと子も共稼《ともかせ》ぎしなければならなくなった。

彼女は、はじめ相互銀行の集金人になったが、身体が疲れるばかりで、いかにも歩が悪く、出先で知り合った女の紹介で、△△生命保険会社の勧誘員になった。

最初はものにならなかったが、次第に成績が挙がるようになった。要領は、先輩の紹介してくれた女が教えた。さと子は、さして美人ではなかったが、眼が大きく、ならびのいい歯を見せて笑う唇《くちびる》のかたちに愛嬌《あいきよう》がある。それに女専を出ているから、勧誘員としてはまずインテリの方で、客に勧める話し方にもどこか知的なものを感じさせた。それで客に好感をもたれるようになり、仕事もし易《やす》くなった。保険勧誘の要領は、根気と、愛嬌と、話術である。

彼女は一万二、三千円の月収を得るようになった。よくしたもので、一方の夫の要吉は完全に失業してしまった。何をしても勤まらない彼は、何にもするものが無くなったのである。今はさと子の収入に頼るほかはない。彼は妻に済まない済まないと言いつづけて、家の中でごろごろした。

しかし、さと子の収入は、無論、月給ではなく、わずかな固定給がつくだけで、大部分は歩合である。成績が上らない月は、悲しいくらい少かった。

各保険会社の勧誘員たちの競争は激しい。広い都内に一分のすきまもなく競争の濁流が渦巻《うずま》いている。もはや、これ以上の新規開拓は不可能に思われることもあった。都内に見込みが薄いとすれば、何かほかによい道はないかと彼女は考えた。

さと子が眼をつけたのは、ダムの工事現場であった。各電力会社は電源開発で、ダム工事は一種のラッシュになっていた。この工事は××建設とか××組とかいう大きな土建業者が請負うのだが、一つの工事場で働く人は何千人、あるいは万を超えるであろう。その人々は、いずれも、高い堰堤《えんてい》作業やダイナマイト爆破作業などで、生命や傷害の危険にさらされている。場所は大てい交通不便な山奥で、機敏な保険勧誘員もそこまでは足を伸ばさない。いや、気がつかなかった。

これこそ処女地であると、さと子は気づいた。彼女は仲のよい女勧誘員をさそって、二人で近県の山奥のダム工事現場に行った。旅費一切はもちろん自弁だった。

渡り者で居住不定の人夫は除外し、土建業者直属の技師とか、技手とか、機械係とか、現場主任とかいうものを対象にした。これは会社員だから安心だと考えたのである。

この新しい分野は、大へんうまくいった。彼らは一応、集団保険に加入しているが、危険は身をもって知っているので、勧誘すれば困難なく応じてくれた。成績は面白いほど上った。掛金は集金の不便を思って、全部一年払いにしてもらった。

彼女の発見は成功した。収入は倍くらいになり、三万円をこす月がつづいた。生活はやっと楽になりかけた。するとと夫の要吉は、それに合せたように怠惰になった。依存心が強く、今はさと子の働きにすべてを頼っている姿勢となった。勤めを探す意欲を全く失い、安易な気分に、日が経《た》つほどならされてきた。

のみならず、要吉は、それまで遠慮していた酒を飲んで歩くようになった。いつも外に出ているさと子は家計費を夫に任せていたのである。彼はその金から飲み代を盗んだ。はじめは少額ずつだったが、段々に大胆になった。収入がふえたからだ。

さと子は自分が外を出歩いている間、留守をしている夫の気鬱《きうつ》さを思い、多少は大目にみた。それに彼女を恐れるように、こそこそと飲む子供のような卑屈さが嫌《いや》で、時には帰宅後、夫に自分から飲みに行くように勧めることさえあった。その時の夫は、いかにも安心したように嬉《うれ》しそうに出て行った。

その要吉が、外で女をつくったのであった。

二

あとの結果を考えると、それもいくらかは、さと子に責任があろう。その女を要吉に紹介したかたちになったのは、さと子だったからだ。女は彼女の旧《ふる》い友だちであった。

女は脇田静代といって、女学生時代の級友であった。ある日、路上で偶然に出遇《であ》った。静代は夫に死別して、渋谷の方で飲み屋をはじめているという。名刺をそのときにもらった。女学生のころはきれいだった静代も、見違えるように窶《やつ》れて痩《や》せ、狐《きつね》のような顔になっていた。その容子で、飲み屋の店の構えも想像出来た。

「そのうち、遊びに行くわ」

と、さと子は別れた。静代は彼女の収入をきいて、羨《うらや》ましいと言っていた。

さと子は帰って要吉に話した。

「一ぺん飲みに行こうかな。お前の友だちなら、安く飲ませるだろう」

と彼は言って、さと子の顔を横眼で見た。

さと子は、どうせ飲むなら安いところがいいし、静代も助かると思って、

「そうね。行ってみるがいいわ」

と返事した。

しばらくして、要吉は本当に静代の店に行って、その報告をした。

「狭くて客が五、六人詰めれば、一ぱいなんだ。きたないが、酒は割合にいいのを置いている。お前のお蔭《かげ》でおれには安くしてくれたよ」

そう、それはよかったわね、とその時は言った。

さと子は、月のうち一週間くらいはダムの現場に行った。顔馴染《なじみ》になれば、別な工事場を紹介してくれる人があって、Aのダム、Bのダム、Cのダムと回って仕事は暇になることがない。収入は下ることなく続いた。

金は全部、要吉に渡して家のことをみて貰《もら》った。ここでは主人と主婦の位置が顚倒《てんとう》していた。それが悪かったのだと、彼女はあとで述懐している。

要吉の怠惰は次第に募り、小狡《こずる》くなるのは金を胡麻化《ごまか》して酒を呑《の》むことばかりである。それも時が経つに従って、大胆になってきた。さと子が勤めを終って帰ってきても、二人の児《こ》は腹を空《す》かして泣いている。要吉は昼から出たまま、夜おそく酒の息を吐き散らして帰ってくるのだった。

さと子が肚《はら》に据《す》えかねて咎《とが》めると、要吉は居直って怒鳴り返すことが多くなった。おれは亭主だ、女中ではないぞ、酒を呑むのは世間の男なみだ、少し稼ぐかと思って大きな顔をするな、とわめいた。

はじめは要吉の卑屈から出た怒りかと思い、それに同情もしていたが、さと子は次第に腹が立ってきた。それで口争いが多くなった。要吉は、意地になったように金を握っては、夜遅く酔って帰ってくる。さと子は、勤めから帰って食事や子供の世話に追われる。ダムの出張のときは、隣りの家に留守中の世話を頼んで出ねばならなくなった。

　気の弱い男の裏に、このような狂暴さが潜んでいたか、と思われるくらいであった。要吉によって打ったり蹴《け》ったりが日毎《ひごと》に繰り返される。何より困ったことは、要吉の浪費によって貧窮に追い込まれたことだった。三万円の収入がありながら、配給の米代に困ることがあった。子供の学校のＰＴＡ会費や給食代も溜《た》める仕儀となった。着る服も新しいのが買ってやれない。それだけでなく、要吉は酔うと寝ている子供を起して乱暴を働く悪癖が出るようになった。

　知っている人が見兼ねて、要吉に女が居るとこっそりさと子に知らせてくれた。それが脇田静代と分った時には、彼女は仰天し、無性に腹が立った。信じられない、とその人には言った。さぞ、ばかな顔に見えたであろうが、それが理性だと思って感情の出るのを抑えた。相手の女の所に駆けつけたり、近所隣りに知れるような声高い争いをしなかったのも、その理性の我慢であった。

　要吉に低い声でなじると、

「お前などより、静代のほうが余程よい。そのうち、お前と別れて、あの女と夫婦になるつもりだ」

　と放言した。それからは、いさかいのたび毎に、この言葉が要吉の口から吐かれた。

要吉は、片端から箪笥《たんす》の衣類を持ち出しては質に入れた。さと子が留守の間だから勝手なことが出来た。彼女の着るものは一物も無くなり、着がえも出来ない。質入れの金は悉《ことごと》く女に入れ揚げた。要吉が静代を知って半年の間に、そんな窮迫した生活になった。

さと子は、世に自分ほど不幸な者はあるまいと思って泣いた。将来の子供のことを考えると、夜も睡《ね》られなかった。それでも朝になると、腫《は》れた瞼《まぶた》を冷やして、笑顔をつくりながら勧誘にまわらなければならなかった。

昭和二十×年二月の寒い夜、さと子は睡《ねむ》っている子供のそばで、泣いていた。要吉の姿は帰った時から無い。子供にきくと、父ちゃんは夕方から出て行ったと答えた。

十二時が過ぎて一時が近いころ、要吉は戻って、表の戸を叩《たた》いた。四畳半二間のせまい家だった。畳も破れて、ところどころにボール紙を当てて彼女は修繕している。その畳を踏んで土間に下り、彼女は戸を開けた。

それからの出来事は、彼女の供述書を見た方が早い。

三

「主人はべろべろに酔い、眼を据えて蒼《あお》い顔をしていました。私が涙を流しているのを見て、子供たちの枕《まくら》もとにあぐらをかいて坐《すわ》り、何を泣くのだ、おれが酒をのんで帰ったから、わざと涙なんか出して面当《つらあ》てをしているのだろう、と罵《ののし》りはじめました。

私は、折角働いて貰った給金が半分以上飲み代に持って行かれ、子供の学校の金も払えず、配給米代にも困る状態で、よくも毎晩酒をのんで帰れるものだと言い返しました。それは、いつも繰り返す二人の口争いです。主人の様子は、その晩、一層荒れていました。

少々稼ぐかと思って威張るな、お前は俺《おれ》が失業しているから馬鹿《ばか》にしているのだろう。俺は居候《いそうろう》ではないぞ、と居丈高になりました。それから、お前は悋気《りんき》しているのだろう。馬鹿な奴《やつ》だ、お前の顔は悋気する面ではない。見るのもいやだ、といって、いきなり私の頰《ほお》を撲《なぐ》りました。

また、乱暴がはじまったと思い、私が身体をすくめていますと、もうお前とも、夫婦別れだ、静代と一しょになるからそう思うがよい、とおかしそうに笑い出していうのです。しかし、私はその侮辱に耐えていました。不思議に嫉妬《しっと》は湧《わ》きませんでした。

静代がどんな性格の女になっているか知りませんが、まさかこのぐうたらな男と夫婦になるつもりがあろうはずはなく、結局、金めあての出まかせな口車に乗っている主人に腹が立つばかりです。

すると主人は、お前のその眼つきは何だ、それが女房のする眼つきかといい、ええい、面白くない、と叫ぶなり、立ち上って私の腰や脇腹《わきばら》を何度も足蹴《あしげ》にしました。私が息が詰って身動き出来ないのをみると、今度は、子供たちの蒲団《ふとん》をぱっと足で剝《は》がしました。

寝ている子供たちが目をさますのを、いきなり衿《えり》をつかまえて叩きはじめました。それは酔って暴れているときの主人のいつもの酔狂です。子供たちは、母ちゃん、母ちゃん、と泣き叫びます。私は夢中で起き上ると、土間に走りました。

子供たちの将来の不幸、自分の惨《みじ》めさ、それにもまして恐ろしさが先に立ちました。本当に怖くなりました。私の手には、戸締りに使う樫《かし》の心棒が、握られていました。

主人はまだ子供を叩いています。上の七つの男の子はわめいて逃げましたが、下の五つの女の子は顔を火のように赤くし、目をむきながらひいひいと泣き声をからして、折《せっ》檻《かん》をうけています。

私は、いきなり棒をふり上げると、力まかせに主人の頭の上に打ち下ろしました。主人は最初の一打でよろめき、私の方をふり返るようにしましたから、恐ろしくなって私はあわてでまた、棒で打ちました。

主人はそれで崩れるようにうつ伏せに仆《たお》れました。倒れてからも、主人がまた起き上るような気がして、恐ろしいので私は三度目の棒を上から頭に打ち下ろしました。

主人は畳の上に血を吐きました。ほんの五、六秒の間ですが、私には長い労働のあとのように思われ、疲れてへたへたと坐りました。……」

須村さと子に関する夫殺しの犯罪事実は、大体このようなことであった。

彼女は、自首して捕われた。彼女の供述によって警視庁捜査一課では詳細に調査したが、その通りの事実であることを確認した。須村要吉の死因は樫の棒の強打による後頭頭蓋骨《ずがいこつ》骨折であった。

さて、この事件が新聞に報ぜられた時から世間は須村さと子に同情して、警視庁宛《あて》に慰めの手紙や未知の人の差し入れが殺到した。多くは婦人からであったことは無論である。

これが公判に回ると、更に同情はたかまった。事実、婦人雑誌は殊《こと》に大きく扱い、評論家の批評を添えて掲載した。無論、須村さと子に同情した評論だった。

評論家のなかでも、この事件に最も興味をもち、一番多く発言したのは、婦人評論家として知られている高森たき子氏であった。彼女は新聞に事件が出たときから意見を述べていたが、諸雑誌、殊に婦人向きのものには、詳細に文章を書いた。彼女の発表したものを総合すると、次のような要領になるのであった。

「この事件ほど、日本の家庭における夫の横暴さを示すものはない、生活力のない癖に家庭を顧みないで、金を持ち出して酒を呑み、情婦をつくる、この男にとっては、妻の不幸も子供の将来も、てんで頭から無いのである。しかも、その金は、妻が細腕で働いて得た生活費なのである。

中年男は、疲れた妻に飽いて、とかく他の女に興味をもって走り勝ちであるが、許すことの出来ない背徳行為である。日本の家族制度における夫の特殊な座が、このような我欲的な自意識を生み出す。世間の一部には、まだこのような誤った悪習を寛大に考える観念があるようだ。これは断じて打破しなければならない。

殊にこの事件はひどい。情婦のもとから泥酔《でいすい》して帰っては、生活をひとりで支えている妻に暴力を振い、愛児まで打つとは人間性のかけらもない夫である。

須村さと子が夫をそこまで上らせた許容は、これまた誤った美徳的な妻の伝統観念である。彼女には高等教育をうけ、相応な教養をもちながら、まだこのような過誤があった。だが、その欠点を踏み越えて、私は彼女の夫に女性としての義憤と大きな怒りとを感じる。自分を虐待し、愛児が眼の前で打たれているのを見て、彼女が将来への不安と恐怖に駆られたのは尤《もっと》もなことである。

この行為は、精神的にはむしろ正当防衛だと思う。だれでもその時の彼女の心理と立場を理解しないものはあるまい。判決は、彼女に最小限に軽くすべきだ。私としては、寧《むし》ろ無罪を主張したい」

高森たき子氏の意見は世間の女性の共感を得た。彼女のところへは、その意見に至極同感であるとの投書が毎日束になって届けられた。なかには、先生自身が特別弁護人になって法廷に立って下さい、と希望する者も少くなかった。

高森たき子氏の名は、そのことによって一層高くなったように世間に印象づけられた。彼女は、自ら盟主の感のある婦人評論家の仲間を動員して、連名で裁判長に宛てて、須村さと子の減刑嘆願書を提出した。実際に彼女は特別弁護人を買って出た位であった。彼女の肥《ふと》った和服姿は、被告の下をうつむいている姿と一しょに写真が新聞に大きく出た。それに煽《あお》られたように、全国から嘆願書が裁判所に集中した。

判決は「三年の懲役、二年間の執行猶予《ゆうよ》」であった。須村さと子は一審で直ちに服した。

四

ある日のことである。

高森たき子氏は、未知の男の来訪をうけた。一度は、忙しいからといって断ったが、須村さと子のことについて先生の教えを頂きたいことがあるというので、とに角、応接間に通して会うことにした。名刺には、岡島久男とあり、左側の住所のところはなぜか墨で黒く消してあった。

岡島久男は、みたところ三十歳くらいで、頑丈《がんじょう》な体格をもち、顔は陽《ひ》にやけた健康な色をしていた。太い眉《まゆ》と高い鼻と厚い唇《くちびる》は精力的な感じだが、眼は少年のように澄んでいた。たき子氏は、その眼のきれいなのに好感をもった。

「どういうことでしょうか。須村さと子さんのお話というのは！」

彼女は、赤ン坊のような丸こい指に名刺をつまんできいた。

岡島久男は素朴《そぼく》な態度で、突然、多忙を妨げた失礼を詫《わ》び、須村さと子の事件については、先生の御意見を雑誌などで悉く拝見して敬服したと述べた。

「でも、よござんしたね、執行猶予になって」

と、たき子氏は丸い顔にある小さい眼を一層細めてうなずいた。

「先生のお力です。全く、先生のお蔭《かげ》です」

と、岡島はいった。

「いいえ、私の力というよりも」

と、たき子氏は低い鼻に皺《しわ》をよせて笑って答えた。

「社会正義ですよ。世論ですよ」

「しかし、それを推進させたのは先生ですから、やっぱり先生のお力です」

たき子氏は逆らわずに笑った。くびれた顎《あご》が可愛《かわい》い。薄い唇が開いて、白い歯が出た。相手の讃辞《さんじ》を聞き流す満足が出ていた。名士の持っているあの適度の自負的な鷹揚《おうよう》さが微笑となって漂っていた。

しかし、この男は一体何をききに来たのであろう。口吻《くちぶり》からみると須村さと子にひどく同情しているようであるが。さりげなく眼を逸《そ》らして、応接間の窓に落ちている春の陽を眺《なが》めた。

「私は須村さんをちょっと知っているのです」

と、岡島は、たき子の心を察したようにいった。

「須村さんの勧誘で、あの会社の生命保険に加入しましたのでね。それで今度の事件が満更、ひとごととは思えなかったのです」

「ああそうでしたか」

たき子氏は合点がいったように顎をひいた。頸《くび》が二重の溝《みぞ》になった。

「愛想のいい、親切な、いい女《ひと》でした。あんな女が夫を殺すなどとは信じられないくらいです」

岡島は印象を述べた。

「そんなひとが激情に駆られると、思い切ったことをするものですよ。何しろ、我慢に我慢を重ねてきていたのですからね。わたしだって、その立場になれば、同じことをしかねませんよ」

たき子氏は、相変らず、眼を細めていった。

「先生が？」

と、岡島は少し驚いたように眼をあげた。彼は、この冷静な女流評論家も、夫が愛人に奔《はし》れば、そんな市井《しせい》の女房のような取り乱し方をするであろうかと、疑わしそうな眼つきであった。

「そうです。かっとなると、理性が働く余裕を失うものです。須村さと子さんのような、女専を出た女でもね」

「その、逆上ですが」

と岡島は、澄んだ眼でのぞき込んだ。

「須村さと子さんに、何か生理的な関連はなかったのですか?」

たき子氏は、突然に岡島の厚い唇から生理の言葉が出たので、やや狼狽《ろうばい》した。そして、それは当時の裁判記録も読んで、犯行時が彼女の生理日でなかったことを思い出した。

「別段、そんなことはなかったと思いますが」

「いや」

岡島は、少してれ臭い顔をした。

「その生理のことではないのです。つまり、ふだんの肉体的な夫婦関係のことです」

たき子氏は、微笑を消した。この男は、少し何か知っているらしいが、何をききたいのであろう。

「と、いうと、夫の須村要吉の方に身体の上の欠陥でもあったというのですか?」

「逆です。須村さと子さんの方になかったかと思うのです」

たき子氏はちょっと黙った。そして間をつなぐように、冷めかけた茶を一口のんで、改めて岡島に顔を向けた。

「何か、その根拠がありますか?」

いつも論敵に立ち向ったとき、相手の弱点を見つけるため、先《ま》ず冷静に立証を求める態度に似ていた。

「いや、根拠というほどではありませんが」

と、岡島久男は、たき子氏から眼を据えられたので急に気弱な表情になった。

「つまり、こうなんです。私は、須村要吉の友人をちょっと知っているのですが、その友人の話によると、要吉は前々から、そう、一年半ぐらい前から、女房がちっともいうことをきいてくれないといって、こぼしていたそうです。それで、若《も》しかすると、須村さと子さんの方に、そんな夫婦関係の出来ない生理上の支障があったのではないか、と思ったのですが」

「知りませんね」

と、たき子氏は、やや不機嫌《ふきげん》そうに答えた。

「裁判のときの記録は、特別弁護人に立つ必要上、よみましたがね。そんなことは書いてありませんでした。警察の取調べでは、当然、そのことも調べたでしょうがね。記録に無いところを見ると、さと子さんの身体には、そのような生理的な支障の事実はなかったと思います。それは要吉が、情婦のところへ通うから、さと子さんが拒絶していたのではないですか?」

「いや、それが、要吉君が脇田静代と親しくなる前なのです。だから、おかしいのです。

そうですか、さと子さんに身体上の支障の事実が無いとすると、少し変ですね」

岡島は考えるような眼つきをした。

五

高森たき子氏は、眉の間にかすかな皺をよせた。その眉は、彼女の眼と同様に細く、そして薄かった。

「変？　それはどういう意味ですか？」

「なぜ夫を拒絶したか分らないんです」

岡島は細い声で言った。

「女というものは」

と、たき子氏は男を軽蔑《けいべつ》するように答えた。

「夫婦生活に、時には激しい厭悪《えんお》感に陥るものですよ。そういう微妙な生理的心理は、ちょっと男の方には、分らないかもしれませんね」

「なるほど」

岡島はうなずいたが、その通りに、よく分らないといった顔つきだった。

「ところで、さと子さんが、そういう状態になったのは、夫の要吉君が脇田静代と親しくなる半年くらい前だと、考えられるのです。つまり、さと子さんの拒絶の状態が半年ばかりつづき、そのあとで要吉君と静代との交渉がはじまったのです。この二つの事実には、因果関係があると思うのですが」

岡島は、わざとむつかしい因果関係という言葉をつかったが、その意味は、たき子氏には分った。

「それはあるでしょうね」

と、彼女は薄い眉を一層よせて言った。

「要吉の不満が、静代にはけ口を見つけた、という意味ですね」

「まあそうです」

岡島は、次の言葉の間に、煙草《たばこ》を一本ぬき出した。

「その脇田静代は、さと子さんの旧《ふる》い友だちです。要吉君を静代の店に最初に行かせたのは、さと子さんです。彼女に、その意志は無かったでしょうが、結局、夫と静代とを結びつける動機をつくったのは、さと子さんですからね」

岡島が、煙草に火をつける間、たき子氏の細い眼はキラリと光った。

「あなたは、さと子さんが、わざと夫を静代に取りもったと言いたいのですか？」

「いや、そこまでは断言出来ません。しかし、結果から言えば、少くとも結びつきの役目をしたことになりそうです」

「結果論を言えば、キリがありません」

たき子氏は少し激しく答えた。

「結果は、当人の意向とは全く逆なことになり勝ちです」

「そりゃ、そうです」

岡島は、おとなしく賛成した。彼の厚い唇は青い煙を吐き出した。煙は、窓から射《さ》しこんだ陽のところで明るく匍《は》った。

「しかし、思い通りの結果になることもあります」

と、彼は、ぽつりと言った。

おや、とたき子氏は思った。岡島の言い方に太い芯《しん》が感じられた。

「じゃ、さと子さんに、矢張りはじめからそのつもりがあったというのですか？」

「気持は、本人だけしか分りませんから、推定するだけです」

「では、その推定の材料は？」

「さと子さんが要吉君に金を与えて、静代の店に飲みに行かせていたことです。はじめの間だけですが」

「だが、それは」

と、たき子氏は、細い目をちかちかさせて反駁《はんばく》した。

「さと子さんのやさしい気持からですよ。夫は失業して、家のなかで、ごろごろしている。妻の自分は、仕事のために留守にし勝ちだから、さぞ、夫が気鬱《きうつ》であろうと思って親切でしたことです。

静代の店に行かせたのは、飲み代を安くしてくれるに違いないと思ったからだといいます。それに、同じ飲むなら、困った友だちを、よろこばせたい気持があったのです。その親切が仇《あだ》になって、あんな結果になるとは、夢にも想《おも》わなかったことですよ。あなたのように逆から判断する考え方には不賛成です」

「じゃあ、それは、彼女の寛大な気持から出発したと考えてもいいです」

岡島は、またうなずいてからつづけた。

「そういう親切から計ったことなのに、要吉君はさと子さんを裏切って、静代に夢中になってしまった。女房の稼《かせ》いだ金は、女と酒に費《つか》ってしまう。質草は持ち出す。生活が見るうちに窮迫してくるのも構わず、女のところに遊んで、毎夜おそく帰ってくる。

帰ってきては酒乱から女房子供を虐待《ぎゃくたい》する。さと子さんの寛大さが禍《わざわ》いして、今や静代のために生活が滅茶滅茶《めちゃめちゃ》になったのです。いわば、静代はさと子さんにとって憎んでも足らぬ敵《かたき》になりました。

それなのに、どうしてさと子さんは静代のところに、一度も抗議に行かなかったのでしょう？　少くとも、そこまで行きつく前に、静代に頼みに行ってもよさそうなものですが。知らぬ間では無いのです。友だちです」

「よくあるケースですね」

たき子氏は静かに応じた。

「世の中には夫の愛人のところに怒鳴り込む妻があります。愚かなことで、自分自身を傷つけるようなものです。教養のある婦人は、世間体の悪いそんな恥ずかしいことはしません。夫の恥は妻の恥です。妻の立場としての面目や責任を考えます。さと子さんは女専を出たインテリですから、無教養な真似《まね》は出来なかったのです」

「なるほど、そうかもしれませんね」

相変らず岡島は、一度は納得を示した。

「しかしですな」

と彼は同じ調子でいった。

「さと子さんは理由も無く半年もの間、夫を拒絶しつづける。そのまま、夫を脇田静代にひき合せる。相手は未亡人で飲み屋の女です。夫は酒好きで、生理的に飢渇の状態に置いてある。危険な条件は揃《そろ》っています。当然に両人の間には発展があった。それを彼女は傍観でもしているように相手の女には抗議をしない。こうならべると、そこに一つの意志が流れているように思われます」

六

高森たき子氏の睡《ねむ》そうな細い眼の間には、敵意の光りが洩《も》れた。氏の応接間は落ちついた調和が工夫されてある。壁の色、額の画《え》、応接セット、四隅《よすみ》の調度、いずれも氏の洗練された趣味を語っている。

しかし、主人公である氏自身は、その雰囲気《ふんいき》から、今や浮き上ってしまった。彼女の表情は苛立《いらだ》たしさに動揺していた。

「意志というのは、須村さと子さんが何かそのような計画をしていた、というのですか？」

たき子氏は少し早口になって訊《き》き返した。

「推定です。これだけの材料からの推察ですが――」

「非常に貧弱な材料からの推定ですね」

たき子氏は言下にいった。

「およそ人間は、その人を見れば、私には分りますよ。私はこの事件に関係して以来、厖大《ぼうだい》な調書をよみ、また特別弁護人として須村さと子さんに度々会いました。

記録のどこにもあなたの邪推するようなところはありません。また、さと子さんに会っていると、その知性の豊かな人柄《ひとがら》に打たれます。あの澄み切った瞳《ひとみ》は純真そのものです。

こんな人がどうして夫の横暴な虐待をうけねばならなかったか、改めて彼女の夫に義憤を覚えました。あんな立派な、教養をもった婦人は、そんなにざらにはありません。

「さと子さんの教養の豊かなことは、私もあなたの御意見に同感です」

と岡島は厚い唇を動かしていった。

「全く、そう思います」

「一体、あなたは、何処《どこ》でさと子さんを知っているのですか?」

たき子氏は質問した。

「前にもちょっと申上げたように、私は須村さと子さんから生命保険加入の勧誘をうけた者です。申し忘れましたが、私は東北の山奥の△△ダム建設工事場で働いている者です。××組の技手です」

岡島久男は、はじめて身分をいい、

「山奥でのわれわれの生活は、仕事以外は全く無味乾燥です」

と話をつづけた。

「何しろ鉄道のある町に出るまでには、一時間半もトラックに揺られなければならない山の中です。仕事が済み、夜が来ると、何一つ愉《たの》しみがありません。食べて、寝るだけの生活です。

それは、なかには勉強する者もありますが、段々周囲の無聊《ぶりよう》な空気に圧《お》されてくるのです。夜は、賭《か》け将棋か賭け麻雀《マージヤン》がはやります。月に二回の休みには、一里ばかり離れた麓《ふもと》の小さな町に行って、ダムを目当てに急に出来たいかがわしい家に入って、鬱散するのが精一ぱいです。そこには、一どきに一人が一万円も二万円も費います。そして、また、山にとぼとぼ上って帰るのですが、満足感はだれにもないのです。われわれは学校を出て、好きでこの仕事に入ったのですが、山から山を渡り歩いていると、さすがに都会が恋しくなります。雄大な山岳だけでは、やっぱりもの足りないのです」

岡島は、いつか、しんみりした調子になっていた。

「そりゃ、恋愛する人間も無いではありません。しかし、それは相手がみんな近在の百姓の娘なのです。知性も教養も何も無いのです。ただ、女だというだけで、対象に択《えら》んだに過ぎません。ほかに無いから仕方なくそうしただけです。環境上、別に方法が無いからです。不満には変りはありません。そういう連中は後悔し、次には諦《あきら》めていますよ。可哀想《かわいそう》なものです」

たき子氏は黙って聞いた。肥《ふと》った身体を少し動かしたので、椅子《いす》がかすかにきしった。

「そこに現れたのが、保険勧誘に、はるばる東京から来た須村さと子さんと藤井さんという女の人です。藤井さんは四十近い女《ひと》だったから、そうでもなかったのですが、須村さと子さんはみんなの人気を得ました。

さして美人ではないが、男に好意を持たせる顔です。それに話すと、知性がありました。それをひけらかすのではなく、底から光ってくる感じでした。顔まで綺麗《きれい》に見えて来るから妙です。いや、山奥では、たしかに美人でした。それに、彼女の話す言葉、抑揚、身振り、それは永らく接しなかった東京の女の人です。みんなの人気が彼女に集ったのは無理も無いでしょう。

それに、彼女はだれにでも親切でやさしかったようです。無論《もちろん》、商売の上からでしょう。皆はそれを承知しながら、それを悦《よろこ》びました。彼女の成績は予想以上に上ったと思います。自分が保険に加入することは勿論のこと、すすんで知人や友人を紹介しました。彼女は一カ月に一度か、二カ月に一度、姿を見せましたが、みんな歓迎しました。彼女はそれに応《こた》えるように、時々、飴玉《あめだま》など土産《みやげ》にもってきました。他愛《たわい》のない品ものですが、みんな悦びました。東京のデパートの包紙を見てさえ、懐《なつか》しがる者があるくらいです」

ここで、岡島は、ちょっと言葉を切って、冷えた茶の残りをのんだ。

「ところが、みんなの好意を寄せられる、もう一つの原因が彼女にありました。それは、彼女が未亡人だと、自分で言っていたことです」

半分、閉じかかったたき子氏の眼が開いて岡島の顔を見た。

「これは仕方のないことでしょう。保険勧誘も、その人の魅力が、大部分作用しますからね。極端にいえば水商売の女が、みんな独身というのと同じです。独りだから、こうして働いているのだと須村さと子さんは微笑しながら主張しました。その言葉をだれも疑うものはありません。ですから、なかには、彼女に恋文めいた手紙を送るものさえ出てきました」

七

岡島は、消えた煙草に火をつけ直して、つづけた。

「むろん、さと子さんは自分の住所を教えていません。手紙はすべて会社あてに来るのです。こういう小さな欺瞞《ぎまん》は許されるべきでしょう。彼女のビジネスの上から仕方のないことです。だが、これは、はっきり彼女にいい寄ってくる何人かの男をつくりました。彼らのある者は、彼女に二人連れで来ないで、単独で来るようにすすめる者があります。彼女らの宿、それは現場に視察に来る人のために、たった一軒ある宿なのですが、そこに押しかけて、遅くまで粘っている者もありました。

しかし、さと子さんは、いつも微笑《わら》って、その誘惑をすり抜けていました。職業のために、相手に不快を与えないで、巧みに柔く遁《に》げる術を彼女は心得ていました。彼女は決して不貞な女ではありませんでした。それは断言出来ます。しかし……」――しかし、と言ったときから、岡島の言葉の調子が少し変ったようだった。それは瞑想《めいそう》しながら呟《つぶや》くといったいい方であった。

「しかし、ダム現場には、もっと立派な沢山の人がいます。この仕事に生命を燃やしている男たちです。しゃれた言い方をすれば、重畳《ちようじよう》たる山岳の大自然に挑《いど》んでいる人たちです。それを人間の力で変える仕事です。本当に、男らしい男です。

そんな男を見る毎《ごと》に、さと子さんの心の中には、ぐうたらな自分の亭主が、厭悪の対象として泛《うか》んだに違いありません。その対比は日と共にますますひどくなったでしょう。一方は、いよいよ逞《たくま》しく立派に見え、一方はいよいよみすぼらしく厭《いや》らしく――」

「お話の途中ですが」と、聴いていた女流評論家は、不機嫌を露骨に表わして、遮《さえぎ》った。

「それは、あなたの想像ですか?」

「想像です。私の」

「想像なら、長々と承ることはありません。わたしもこれから仕事がありますから」

「済みません」

と、岡島久男は、頭を一つ下げた。

「ではあとは簡単に申上げます。須村さと子さんがその山の男の一人に好意を感じたと想像するのは不自然ではありません。相手の男も彼女に好意以上のものを持っていたと仮定します。それは無理もありません。彼女を未亡人と思い込んでいたのですから。そして、世にこれほど、知性のある女性は、居ないと思ったでしょう――。

さと子さんは悩んだでしょう。彼女には要吉君という夫があります。しかも、厭で厭でならない夫です。一方に心が傾くにつれ、この夫からの解放を、彼女は望みました。

要吉君は彼女を絶対に放さないから、離婚は到底考えられません。彼女が解放されるのは夫の死亡だけです。彼女の言葉通りに未亡人になることです。不幸にして要吉君は身体は頑健《がんけん》でした。早急な死が望めそうにないとしたら、彼を死に誘うよりほか仕方がないことになります」

高森たき子氏は、蒼《あお》くなって、言葉も急に出なかった。

「しかし、夫殺しは重罪です」

と、岡島は話をすすめた。

「夫を殺しても、自分が死刑になったり、永い獄中につながれたりしたら、何の意味もありません。頭のいい彼女は考えました。夫を殺害しても、実刑をうけない方法は無いものかと。たった一つあります。執行猶予《ゆうよ》になることです。これだと再び犯罪をおかさない限り身体は自由です。択ぶとしたら、この方法しかありません。

しかし、それには情状酌量《しやくりよう》という条件が必要です。当時の要吉君は生活力こそ無いが、その条件にははまりません。ですから、条件をつくるより外ありません。彼女は冷静にその条件をつくりました。要吉君の性格を十分に計算してからのことです。あとは、掘った溝《みぞ》に正確に水を引き入れるように、要吉君を誘い込めばよいのです。彼女は一年半の計画でそれをはじめました。

まず最初の半年の間は、彼女は要吉君を拒絶しつづけて、彼を飢餓の状態に置きました。これで第一の素地をつくっておきます。次に未亡人で飲み屋の女のところへ行かせます。渇いた夫は、必ずその女を求めることを計算したのです。

もし、脇田静代で失敗したら、別な女を考えたでしょう。そういう種類の女は、多いに違いありませんから。しかし、脇田静代は注文通りの女でした。要吉君は夢中になりました。彼の破滅型的な性格は、酒乱癖と共に生活を破壊してゆきました。彼女の供述の事実の通りです。ただし、一々、その場に立ち会った証人は居ないから、彼女の申立てに誇張があるかも分りません。この過程が、約半年です。

半年の間に、要吉君は彼女の予期したような人物になり果て、思う壺《つぼ》の行為をしました。つまり、情状酌量の条件は、すっかり出来上ったのです。彼女の計画と要吉君の性格とが、これほどきっちり計算が合ったことはありません。

それから彼女は、実行を果しました。そのあとは、裁判です。判決は見事に計算の答の通りでした。この判決までが約半年です。つまり、はじめの条件の設定にかかってから、一年半で完了になりました。そうそう、計算が合ったといえば、いわゆる世論のことも——」

と、いいかけて岡島は、婦人評論家の顔を見た。

高森たき子氏は真蒼《まつさお》になっていた。彼女のまるい顔からは、血の色は失《な》くなり、薄い唇は震えた。

「あなたは」

たき子氏の低い鼻翼《こばな》はあえいだ。

「想像でいっているのですか？　それとも確かな根拠でもあるのですか？」

「想像だけではないです」

と、陽焦《ひや》けした顔の岡島久男は答えた。

「須村さと子さんは私の求婚に、一年半待ってくれ、といったのですから」

そういい終ると、彼は煙草の箱をポケットにしまって、椅子から立ち上る用意をした。

それから歩み去る前に、もう一度、女流評論家を顧みていった。

「しかし、こんなことを私がいくらいい立てても、さと子さんの執行猶予には、変りはありませんよ。それはご安心下さい。たとえ、その証拠が上っても、裁判は一事不再理ですからね。一度、判決が確定すれば、本人の不利益になる再審は法律で認められていないのです。さと子さんの計算は、そこまで行き届いていたようです。ただ——」

彼は、子供のような瞳をじっと向けて、

「ただ、たった一つの違算は、一年半待たした相手が逃げたということです」

と、いい終ると、頭を下げて部屋を出て行った。

投影

一

太市は、東京から都落ちした。

今まで勤めていた新聞社を、部長と喧嘩《けんか》して辞めてしまったのだ。

ほかの新聞社に行くのも気がさして、辞めてしまったら、新聞記者くらい潰《つぶ》しのきかないものはない、とはじめて分った。

もう東京にいるのも厭《いや》であった。

「おれ、田舎に行くよ」

と言ったら、頼子は、そう、といって反対もしなかった。社から貰《もら》った退職金のある間に、瀬戸内海のSという都市に移ってきた。別に知人がある訳ではない。地図を見たら、海の傍《そば》で、好きな釣《つ》りが出来るし、何となく住みよさそうだったからだ。

しかし、退職金も少なくなると、頼子は心細がってきた。

「ねえ、どうするの?」

と頼子は言うが、こういう土地に来て一種の虚脱感があって、見えすいた生活の行き詰りも切実に逼《せま》ってこない。うん、うんと生返事しながら、釣道具をかついで出ていった。

部長と衝突したといえば聞えはよいが、頼子のことに夢中になって、社にもろくに出勤しなかった。退職金引当ての前借や知人からも借り出して頼子に注《つ》ぎ込み、というよりは毎晩の逢瀬《おうせ》に彼女の働いているホール通いに費《つか》い、二人で東京周辺の温泉地も遊び歩いた。

はじめは適当な理由を電話で届けて休んでいたが、度重なると口実に窮して、面倒臭いままに無届欠勤がつづいた。

社会部という忙しい部署に籍のある者がそんな怠けかたをして無事である筈《はず》がなかった。辞表を出す羽目には、彼自身がしたことだが、もともと部長と気が合わなかった。彼は前の部長には可愛《かわい》がられたからよく働き、腕ききだといわれたものだが、今度、他の部から移ってきた部長には何となく睨《にら》まれて冷遇され、いつかは大喧嘩をして辞める時が来るような予感がしていた。辞めるように怠けたのは、その絶対の予感をわれから早く実現にもっていった運命観的な心理もあった。日本でも一流の新聞社なのに惜しいことをしたものだという人があるが、所詮《しょせん》は他人の批評である。

そんなことで大した退職金もなく、東京でうろうろ職を捜したのでは忽《たちま》ち動きがとれなくなる。前に学校の先輩がこの市の地方新聞社で羽振りがよいことを知っていたので、通知も出さず頼子と二人でいきなり来たところ、その先輩はその社をやめてここにいないことが初めて分った。

こんな時、あんまり動き廻《まわ》って焦慮《あせ》るよりも、暫《しば》らく物価の廉《やす》いこの土地にいて職も捜し、東京の友人にも此処《ここ》から手紙で就職を頼んでおけば、そのうち何とかなると思った。

それで頼子との間借りの新生活に心愉《たの》しませていたが、いくら物価のやすい土地でも、無収入で釣りにばかり行ったのでは三カ月たった今では行き詰りが眼の前にきた。

のんびりした土地のようでも、就職難は同じである。本気に捜す気もないが、捜しても無さそうだ。それに新聞原稿用のザラ紙に書く4B鉛筆を握りつけた指には、ちょっと別なものを持つ気が起らない。

「ねえ、どうするの?」

と頼子がいっても、生返事して瀬戸内海につき出た突堤に釣りに通ったのは、一つにはそれであった。

ある日、太市が夕方かえってみると頼子が外出着の支度で坐《すわ》っていた。それは彼女のたった一つの晴着であった。綺麗《きれい》に化粧していて、薄暗い六畳の空気から浮き出ているようである。

どこに行ったのかと問うまでもなく、彼の顔をみて彼女の方からにこにこして、

「わたしねえ、仕事みつけたわ、あなたに知らせずに行ったんだけれどごめんなさいね。

だってもう五百円きり無いのよ」

という。彼女の仕事というと、およその見当はついたが、

「何だい」

「この土地で一番というキャバレーに行って支配人《マネージャー》に会ってみたの。すぐ、O・Kだったわ。明日の晩からゆくことにきめたわ」

こういう場合の用意にと、彼女はドレスを二着もってきていた。

「ねえ、ごめんなさいね」

と頼子は彼の顔色を窺《うかが》うようにささやくのに、済まないと正面切っていえない性質《たち》なので、

「いよいよ俺《おれ》もヒモで暮せるか」

と苦笑すると、

「バカね」

と叩《たた》かれた。

二

キャバレーは『銀座』という名で、外からみても、東京の場末の一番くらいに大きそうであった。太市は毎晩、その近くまで頼子の帰りを迎えに行ったが、そうしているう

ちに、

——なるほど、こんなことではいけない。

と思った。

少し真剣になったつもりで、新聞の案内欄に目を通す毎日になったが、三十前後の男にはいかに職業が無いかを痛感するだけであった。

東京で磨《みが》きをかけた頼子が、店で忽ち売れているのは、亭主根性で当然と思ったが、そういう収入だけで暮すのが、卑屈になるまいと思っても、じめじめした心持に引込まれていった。そんなに焦慮《あせ》ることないわと気を兼ねる頼子の言葉には関係のないことであった。

すると、ある朝、地方紙の案内欄の隅《すみ》に、

『有能記者招聘《ゆうのうきしゃしょうへい》、望気骨有奮闘者《のぞむきこつありふんとうしゃ》。陽道新報社《ようどうしんぽうしゃ》』

という三行広告が眼に入った。

どうせ名も無い地方新聞社とは思ったが、この時ばかりは飛び立つ思いで家を出た。書かれた所番地をさがしてゆくと、ごみごみした露地だから、もとよりそれらしい建物があろう筈はなく、『陽道新報社』と看板だけ不釣合に大きいのが古びたしもたやの表に掲げてあった。

予想はしていたが、あまりひどいので、たじろいだが、ともかく入ってみた。狭い玄関の土間《たたき》から、ささくれ立った古畳の座敷がまる見えで、それでも事務机とガタガタの回転椅子《いす》が一応の恰好《かっこう》をつけていた。

出てきたのは割烹着《かっぽうぎ》をきた中年女で、細君らしく、わりと小ざっぱりしていたのが太市に好感をもてた。

来意をいうと、一旦《いったん》、引込んだが、しばらくして出てきて、どうぞ、と落ちついた微笑をみせて頭を下げた。

ひどく狭くて急な暗い梯子段《はしごだん》を上ると、二階は八畳ばかりの間で、床がのべてあった。

「主人はこの半年臥《ふ》せて居《お》りますので、失礼ですが、ここでお眼にかかります」

と細君が断りをいった。すると蒲団《ふとん》がもぐもぐと動いて寝ている当人が起き上った。

それは瘦《や》せた眼の大きい、顴骨《かんこつ》の尖《とが》った五十年輩のとげとげしい感じの男であった。頭の半白と面窶《おもやつ》れとが老《ふ》けさせてみえるので実際はもっと若いかも知れない。しかし気力の鋭さを感じさせるのは、彼の眼の光と、一語々々区切っていうような言語のハリであった。

彼は陽道新報社長畠中嘉吉と名乗り、太市に向って眼を注いで、

「あんたは新聞記者の経験はあるじゃろうな?」

と訊《き》いた。

太市が、三年くらいの経験がある、というと、彼は、それ以上深くは身の上を訊かな

かった。その代り、この市がこの地方で占める特殊性とか、しかし市政が不手際《ふてぎわ》であるとか、中央政治が地方行政に不熱心であることなどを述べた。

それは二十分位であったろう。話を打ち切ると、すぐ、今いったことの要点を新聞記事体にその場で書けといった。そんなことは新聞社の入社試験の初歩なので、ぼんやり聴いていたけれど纏《まと》めあげた。

畠中社長は、眼鏡をもって来させて、それを見ていたが、ふん、ふん、と鼻から詰めて息を出した。

「目下政治問題について君の独自の意見をかいて明朝もってきて見せてくれ給《たま》え。これはウチの新聞や」

といって、タブロイド型二枚折の新聞をくれた。

帰って、その『陽道新報』を読むと、表も裏も市政記事で、社会面は無かった。その市政記事たるや報道と攻撃をごっちゃにした主観的な記事に埋っていた。つまり、これは予想通りの地方の小新聞であった。

それを寝転びながら、裏と表をくり返し読んでいるうちに、太市は不覚の泪《なみだ》を流した。おれも遂《つい》にここまで落ちたかという感傷であったが、日本で一流の新聞に書いていた魂と地方の小新聞に書く魂と、おれの本質に変りがあろうかと自分の心に説得した。寂しいのは理窟《りくつ》の外だから仕方がない。

「常に正義をもって市政悪と闘う」

という陽道新報の題字の横に書かれた白ヌキのスローガンを口ずさみながら、頼子を迎えに暗い街に出た。

三

翌日、採用ときまったとき、畠中社長は眼を光らせながら床の上に坐ってこういった。

「あんたは実は十一人目の入社志望者だが、わしの眼に合格したから、しっかりやってくれ。それで他所者《よそもの》のあんたには不案内じゃろうから、今の市政の概念をいっておく。あとは自然に分ってくる。まず、この市は市長派と助役派に岐《わか》れている。助役はこと毎《ごと》に市長に楯《たて》ついている。それなら何故《なぜ》市長が女房役の助役をクビにせんかというと、助役は策士で市会議員の多くに自己の味方をつくった。それに彼は次の市長選挙に打って出るつもりじゃから吏員の上層部にも人気とりをしとる。つまり市長が助役をクビにするには、助役はあまりに強大になっているのじゃ。そのことが一つ。助役は人気をとるために係長以上の吏員のいいなりになっている。その吏員を市会議員は自分のええようにさせとる。分るかな。これが今の市の現状じゃ」

文章でいうなら、一章々の句切りに力を入れるハリのあるいい方であった。

太市は反問した。

「すると、あなたは市長派ですか？」

社長は半白の頭を強く振った。

「わしはどの派でもない、二十万市民の味方じゃ。この市政悪と闘ってきた信念の男じゃ。市長も助役も市会議員も吏員も、わしを煙たがっとる。それでええ、一人でもやる。病気で寝こんで残念じゃが、あいつらは喜んどるじゃろう。糞《くそ》、負けるもんか。わしの代りにここの市政悪を徹底的に叩いてくれ。誰にも遠慮はいらん。一文の広告ネダリもせん。そうじゃ、君の同僚を紹介しよう。湯浅新六という男じゃ。まじめな奴《やつ》じゃが、惜しいことに覇気《はき》が足らん」

畠中社長は手を拍《たた》いて割烹着の細君を呼び新六を呼べといった。

湯浅新六は猫背《ねこぜ》で、色が黝《くろ》く、しなびたような顔をして甚《はなは》だ年老けてみえた。

近づきにというので、太市は彼を表に引っぱり出して、おでんやに誘った。

「大将はこの市の上層部には嫌《きら》われ者ですよ、誰かれとなく狂犬のように噛《か》みつくのですからな。市会議員選挙には連続八回落選の記録保持者ですよ。それであんなひねくれ者になったんですな」

と湯浅新六はコップ酒をなめ乍《なが》ら説明した。

「大将、病気で残念がってますよ。僕は大将の気に入らん男ですがね、あんな嗅覚《きゆうかく》もないし、筆も立ちませんしね。でも、これで週刊のタブロイドの新聞をひとりで埋めていますよ。なんてこの新聞じゃ自慢にもなりませんな」

新六は自分で嗤《わら》った。この男にもこんなコンプレックスがあった。今まで、どういう新聞社をわたってきた男であろう。そういえば、太市の経歴を畠中社長は訊かなかった。新六もそんな質問はしない。それはそれでよいのだ。

新六は酔った。

「だが、わたしは大将が好きですよ。金を強請《ゆす》らんで貧乏しとるところがええ。奥さんも主人も道楽で諦《あきら》めたというて米櫃《こめびつ》を空にして笑っていますよ。あの奥さんもええ。ねえ、田村さん、大将をたのみますよ」

二三軒を廻っているうちに、太市は新六を担《かつ》いで歩いた。

社長一人に、太市が入社してから社員が二名になった。印刷は小さい汚い印刷屋に賃刷りさせていた。割付けも校正も大組みも社員の役だ。

近代的な照明のある大新聞社の賑《にぎ》やかな工場とは天地の違い、ぽつんと裸電球が一つ二つ下った薄暗い活版台の上で、もそもそした老職人の活字のさし替えを見ていると、太市はまた危く泪が出そうになった。――

頼子は、

「いやね、そんなところ、イヤだったらいつでも辞めてよ」

と慰めた。そんな言葉をいう立場は亭主と女房で逆なのだが、煙草《たばこ》をふかして黙っていた。陽道新報記者というお仕きせの名刺はまだ見せる勇気がない。税引き八千円という畠中の決めた月給のことを胸の中で考えていた。

翌日から最大の取材場所である市役所に行った。うすぎたない建物の中を各課の課長の席へ新六が太市を連れて歩く。どの課長も小莫迦《こばか》にしたような顔をして、へらへら笑う新六を相手にしない。

相手にしないのは彼らばかりではなかった。この市役所では大新聞の支局と地方紙五六社とで結成した市政記者倶楽部《クラブ》があったが、其《そ》の倶楽部からも加入を許されていないのである。

要するに陽道新報は誰からも除《の》けものにされていた。その蔑視《べっし》の白い眼の中を新六は猫背を曲げてへらへらと卑屈な笑いをしながら取材に歩いていた。それを観察しているうちに、ふと、太市は、新六のその卑屈にみえる動作の奥には、畠中の傲岸《ごうがん》な闘志につながる反抗を見るような気がした。

四

ふた月ばかり過ぎると少し慣れた。或《あ》る日、太市は土木課に足を向けた。入り口のガラス窓から覗《のぞ》くと、課長の机の前に肩幅の広い大きな男が立っているのが見えた。

土木課長は、南といって割と親しめそうな男なので、太市は何気なく、その席に近づ

くと、

「生意気いうな」

とどなる声がした。それは立っている大きな男の声なのだ。みると南土木課長が席に坐って顔をうつ向けて赤い顔をしている。

これはまずい所に来た、と思ったが、もうどうしようもなかった。突立っている、というよりも仁王立ちに立ちはだかっているその大きな男は、太市の方をじろりと見た。口髭《くちひげ》の下の顎《あご》が赤ン坊のように二重に括《くく》られている位に肥えた四十すぎの赭《あか》ら顔の紳士であった。誰なのか、勿論《もちろん》太市は知らない。向うも知るまいが、じろりと一瞥《いちべつ》した眼つきは好感のあるものではない。あきらかに邪魔なところに来たという敵意があった。

「覚えておれ」

と男は再び怒声を課長のうなだれた頭の上に浴びせた。それを捨て台辞《ぜりふ》というのであろう。彼はくるりと背を廻すと、声を呑《の》んでいる課長達《たち》の前を通り抜けて廊下を悠々《ゆうゆう》と出て行った。

小学生のように叱《しか》られていた南課長は、ようやく頭をあげた。彼はチョッキからライターをとり出して煙草につけたが、指先が少し慄《ふる》えていた。非常な憤怒の感情を抑制していることが分った。

しかし課長はやや蒼《あお》ざめた顔色に、少し間の悪そうな微笑を見せた。

どうしたのですか、そういおうとしかけると、課長の瞳《ひとみ》が鋭く別の方に動いた。この課には係長の机が三つある。その真中の机から一人の男がさり気ない様子で椅子を立った。南課長の瞳はその男の背中に動いたのだ。

男は机をはなれると、便所へでも行くようにのっそりと歩いて廊下に出て姿を消した。課長の瞳は意味ありげにそこまで追って、普通にかえった。その二三秒の黙劇のような動きを太市は眼の隅から見遁《みのが》さなかった。

折から課員が書類をもってきた。課長は朱肉のついた判コを片手に握って新しい仕事に向っている。老眼鏡をかけた彼の鬢《びん》は白かった。

太市は、煙を吐いて、

「何か変ったことはありませんか」

というと、南課長は今度は顔もあげずに、

「何もないね」

と書類の文字を眼で追っていた。太市は一本喫《す》い終っただけで立ち去った。

その夜、新六をおでん屋にひっぱり出して話すと、彼はくすんだ顔に眼を光らせて、

「へえ、それは面白かったな」

といって、コップの縁《ふち》から酒を吸った。

「その大きな男は市会議員の石井円吉という男じゃな。あいつ、なんで南課長をそんな

にどなりつけたんじゃろう。何かあったのかな、石井はこの市のちょっとしたボスなんだ」

「係長は何というのだい?」

「そりゃ港湾係長の山下じゃろう。きっと忠義顔をして石井議員のあとを追いかけて行ったに違いない。へえ面白いな。あいつ、以前はそれほど石井にくっついていなかったがな」

「課長と係長は仲が悪いのかね」

「表面は悪くはないが、石井議員と山下の仲を臭いと思っているんじゃないかな。けど、その一幕は面白かったが、それをまだ事情にうとい君が、そう細かく観察したのはなかなか鋭いな」

「いや」

と太市は酒を注《つ》いだ。

「けど、なあ、君」

と、新六は太市のそばに近よって声をひくめた。

「こりゃ何かあるぜ。少しほじくって見ようか。あの山下という係長は助役派なんだ。要領がよくて、女好きな奴でな。それから、石井議員は赤線区域をバックにしたボスで、アクの強い男なんだ。気の弱い南課長をいじめているのは何かあるぜ。こりゃ調べたらモノになるだろうな。第一大将を喜ばしてやりたいよ。ここんとこ陽道新報も紙面がパッとせんでいたままやきもきしているからなあ」

五

キャバレー『銀座』のかんばんは十一時で、ダンサー達が帰るのは十一時半頃《ごろ》であった。この時間に頼子を迎えに行く太市には、それまでの間がもてない。自然とおでん屋の腰かけに坐《すわ》ることが多い。

その晩も安酒をなめていると、ふと先客の中の横顔に見覚えがあった。頰《ほお》が落ちて鬢が白い。肘《ひじ》を台の上に突いて、うつ向き加減に盃《さかずき》を口に運んでいる。それが南土木課長だと気づくことに時間はかからなかった。しばらく見ていたが、独りで考え込んでいるような恰好に、寂しそうな翳《かげ》があった。

太市は立って、その横の席に移った。

「課長さんじゃありませんか」

と声をかけると、南課長はふり向いて、瞳を据《す》え、訝《いぶか》るように見ていたが、判《わか》ったらしく、

「ああ、君か」

と口もとを笑わせた。役所の課長席に坐った無愛想な彼でなく、人淋《さび》しいところで見

知りの顔に遇《あ》ったという人懐《なつ》こさが表情に出ていた。

太市が、失礼します、と盃をさし向けると、素直に、彼は、

「有難う」

と礼をいって受けとった。

「課長さんもよくここへ見えるのですか?」

というと、

「いや、そうでもないが」

と語尾は薄い笑いに溶けた。そのひとり笑いは思いなしか、自嘲《じちよう》めいたもののようにとれた。

飲んでいるうちに少しずつ打融《うちと》けたような雰囲気《ふんいき》が出てきそうであった。太市は市会議員の石井円吉からこの南が怒鳴られていた情景が眼に残っている。新六に話したとき、そりゃ面白い何かあるぜ、ほじくってみよう、といった彼の声も耳に新しい。太市は、ここで南と偶然飲む機会になったのを幸い、この秘密の端か何か聞き出せるかも分らないと思った。

「市会議員のなかには、分らんことをいってくる奴もあるでしょうな」

と、ようやく酒の気分の出たところで、それとなくアタってみた。

すると、盃のふちに触れていた南の唇がぴくりと動いた。急所にいきなり触られたと

いう唇の慄《ふる》えかたであった。太市は、しまったと思った。いい方がまだ生すぎた。もっと遠くから廻《まわ》っていえばよかった。

あの時の場面を太市に見られている南課長には、それがどのように心の奥で怯《ひ》け目になっているか、太市の想像以上だったのだ。

課長は腕時計を見て立ち上った。今までの柔らかい笑いは顔から消えた。太市は、機会《チャンス》が帰り支度をしているのを感じる。

「じゃ、先に」

南はそういった。いったまま二三秒そのまま立っていた。太市は、おや、と思った。するると、南の酒臭い息と顔が近づいてきて、

「僕はね、仕事は信念でしているのだよ」

と、少し吃《ども》り気味にいった。

それはそのことをいい残したいからいったという感じだ。そのまま彼のやせた背中は、おでん屋ののれんの外に出た。

信念で仕事をしている——か。この出来合いの安っぽい言葉をいいたくて、南課長は二三秒の逡巡《しゅんじゅん》をした。文句は安っぽくても、彼の気持は逼迫《ひっぱく》している。それは分るのだ。人間は、真剣な時ほど平凡な言葉をいうものだ。

何があるのだろう。新六に釣《つ》られたわけではないが、酒を飲んでいるうちにだんだん

興味が出てきた。

時計を見た。十一時を廻った。ダンサーの亭主は、女房を迎えるために、立ち上った。『銀座』はネオンだけ点《つ》いていて、窓が暗くなっていた。二十間ばかり離れた暗い街角で煙草を喫い乍ら待った。夜気が冷たい。

いつものように女たちが裏口から出てきた。すると今夜は自動車がそこに停《とま》っていた。大きな男の影が車から出てきて、女たちのかたまった中に入った。急に女たちの喋舌《しゃべ》る声や笑い声が大きく揺れた。

男が一人の女の手を引っぱっている。自動車の中に入れようとするらしい。女は拒んでいる。他の女たちも、がやがやと騒ぎながら男をなだめていた。

男は遂に諦めたらしい。何かいって笑っている。大きな男だが、その広い肩幅に見覚えがあった。広い背中は女たちに押されて自動車の中に入った。

女たちの喚声に送られて、車が走り去った。一しきり、また女たちの笑い声が起った。

そこで、女たちは、三々五々に崩れて散った。そのなかから、一人の女が歩いて来る。さっきの男に車のなかに引張られようとした女だが、それが頼子であった。

「お待遠さま。寒いのに、ご免なさい」

と頼子はいつもの礼をいった。黙ってならんで暗い通りを歩く。

「何だい、あの男？」

と太市がいった。

「あら、見てたの。やだわ。しつこいのよ、あいつ。どうしても車で送ってやるというの」

「君に惚《ほ》れているのかい？」

「何だか知らないけれど、うるさいの。この頃、毎晩のように来て、私と踊りたがるわ」

「市会議員の石井円吉という男だろう？」

「あら」

と頼子が太市の顔を見た。

「知ってんの、あなた？」

「ああ、ちょっとね」

おもしろいと思った。今晩、偶然、南課長にも会い、石井議員の姿も見たのは、どういう因縁《いんねん》かな。信念で仕事をしている、といった南課長の言葉の裏は何だろう。「覚えておれ」と南課長にどなった石井の言葉の意味は何か。

頼子が身体をすり寄せてきて、

「ねえ、何を黙って考えてんの。やねえ、妬《や》いてんの？」

と顔を見上げて、指をからませた。

「ばかな」

六

陽《ひ》は当っているが、海からの吹きさらしの風が冷たい。広い空地で、雑草の生えているところや、ドラム缶《かん》の置場や、倉庫のような建物が、疎《まば》らに見えた。

いくつもの島が青い海にうかび、島を縫ってゆく巡航船や、大阪通いの貨物船がゆるやかに動いていて、いかにも瀬戸内海らしい風景であった。

「あれだよ、あの建物だ」

と新六は指さして太市にいった。

工場とも倉庫ともつかぬ細長い二棟のバラック建物で、窓ガラスもほとんど壊れている荒廃ぶりであった。それが広い空地の中にぽつんととり残されたように建っていた。

「あれが石井円吉所有の鉄線工場だ。ま、内を覗いて見よう」

歩いて傍《そば》まで行き、破れガラスの窓から内部をのぞきこむと、何やら器械のようなものが二つか三つ転がっているだけでがらんとした無人の空家であった。

今朝太市が陽道新報社に行くと、新六がいきなり腕を摑《つか》まえて、見せるものがある、といって引張って来たのが此処《ここ》であった。

「ここが石井円吉の工場ということは分ったが、それがどうかしたのかい？」

と太市が新六に訊《き》いた。新六は風に火を消されないようにマッチをすって煙草に移し、

「さあ帰ろう」

と煙を吐いて歩き出した。その途々《みちみち》、彼はこう説明をした。

「あの工場は二年前に石井が建てたのだが事業不振で半年前から休業して、現在はああいう状態だ。石井は、あれで二百万円位の損失をしている。それはいいが、問題はあのボロ工場の建っている土地だ。あれはこの市の港湾拡張の道路予定地になっている。それで市では立退《たちの》きを要望しているわけだが、それに対して石井は四百万円の補償を要求しているということだ」

「四百万円とは吹きかけたものだな」

「うん、現在は休業しているが、再開することになっているといういい分だ。そんな気遣《きづかい》はない、見る通りの廃業のボロ工場さ。だが石井は事業の将来からみて四百万円の補償額では安いと主張している」

「市では何といっている？」

「土木課の山下係長が起案をして、南課長に出したそうだが、南は判を捺《お》さんということだ」

「要求が高いというのだね」

「いや、一文も出せんというのだ」

新六は煙を吹いた。

「それはまた、何故《なぜ》だい？」

「ここまでは、やっと土木課員から聞き出して分ったが、それから先はまだ調べてない」

「然《しか》し、補償の要求額が高いというのは分るが、一文も出さんというのはどういうのだろう」

と太市は審《いぶか》った。石井円吉が南課長をどなりつけたのは、そのことであったか。が、一文も貰《もら》えないのなら、石井が怒るのも尤《もっと》ものように思えた。

「その訳を調べるために、これから君と此処に行こうと思うのだ」

と新六は、きたない手帖《てちょう》を開いて、鉛筆でかきつけた住所と名前を見せた。

「登記所で調べて来たんだ。これが石井のボロ工場の地主なんだ」

と彼は説明した。太市は新六の活動に、少々彼を見直した。自分では嗅覚《きゅうかく》がないといっているが、なかなか隅《すみ》に置けない。

訪ねた先の地主は質屋の親爺《おやじ》であった。

「あの土地はわしのものに間違いないが、石井さんがわしに無断であの工場を建てたんでな、その当時はわしも随分やかましくかけ合ったもんや、どだい他人《ひと》の土地に無断で家を建てるのが無茶や」

と質屋はうす暗い格子《こうし》の帳場に坐って説明した。

「けど石井さんが謝ったのでな、相手は市会議員でもあるし、相当の地代を月々もらうことにして話がついた」

「それじゃ、地主さんに無断で建てた位では、あの工場の建築許可もとっていないかも知れませんな」

と新六がきいた。

「さあ、それは知らん」

それはこの親爺に訊くまでもないのだ。市役所の建築課で調べたら、案の定、無届建築であった。

「やっぱり南課長が補償金給付に判コを捺さん筈《はず》じゃ。無届建築に補償金を出すことはないからな」

と新六がいう。

「しかし、あの工場が建ったのは二年前だろう。石井はここが道路になることは百も承知で建てたんだな」

と太市は自分の推察をいった。

「つまり、彼ははじめから立退き補償金目的で建てたんだろう。工場とは名ばかり、一寸《ちよつと》何かがたがた音をさせただけだったろう。つまり、石井は四百万円をとるのが目的だ

「恐らくそうだろうな。ところが案に相違して南課長が補償金をウンといわん。南は無届建築ということを、ちゃんと知っているのだ。それを理由に断ると角が立つから、婉曲《えんきょく》に拒絶したんだな。吏員というものは有力な市会議員がそれほど恐《こわ》いのだ。ところで石井は承知せん。彼とても弱味があるから、覚えていろという君が聞いたあの捨ぜりふになったのだ。彼のことだから、山下という係長をつかって何やるかも知れん」

太市は南課長が、私は信念で仕事をしている、と声を詰らせていった言葉を思い出した。彼は石井という有力市会議員の圧力に追い詰められながら、必死に頑張《がんば》っているのであろう。

「南という課長はえらいな」

と太市がいった。

「うん、頼りない男だけれどもな、正直な奴《やつ》だ。が、この程度じゃ、まだウチの新聞ダネにならんな。折角はり切ったのに、大将が落胆するじゃろう」

と新六が皺《しわ》っぽい顔を縮めて呟《つぶや》いた。

「君はなかなかいうな」

と新六は讃《ほ》めた。

ったんだ」

七

この辺の市の人事は、どうでもなると見えて、間もなく、吏員の一部分の異動があって、土木課の山下係長が港湾課長になった。この市では、港湾計画が将来の事業だというので、今まで土木課の下にあった港湾係を独立課にして、その課長に山下が昇任したのであった。

「これは臭いぞ」

とその発表を見て、畠中社長が病床に坐《すわ》って眼を尖《とが》らせた。

「山下を課長にするため、港湾を土木課からはずした跡は歴然じゃ。さては石井が助役をつついたのかな。南では思うようにならんから、山下を立てて石井はうまい汁を吸うつもりらしい。これは、油断は出来ん。助役は人気とりに市会議員や吏員のいいなりじゃ。どんなことになるか分らんぞ。諸君、しっかり見張ってくれ」

諸君といっても、太市と新六しか居ない陽道新報の編集陣であった。

ところで、それから間もない或《あ》る朝、新六が太市の顔を見ると、

「面白いことになったぞ。すぐ一緒に来てくれ」

という。東京の新聞社にいた時は、社旗を風になびかせて車で飛んだものだが、陽道新報では何処《どこ》にゆくのにも、市電と足だけである。

新六がつれてきた場所は、この間いっしょに来た海岸であった。見ると、問題の石井円吉のバラック工場がばらばらに解体されて、崩した古材や板が積み上げてあった。島の見える青い海と取りくずした建物の跡と、雑草の広地では、ちょっと油画《あぶらえ》の風景になりそうである。

「さては山下が港湾課長になったんで、早速、石井は補償金をせしめたのかな」

というと、新六は、

「それに決っているよ。タダで家を崩す男ではないからな。調べて見よう」

と眼を輝かしていた。

「どうして調べる？」

「そりゃ訳ないよ。補償関係は総務課でやっているから、総務課で調べれば、すぐ分る」

それから市役所に行った。

ところが総務課を当ってみると、そんな補償金を石井に出していないことが判明した。

「これは案外だったな」

と新六は真に意外な顔をした。

「やっぱり石井がおとなしく折れたのかな」

と太市は呟いた。

「そんなことは絶対にないよ。そんななまやさしい男じゃない」

と新六は口をとがらせて反対して、

「必ず彼は金をとっている。金をとったからボロ建物を解いたのだ。しかも山下課長になってすぐのことだ。総務課で補償金を払ってないとすると、これには手品がある。よし、その手品を見つけてやるぞ」

と昂奮《こうふん》していった。

太市はその晩、キャバレー『銀座』に行った。女房の働いている所へ客となってゆくのは気がさすが、今晩は下心があった。

争われぬもので、仄暗《ほのぐら》い照明のなかに浮び出ている店内の装飾は田舎じみて垢《あか》ぬけせぬものだったが、設備は、相当なものであった。

テーブルにつくとボーイが来て、注文を聞き、ドレスをつけた女の子が傍《そば》によってきた。フロアでは十三四組が回転する色照明に射られながら、音楽に揺られて踊っていた。

頼子を眼で捜すと、踊っている群の中からすぐ分ったが、相手は見覚えのある肩幅の広い大男であった。相変らず石井は頼子がお目当ての常連とみえる。女房がこうして他の男から狙《ねら》われて踊っているのを見るのは、ちょっと新鮮であった。

一《ひと》きり音楽が済むと、踊りの群が崩れた。石井はボックスに坐った。あとに従った頼子が、ちらりと太市の方を見たようだったが、気づいたのか気づかぬのか、知らぬ顔をしていた。

石井は頼子を傍にひきつけて、しきりにカップを傾けていたが、やがて、ぐるりの四五人のダンサーに何か相談をもちかけ始めた。ダンサー同士が、がやがや言っている。何を言っているのか遠くて分らなかった。

石井が支配人を呼んだ。何か笑いながら言っている。支配人は頭を二三度下げていた。石井は支配人の肩を叩《たた》いて起《た》ち上った。すると、ぞろぞろダンサー達《たち》が立った。石井は無論、頼子を離さない。何をするのかと、太市が眺《なが》めていると、頼子は用でもあるような風をして離れて来た。にこにこ笑いながらボックスに、ドレスの裾《すそ》をひきずってきた。ふと、顔見知りの客を見かけたから来た、というような恰好《かっこう》だった。

「まあ、暫《しば》らく」

と彼女は言った。太市の傍にダンサーがいるものだからそういう挨拶《あいさつ》だった。

「やあ」

と太市もバツを合わせた。

「これから石井さんのお供で坐潮楼《ざちょうろう》に行くのよ。だから、又ね」

と言って、握手を求めて、また石井の傍に戻った。石井が、じっと太市の方を見ていたが、彼は知らぬ顔でビールを飲んだ。

石井が、頼子と三四人のダンサーを連れて去ると、太市は横のダンサーに訊《き》いた。

「坐潮楼というのは何だい？」

顔の扁平《へんぺい》なダンサーは、

「あんた坐潮楼を知らないの？　この町で一番大きな料理屋だわ」

と答えた。それを聞いて太市は頼子の謎《なぞ》を解いた。これは坐潮楼に来てくれ、ということである。

金を払って、出ようとしたら、荷物預所のところに支配人が浮かぬ顔をして立っているのに出会った。

支配人は、太市をお客と見て、丁寧にお辞儀をしたから、

「女たちが急に少くなったので詰らなくなったよ。どうしたんだ？」

と言ってみた。支配人は困った顔をして、

「それなんですよ。石井さんが、今夜、撮影会をしたいから一時間ばかり三四人貸してくれと仰有《おつしや》るから、仕方なしにお貸ししたのですが、商売物を忙しい時にもって行かれて、困っています」

支配人が頼子たちを商売物といったので、おかしかった。それにしても夜間撮影会とは石井も、そんな面があるのか、と思った。

「断れば、いいじゃないか？」

「いいえ、それが出来るぐらいなら、お断りしますよ。石井さんは、この市のボスです

からね、私らのような弱い商売では、あの人に睨《にら》まれたら困ります」

表へ出て、習慣的に腕時計を見たら、八時四十分になっていた。

坐潮楼の所をたずねながら来てみると、なるほど、大きな構えであった。海が近いとみえて、風に潮の匂《にお》いがしていた。

玉砂利《たまじゃり》を敷き詰めた奥深い玄関を入っていくと、式台に、綺麗《きれい》に化粧して、きちんと帯をしめた女中たちがならんで坐っていた。

「石井さんの撮影会に来たんだが」

と度胸をきめて言うと、

「ああ、左様でございますか。それならこちらです」

と立ち上って下駄《げた》をはき中庭の木戸を押して案内してくれた。

中庭も、植込みが深くとってあって、広そうだった。あんまり近づくと曝《ば》れそうだから、もういいよ、分っているから、と言って、女中を引返させた。

靴音《くつおと》を忍ばせて行くと、中庭の芝生の上に女たちをならばせ、それを取り巻いて二十人ばかりの黒い人影が、がやがや言っている。芝生の外燈《がいとう》が暗くて、はっきり分らないが、みんなカメラをもって、モデルのポーズのことを決めているところらしい。

「おい、もう、九時近いよ。その辺で始めようじゃないか」

と石井の濁《だ》み声が聞えていた。それに促されたように、人影の動きも忙がしくなった。

やがて、はい、そのままで、とか、もう少し斜めへ、とか注文する声が一しきり聞えていたが、やがて瞬間に蒼白《あおじろ》い閃光《せんこう》がした。

それを皮切りに、連続的に光が閃《ひらめ》いた。なにしろ、二十人くらいの人間が、思い思いに、シャッターを次々と切るのだから、閃光の絶え間がなかった。

すると、一しきり十分間ぐらい休みがあって、また閃光を放ちはじめた。女たちは合間合間に嬌声《きょうせい》を上げている。

太市は眺《なが》めていて退屈になったのと、この分なら頼子の身に心配はない、と思ったから、こっそり坐潮楼の外に出た。

空を見上げると、月が無く、真黒な空に星が貼《は》り付いている。見ていると急に東京が恋しくなってきた。

こんな時は、夜の海が無性に見たくなった。潮風の吹いてくる方をたよりに当てずっぽうに歩いて行くと、暗い、倉庫のような建物がごたごたとならんでいる。その間を抜けてやっと海の正面に出られた。

暗夜で海は黒く淀《よど》んでいた。淀んでいたという形容にふさわしいほど、風も無く、浪《なみ》の音も静かであった。下が岸壁だから、ゆるく揺れる音がしている。

向うに島があるのだが、灯も見えない。ただ右手よりに、岸近く、小汽艇《しょうきてい》が一艘《そう》ついているらしく、電燈が一つ、マストに輝いていた。真暗い海の上に、あかあかと輝いているのは、それだけだった。

その小汽艇と岸壁の間に、もう一艘、灯も何もつけない船が黒い影で坐っていた。

すべては、もの寂しいばかりの、暗い海であった。

太市は不覚に、泪《なみだ》が出そうだった。東京に帰りたかった。流れて、内海の名もない小都市に落魄《らくはく》している己の身が、はじめて哀れになった。いや、そういう自分について来ている頼子が、愛《いと》しくなった。

太市は、そこには五六分ばかりで、自分の家の方へ引返した。

気力も抜けて、蒲団《ふとん》にくるまって睡《ねむ》っていると、頼子に起された。

「どうだった、撮影会は？」

とねむそうな声で訊《き》くと、

「撮影会か何だか知らないが、永いったら、ありゃしないわ。一時間もかかったのよ。やたらに次々と撮りまくるんですもの。疲れちゃった。チップは少しは沢山くれたけど」

「へえ、そりゃよかったね」

「あなた、来てくれたの？　暗号《サイン》したのに」

「うん、ちょっと覗《のぞ》いたけれど、すぐ帰った」

「頼りにならない人ね」

八

あくる朝、寝床の中で、朝刊をよむと、地方版に大きく、南土木課長の行方不明を報じていた。太市は一ぺんに眼が醒《さ》めた。

——南土木課長は十日夜、帰宅しないので家人が心配して諸方に訊き合せたところ、いずれも心当りが無いというので、本署に捜査願いを提出した。同氏は謹厳で、今まで一度も無断で外泊したこともないので、憂《うれ》えられている。

十日夜の同氏の行動は、今回の異動で新に土木課係長から新設の港湾課長になった山下健雄氏の送別会に臨み九時十分ごろ宴が果てそれから帰途についたものである。同氏はその時、かなり酩酊《めいてい》していたそうで、皆が制《と》めるのにもかかわらず、自転車に乗って帰ったという。

山下港湾課長の話「南課長はかなり酩酊していたから、私は、自転車に乗らずに、歩いてお帰りなさいと勧めた。しかし同氏はいつもの習慣で自転車に乗って帰られた。あの時、私がお宅までお送りすればよかった。間違いがなければよいがと祈っている」——

太市はその新聞を投げ捨てて、とび起きた。晩がおそいから、頼子は起さないことにしている。が、太市の勢いで、頼子が目を開けて、

「お前さんは寝ていなさい」


「いや、何でもない。今から社に行ってくる。お前さんは寝ていなさい」

と顔だけ洗って、とび出した。社というのは、陽道新報社のことである。昔は、彼が社といったのは、天下一流の新聞社であった。

行ってみると、おどろいたことに、湯浅新六がもう来ていて、猫背《ねこぜ》をまるめて、畠中社長の前に畏《かしこ》まっていた。彼は、太市が入ってくるのを見て、しょぼしょぼした眼を上げ、

「お早う。早かったな」

と言った。相変らず、少しも変化を見せない、しなびた顔であった。

それにくらべると、畠中社長は寝床の上に坐ってはいるが、かなり昂奮した面持《おももち》であった。いつになく血色がよいのは、その故《せい》らしい。眼がぎらぎら光っていた。

「君」

と社長は太市に言った。声の調子に気負ったものが籠《こも》っていた。

「わが市政の腐敗も、遂《つい》にこの不祥事に来たぞ」

太市は顔を上げた。

「不祥事。不祥事と言いますと？」

「分っているじゃないか。君は何のために、朝早くここに来た?」

と社長は、新聞紙を指で敲《たた》いた。今朝の南土木課長の行方不明を報じた新聞だった。

「しかし、南課長の行方不明は、直ちに不祥事とはならないでしょう。どんな事情か解《わか》らない限りは、何とも――」

「君は何を言うか」

と社長は怒鳴った。

「君はもっと市政に通じているかと思った」

「いや、市政に通じてきたと思いますが、南課長の行方不明とは、今のところ関係ないと思いますが」

太市は折角、朝早く起きて来たのに、頭から怒鳴られて、少し、むくれた。それで少し老人に逆らってみる気になった。

「別ではない、断じて同じじゃ」

「しかし、データがありません」

「そんなものは無くとも分っとる。わしはこうして寝ていても、常に市政のことは、手にとるように知っとる。そんな直感が無うては、市政浄化を標榜《ひょうぼう》した新聞は作れん」

「社長は直感でよいかも分りませんが、僕らは客観的なデータが無いと判断の基礎が立ちません」

畠中社長は、じろりと太市を見た。

「君は今まで大きな新聞社にいて、一部の担当しか与えられていなかったから、そんな近眼的なことを言うのじゃろう。真相を洞察《どうさつ》するには、もっと大きな眼を開きなさい。データ、データと君は言うが、君も南土木課長と一言くらいは話したことがあるじゃろう」

「はあ、あります」

と思わず答えたが、はっとなった。確かにある。彼は、太市に、こう言ったことがあるではないか。

(私は、仕事を信念でしている)

その一言を確かに聞いた。

そうだ、そういえば、その言葉も、データといえば言えるのだ。この親爺《おやじ》、案外、味なことを言うと思った。

「それ見なさい」

畠中社長は、太市が少し考えたので、乗ってきた。

「事件は、その時々に表れたものを、あわてて拾っているようでは、いかん。材料はいつも日頃《ひごろ》からある。それを、いつも――」

彼が、ここまで話したときに、電話が鳴った。卓上という、しゃれたものではなく、階段の降り口の壁に取り付けてある旧式のものである。

「どれ、私が出ましょう」

今まで黙っていた新六が、のそっと立って受話器をとった。

彼は、はあ、はあ、と聞いていたが、

「有難う」

と無感動に礼を言って、受話器をかけて坐った。

「何じゃ？」

と畠中社長の方が気にかけて訊いた。

「警察の岩間次長から知らせてくれました。南土木課長の死体が上《かみ》から上ったそうです」

「ええっ」

社長が、眼をむいて、びっくりした。

「そ、それで、ど、どうだというのだ？」

と彼は、急《せ》き込んで吃《ども》った。

「自転車も一緒に引き上げたそうです。外傷が無いから、目下のところ、過失死という見方だそうです」

新六は、少しも感動を見せずに言った。

「ばか」

と社長は、眼を尖《とが》らせた。

「絶対に、他殺じゃ」

九

南土木課長の葬式は、午後三時から自宅で行われることになった。

太市は、焼香にゆくことにした。生前、この気の毒な課長とは親しい交際があったわけではないが、彼には赤の他人のこととは思えない。

いつぞや、飲み屋で見た南課長の、うつ向き加減に盃《さかずき》を口に運んでいる頰《ほお》の落ちた顔が忘れられない。

「僕はね、仕事は信念でしているのだよ」

と、少し吃《ども》り気味にいった言葉がまだ耳に残っている。

信念とは何か。

市会議員の石井円吉に圧迫されて、それに必死に抵抗している南の気持がこの言葉に出ている。——地方の市会のボスほど市役所の吏員に横暴なのだ。ことに石井のような男には、吏員は縮み上っている。市長も助役も、市会議長も、石井円吉には一目も二目も置いている。それだけの強力な勢力を石井はもっているのだ。

その石井の横車を南課長はおさえていたのである。「信念」というのは、石井が力ずくで強引に押しつけようとする不正に、抵抗しようとする南の決心であろう。一課長である彼の地位と、弱い性格から考えれば、それがどのように大へんな決心か、太市にはよく分った。

さすがの石井も、南の抵抗に遇《あ》って弱ったに違いない。理窟《りくつ》を正面に立てられると、石井はどうすることも出来ない。今までは、彼の睨《にら》みで、それを押し通してきたが、南ではどうすることも出来なかったのだろう。

石井は腹心の山下係長を港湾課長にさせた。それで、南の実権を削《そ》ごうとする下心は明瞭《めいりょう》なのだが、さて、その矢先に南が不慮の死を遂げたのだ。

畠中社長は、

「他殺だ」

と床の上で叫んだが、それは彼の怒気から発した気まぐれな言葉で、別に根拠がある訳ではない。

とにかく不幸な人だと思うと、太市は、南の霊前に焼香したくなった。これも何かの縁である。

南の家の住所と番地を訪ねてゆくと、太市は、はてな、と思った。これは、つい最近来たことのある土地のような気がした。

「いつだったかな。たしかに見覚えがあるが」

立ち止って、ぐるりを見廻《みまわ》すと、やっと分った。十日の晩、彼が石井円吉の夜間撮影会に坐潮楼に来た、その坐潮楼の付近なのだ。

あの時は夜なので、昼間見るのと感じは異ったが、たしかにそうなのだ。道を歩いていると、左手にその坐潮楼の屋根が見え、右手に見覚えの倉庫がある。あの晩は、その倉庫の横を通って海を見に行ったのだ。

すると南課長の家は偶然にも坐潮楼の近所だったのである。

実際、道路はそれから十字路になり、左に曲ったところが南課長の家になっていた。角の電柱には当日の参会者のために、「南家」という矢印の紙が貼《は》ってある。

道を曲ってから南課長の家までは、歩いて四五分くらいの距離だった。この辺は場末で、近所は人家の間に、まだ畑があった。

太市が、ぶらぶら歩いてゆくと、道路に立てた電柱に人が登っていた。何気なしに見ると、電工夫らしい男が、外燈《がいとう》を修理していた。それを近所の老人が見上げている。

「悪いことをする奴《やつ》があるものだ。子供ならともかく、大人がのう」

老人は電工夫に話しかけていた。

「おじいさん、見てたのかい？」

電工夫は訊いている。

「ガチャンと音がしたので、とび出してみたら、その外燈が消えて、男が棒のようなものをもって逃げている。ありゃ、空気銃じゃろう。空気銃で外燈を撃つなんて、ひどい悪戯《いたずら》をする男もあるもんじゃ」

太市は、それを耳にしながら、なるほど田舎は、のんびりした悪戯があるものだと思った。

南課長の家の前に来ると、さすがに市役所の幹部の葬式らしく、道路まで花環《はなわ》が飾られていた。参会者が、ぼつぼつ出入りしている。

受付には市役所の吏員が三四人坐っていた。太市が香奠《こうでん》の包みを出すと、丁寧にお辞儀したが、名刺を見ると、ぎろりと眼をむいた。名刺には『陽道新報記者』の文字があるのだ。畠中社長が市政をいつも叩《たた》くものだから、市役所の者は、この小新聞を小面《こづら》憎しと思っている。

太市は、さっさとそこを素通りして、奥に通った。

今は未亡人となった南課長の奥さんが、まだ小さい子供をつれて柩壇《きゅうだん》の横に坐っていた。親類らしい人がいならんでいる。それはいいのだが、山下港湾課長の顔がその中にあるのに、太市は少しおどろいた。

だが、考えてみると、それは愕《おどろ》くに当らない。山下は南課長の旧部下なのだ。この葬式の世話をやいているのは当然だろう。しかし、生前の南課長と山下の間を知っているだけに、太市は妙な気がしたのだ。

柩《ひつぎ》の前に、太市は心から焼香した。どういう巡り合せか、この土地に流れてきたばかりに、故人とはいささかの因縁をもった。手を合せながら、太市はふと人間の見えない運命のようなものを想《おも》った。

席を立つとき、太市と山下との眼が合った。山下は市役所に取材に来ている太市の顔を知っている。

山下は、太市の顔をじろりと睨《にら》んだ。

十

太市は、南課長の家を出ると、十字路の方に向って戻って行った。来るときに見た電柱の外燈の修理は終っていて、新しい電球がとりつけてある。

十字路まで来ると、この道を曲らずに真直《まっす》ぐ行けば、海岸に出ることが分った。それは行く手に蒼《あお》い海の一部分が見えたからだ。

太市は、海岸の方に出て見ようかな、と思ったが、それも面倒臭いので、そのまま家に帰った。

頼子がドレスにアイロンをかけていた。

「あら、どうしたの？」

と頼子は太市の腕に巻いた喪章を見ていった。

「うん、南さんという市役所の土木課長の葬式に行ったのだ」

太市は喪章を除《と》って、畳の上に寝転んだ。

「ああ、新聞に出てた、酔って海に落っこちて亡《な》くなった人ね。お気の毒でしたわね」

「ああ」

太市は仰向《あおむ》けに、四肢《しし》をひろげた。

「あら、睡《ねむ》るの？　社の方をサボって、昼寝なんてイヤだわ」

社という言葉をきくと、又してもくすぐったくなる。社長以下記者とも三人、半ペラの新聞の印刷は町の工場に頼んで賃刷りしている。以前、彼が社といえば、天下一二の一新聞社のことだったが。——

「疲れた。頼子、お前の膝《ひざ》をお貸し」

疲れたのは、こんな境遇に落ちてきた心の疲労でもあった。

「いやな人」

それでも頼子はアイロンの方をやめて、寄ってきた。太市は彼女の膝に頭を乗せた。後頭部に柔らかい弾力の感触があった。

太市の眼の真上には、頼子の顔があった。この女にも苦労をかけている。

「何を、まじまじと見ているの？」

頼子は上からさし覗《のぞ》いた。眼が笑っていた。

「いつまでも綺麗《きれい》だからさ」

太市は、言葉を紛らわしていうと、頼子はいきなり唇を押しつけてきた。太市は彼女が哀れになり、背中に手を廻して抱いた。

「苦労かけて済まないね」

とささやくと、頼子は顔を上げて首を大きく振った。太市をじっと見ていった。

「あなたって、いい方ね」

いたわるようないい方だった。

東京から流れて来て、この女には、おれだけが頼りだと思うと、一層愛《いと》しくなった。

「頼子。身体だけは丈夫にしろよ」

というと、

「あなたこそ。いつまでも元気でいて下さらないと、わたし困るわ。あなたが南さんのように万一のことがあれば、わたしも死んじゃうわ」

といった。

「大丈夫だよ。安心しろ」

「本当ね。きっとよ。わたし、こんな所におっぽり出されたら、行き場がなくて困るわ」

と、いつもの頼子の癖で、あとは軽口めかしていった。それで太市の心も少し軽くなった。

「そのときは、石井円吉に拾って貰《もら》うさ」

「あら、いいの？」

頼子の眼が悪戯っぽくなった。

「いいさ」

「じゃ、そうしようっと。あいつ、このごろとても、しつこく口説《くど》くのよ」

「ふうん」

「お前、ほんとに独りかと何度もきいて、おれの世話になれってきかないの。いい加減にあしらってるんだけど、だんだん追い詰められて来そうだわ」

「何か妙なことをするのかい」

太市は、そんなことを聞くと、少しばかり動揺した。

「やっぱり妬《や》けるの？」

「ばか」

「そりゃ、いろんなことをするわ。身体に触わろうとしてね。でも、ご安心遊ばせ。決して変な真似《まね》はさせないから」

「そりゃ、そうだろう。おれの女房だからな」

「ふ、ふ。そうよ。でも、相手も油断なくチャンスを狙《ねら》っているの。そら、この間の夜の撮影会ね。そうそう、南さんが海に落ちて死んだ晩だわね。あのときも、帰りには、わたしを掠奪《りゃくだつ》するって、ちゃんと自動車を待たせているの。振り切って逃げたけれど、恐《こわ》かったわ。そんなこともあろうかと、あなたに眼でサインして来てもらったのに、先にさっさと帰るなんて、頼りにならない人だわ」

「そりゃ悪かった」

「口さきだけじゃ、いやよ」

「口さきだけじゃないよ、ほら」

太市は、また頼子を抱くと唇を強く吸った。彼女は睫毛《まつげ》を揃《そろ》えて伏せている。頼子が自分のものかと思うと、太市は今更のように幸福感が湧《わ》いた。

「あのね、ちょっと妙なことがあるのよ」

頼子は唇をはなすといった。

「この間の夜間撮影会ね、石井の主催なんだけれど、あとで聞くと石井はちっともカメラに趣味は無いんですって。少し、おかしいわね。わたしを狙うために、わざわざあんなことをしたのかしら」

「ふうん」

太市は腹這《はらば》いになって、煙草《たばこ》を吸った。

煙を吐きながら、それは少々おかしいぞと思った。まさか頼子がいうように、彼女を狙うために、そんな大げさなことをしたとは思えない。だが、カメラに趣味の無い男が、どうして夜間撮影会などをやったのだろう？

そういえば、なるほど、その晩に南課長は海中に墜落して水死した。撮影会と南の死。この二つの事実の間は、あんまり縁が離れすぎて関係は無さそうである。だが、偶然とはいえ、それはほとんど同じ時間に起っている。

（南課長の死は、絶対に他殺じゃ）

太市の耳には畠中社長の言葉が聞えた。

よし。これから現場に行ってみよう。

かけ声かけて、はね起きると、

「あら、お出かけ？」

と頼子が、眼を挙げていった。

「うん。仕事だ。お前もそろそろ支度だろう」

十一

太市は前の十字路に立った。陽《ひ》は夕方のものになっていて、道路に落ちた彼の影が長かった。

さて、どっちが東で西だろう？　そうだ、海が南になっているから、この十字路を中心にして、南課長の家は、海の方角とは反対に北にあたっていた。例の坐潮楼は、道路の北側に、少し引込んで屋根が見える。

南課長は、市役所のある西の方角からこの道路を自転車で走ってきて、この十字路を北に曲ってわが家に帰るのだ。あの晩も、宴会の帰りが、十字路まではその同じコースでなければならなかった。

ところが、彼は十字路を北に曲らずに南に曲ったのだ。南に曲って直線にすすめば、二百米《メートル》くらいで岸壁となり、下はすぐ海が来ているのである。つまり、十字路を左に曲ればわが家、右に曲れば海である。

まさか、南課長が、左と右と方角を取り違えたのでは――と思ってみたが、そんなことは絶対にあり得ない。課長は十五六年も同じ道を通いつづけている。夜間であっても、またどんなに酔っていたところで、人間の習性として、馴《な》れたわが家への帰り道をとり違えることは無いのだ。

太市は、十字路を南に曲って、岸壁の方に出た。

海が見えた。いつ見ても、この景色はいい。島がいくつも沖にあった。落ちかかった陽の色が、太市の眼には、この風景を哀愁なものにした。いつぞやの晩は、ここを夜の景色で見て、東京恋しさに泪《なみだ》を流したものだった。

あれは、十日の夜だった。南課長が、この岸壁から自転車もろとも海中に没した晩であった。

太市は岸壁の上に立って、下を見下ろした。海は深そうな色をしている。おだやかな海だが、やはり白い波が、かなりな激しさで石垣《いしがき》を洗っていた。南課長は、この波の中に墜落して呑《の》まれた。

太市は、海の方を見ているうちに、ふと、何か一つ足りないような気がした。この間の晩の記憶から見ると、海が少し広すぎる。

だが、その理由は間も無く分った。あの夜は、この岸壁から離れた向うに、貨物船がいたのだった。それから、その貨物船のすぐ向うには、汽船が碇泊《ていはく》していた。それが、今はいない。海が広く感じたのは、その故《せい》だった。

太市は、そこに腰を下ろして、しばらく海を眺《なが》めていた。陽はすっかり落ちてしまい、空だけが明るい色をとり残されていた。

やり切れない気持が、また襲って《うか》きた。いつになったら、東京に帰れるだろうか。有楽町界隈《かいわい》の忙しげな風景が眼に泛《うか》ぶ。深夜まであかあかとついている七階建の窓の燈が思い出された。友達の顔がいろいろと眼に見える。部長と喧嘩《けんか》したのは、短気だったと後悔した。だが、あの場合はそうするよりほか無かったのだ。

それにくらべると、ここの畠中社長は何と愛すべき老人だろう。腐敗した市政を浄化すると称して、発行部数千数百のペラ新聞で頑張《がんば》っている。老人は本気にそう思っているのである。ほかのアカ新聞によくあるように、強制的に広告をとるのでもなく、寄付させるのでもない。況《いわ》んや恐喝《きょうかつ》がましい行為は絶対にしない。口を衝《つ》けば、青年のように、正義、正義とどなっている。

ただ一人の先輩記者である湯浅新六も、とぼけた味の面白い男だ。これくらい『陽道新報』に似つかわしい記者はいなかった。素とぼけているようで、どこか芯《しん》があった。こんな記者は、今どき東京には生存していない。

二人とも太市は好きだった。もし自分に野心が無く、田舎ぐらしに甘んじるのだったら、生涯《しょうがい》この二人と働いていいと思う。

（だが、おれは、まだ若い）

田舎で朽ちる気はしなかった。まだ夢が捨て切れない。第一、頼子をこんなところに道連れにして置くのは可哀想《かわいそう》だ。――

気づくと、あたりは、すっかり昏《くら》くなりかけていた。

そうだ、畠中社長に連絡して置かねばならぬと思った。老人、何処《どこ》に行ったかと心配しているに違いない。

太市は立ち上って十字路の方に戻って歩いた。どこか電話のある家は無いかと両側を物色した。

幸い、雑貨屋が眼についた。田舎だけに、小さな店でも電話がある。電話を借りた。東京のように厭《いや》な顔はされない。どこも親切に貸してくれる。

電話口には畠中社長が出た。

「社長ですか？　いま南課長の死をいろいろ調べているのですが」

いろいろでもなかったが、そういった。

「そうか、そりゃ御苦労」

老人の濁《だ》み声が弾んでいた。

「新六も、市役所の方を一生懸命ほじくっている。君もしっかりやってくれ」

「はあ、やります」

「ええか。南課長は普通の死ではないぞ。絶対に殺されたのだ。警察は過失死にしとる。ぼんくら警察じゃ何にもわかりゃせん。わが社の活動はこういう時じゃ。一つ南課長の仇《かたき》を討ってやろう。無能警察の眼を開けてやるのだ。ええか、他殺の線で断固たる決意でやってくれ。優秀な君の腕に期待しとるぞ」

「はあ、わかりました」

電話を切っても、まだ耳には畠中社長の昂奮《こうふん》した声が鳴っていた。新六も、どうやらハッパをかけられているらしい。

太市は道路に出た。

十字路まで来ると、北の直線の方角には、かなり向うに外燈が光っていた。太市は、昼間、南課長の家に焼香に行く途中で見た電工夫の修理を思い出した。

それから西の方へ角を曲ろうとしたとき、ふと、反対の東側に何やら蒼白く光るものが見えた。

鉄工場があるらしく、夜業をしていて、しきりと電気熔接《ようせつ》の光を、ぴかぴか出していた。太市は、やや長い間、それを立って眺めていた。

彼は、その工場を確かめて見たいと思った。それで足をその方に向けて、蒼白い光線をたよりに行くと、工場は案に違《たが》わず小さなもので、低い門には『大隈鉄工所』とある看板が門柱の電燈の光でよめた。

太市は、或《あ》ることを訊《き》きたいと思い、工場の横にある小屋のような事務所のドアを叩《たた》いた。事務員がひとりいた。

数分の後、その事務所を出たときの太市の顔は見違えるように昂奮していた。

彼は、借りている二階に帰ると、まだ頼子が、キャバレー『銀座』から戻っていない部屋で、熱心に図面を鉛筆でかいた。

書きあげたこの図面を見ながら、太市は、じっと考え込んだ。

十二

朝、太市が出勤すると、畠中社長の細君が座敷を箒《ほうき》で掃きながら、うちが待っているから二階に上ってくれといった。編集部は階下の古畳の上に、机を二つならべているのだ。

音を軋《きし》らせて二階に上ると、例の通り畠中社長が蒲団《ふとん》の上にあぐらをかき、湯浅新六が、ぽつんとその前に坐っていた。

「お早うございます」

というと、老人はこっちを向いた。その顔はひどく機嫌《きげん》がよい。

「田村君。まあそこへ坐れ」

「はあ」

「新六がええ取材をしおった。この男には近頃《ちかごろ》めずらしい」

新六はしなびた顔で苦笑していた。

「それはよかったですな。石井のことに関係あることですか？」

「むろんじゃ。新六、話して上げなさい」

老人は鷹揚《おうよう》にお茶をのんだ。

「田村君、おれはとうとう石井の手品をみつけたよ」

新六は太市の方を向いた。

「手品？」

「うん、ほら、いつか石井がボロ工場を自分の手で崩したことだ」

ああ、そうかと太市は思い出した。石井が無届で建てたバラック工場が道路になるというので市に補償金を請求した。元来、道路になる予定地を知っていながら、石井は建物をつくったのだ。無論、補償金目当てであることはいうまでもない。

南土木課長はそれを知っているから、突剣《つっぱ》ねた。石井は随分と南課長に圧力をかけたが、南を動かすことは出来なかった。それで腹心の山下係長を新設の港湾課長にしたのだった。

山下が新課長に就任すると間もなく、石井は例のボロ建物を崩した。あの時は太市は新六と現場へ見に行ったものだ。

ところが調べてみると、土木課では石井に補償金を出していない。南課長が、勿論《もちろん》出す訳はない。しかるに石井は一文も取らずに、黙って建物を取りこわす筈《はず》はない。必ず金をどこからか取っている。

（これには手品がある。よし、その手品を見つけてやるぞ）

と新六はいったものだった。いま、その「手品」を見つけたといっている。

「そりゃ、お手柄《てがら》だった。どういうのだ？」

「金は港湾課から出ている。土木課をいくらほじくっても無い筈じゃった」

「あ、そうか。では山下が出している？」

「そうじゃ。早速、山下が石井に忠義立てをしているんだ」

「なるほど。しかし、どういう名目で？」

「支出の名目は港湾拡張費の中からだ」

「うむ」

太市はうなった。港湾拡張費とは、うまいところに目をつけたものである。この市は港湾を五カ年計画で拡張整備する予定になっていた。そのため国庫から補助金をもらっていた。

「それで、いくら取っているんだな？」

「六百万円だ」

これには太市もまた愕《おどろ》いた。

「あのボロ建物が六百万円だって？　誰がそんな評価をしたのだ」

「石井と山下との馴《な》れ合いだよ。石井は港湾委員をしているからな」

「それで、よくほかの委員や議員から苦情が出ないな」

「みんな石井の勢力に圧倒されているんじゃ。議長も助役も石井の鼻息を窺《うかご》うとる」

黙って聞いていた畠中社長が大きな声でいった。

「どいつもこいつも腐っとる。わが市政は腐臭を放っとる。田村君。ええか。国民や市民の税金がこんな不正なことに濫費《らんぴ》されてええか。許せん。わが陽道新報は断じて市民に訴えて腐敗市政を糾弾せにゃならん」

太市は尤《もっと》もだと思った。なるほど田舎の市政はいい加減なものだと呆《あき》れた。これでは地方自治体が赤字赤字といいながら、一向によくならないのは無理もない。

畠中社長の大言壮語が、このときほど太市に好もしく思われたことはなかった。

「それで、田村君、君は昨夜、電話をかけて南課長の死因が分ったというとったが、それは何じゃ？」

社長は、早速、太市の方を向いた。

「いや、まだ推定の途中の域です。僕も南課長は殺されたと思っています」

「当り前じゃ。それはわしが前からいうとる」

老人は昂然としていた。

「もう少し裏付けを調べるまで待って下さい」

太市が、いうと、老人は案外、あっさりとうなずいた。

「よろしい。君に任せる。いやしくも殺人事件を曝《あば》くのじゃから、君も慎重にやってくれ」

太市は内心ほっとした。ここでうかつに自分の推定をいったら、社長はどんなにいきり立つか分らない。

「しかし、社長、南課長が他殺としたら、誰が犯人でしょうか？」

「そんなことは分り切っとる。石井の一派じゃ」

老人は平然としていった。

「だが、石井は南課長を殺さなくとも、目的は達したじゃありませんか」

「君は、眼光がまだ冴《さ》えておらんのう。南を殺したということは、他にどれだけ石井が南に弱点を握られているかちゅうことを露呈しとるんじゃ。多分、南課長は正義感から、少数の反石井派にこれを訴えようとした気配があったものとわしは思う。石井は南を殺して先手を打ったんじゃ。これが、この殺人の動機じゃ」

畠中社長は、自分の考えに疑問を起さない男にみえた。

十三

太市と新六とは、二階から降りると古机の前に坐った。これが編集部である。

「田村君。君がオヤジに話していた南課長の死因のことは本当かい？」

新六が早速きいた。

「本当だ。あれは社長のいうように他殺だな」

太市は答えた。

「へえ。そりゃ驚いた。わしは半信半疑に聞いていたが。じゃ、誰か南課長を海に突き落したのか？」

「いや、そういう直接の下手人はいない。しかし犯人はいる。南課長を手にかけて海中に突き落した者はいないが、同じ結果にした者はいる」

新六が呑《の》み込めない顔をしたので、太市は図面を描いてみせた。そして詳しく自分の考えを説明した。

「なるほど、えらいことをやったもんだな」

新六は図面に目を据《す》えて吐息をついた。

「それで、僕の推定が合っているかどうか、調べてみたいのだ。一つ協力して欲しいが」

太市がいうと、新六はうなずいた。

「ええとも。是非やらせてくれ。わしの方が手が空《あ》いている」

「有難う」

と太市は礼をいった。

「それじゃ、君は十日の夜、あの岸壁の沖にいた貨物船と汽船は何処《どこ》の船で、誰にチャーターされたか調べてくれ。汽船といっても、小さなランチ程度だ」

「オーケー。そんなことは訳は無い。どうせ近所の船だろうから、この市の汽船会社を調べれば、訳は無い。もう無いか？」

「では、もう一つ頼む。山下があの晩、南課長と料理屋でめしを食っているな。たしか山下の送別会だった。そのとき、宴会は何時に済んだか。それはその時刻に済む予定だったか。南課長はどの程度に酔っていたか。それも調べて貰《もら》いたいな」

「わかった。あの宴会のあった料理屋なら、わしも知っているから気易《きやす》くいってくれるだろう」

「じゃ、たのみます。僕は別な方面を調べてみるから」

二人は一しょに陽道新報社を出て別れた。太市が振り返ると、とぼとぼ歩いてゆく新六の猫背が見えた。

太市は例の十字路から左に曲って、南課長の家の方へ行った。いつか見た外燈《がいとう》の下まで来ると、電柱の下に立ってそれを見上げた。外燈の電球は取り替えられたままに安全であった。この辺の外燈はグローブなしで裸だ。ただ笠《シェード》だけがついている。

太市は、腰をかがめてその辺の地面を歩き廻った。もしや空気銃の弾が落ちていないか、と捜したのだ。

するると頭の上で、

「もしもし。何をしていますか？」

と突然声が聞えた。

太市がおどろいて見上げると、すぐ横の二階から老人が見下ろしていた。まぎれもなくあの時、電工夫と話していた老人だった。彼はむずかしい顔をして太市を睨《にら》むようにしている。

太市は、その老人に遇《あ》えたので、かえってうれしくなった。

「あ。実は弾が落ちてないかと捜しているのです」

「弾？」

「はあ。この間、お宅の前のこの外燈を空気銃で撃った奴《やつ》がいるでしょう。そいつの弾を見つけたいと思っているのです」

「ふうん。あんたは誰じゃな？」

「新聞社の者ですが」

「どこの？」

「陽道新報社です」

太市は仕方なしにいった。昔は、大新聞の名を胸を張っていったものだ。

「陽道新報だと？　そうか、じゃ、お待ち」

老人は二階の障子をしめた。

かれは戸口から現れた。ひどく不機嫌かと思うと、そうではなく、にこにこしていた。

「陽道新報なら、わしは愛読しているよ。市政の批判は、いつも痛烈じゃ。孤塁に拠《よ》ってようやっとる」

意外なところに知己があった。畠中社長が聞いたら、さぞ喜ぶだろう。

「それで、何じゃな？　空気銃の弾なんぞ捜して？」

「その前にお訊《たず》ねしますが、この外燈を撃って電球を壊したのは何日ですか？」

「あれは十日の夕方じゃった。もう暗くなるころだったよ」

十日の夕方ときいて、太市は内心で、しめた、と思った。すると、老人は、いきなり掌《て》をひらくと、

「弾は、これじゃ」

といった。なるほど、空気銃の鉛弾が一個掌の上にのっていた。

「わしが拾っておいたのじゃ。不都合者をとっちめる証拠にな」

「それで、やった奴は見つかりましたか？」

「その時は逃げたが、あとでわしが捜した。せまい土地だから、日頃から空気銃をもってうろついていた奴を捜せば、すぐ分る」

「誰です？」

太市は声をはずませた。老人は、じろりと見て、

「そんなことを訊いてどうする？」

「市政浄化のため、ぜひ必要なのです」

太市は咄嗟《とつさ》にいった。

「へえ、電球を壊した奴と市政浄化と関係があるのか?」

と老人は今度は眼をまるくした。

「あります」

見込みがあると思ったから、太市はきっぱりしたいい方をした。

「うむ」

老人は少し考えていたが、

「市政のためというなら仕方がない。陽道新報のためにいってやろう。それはな——」

「それは?」

「山下という市役所の課長の息子じゃ」

十四

夕方、太市は新六といつもの飲み屋で落ち合った。今日はほかに話し声が聞えぬよう、片隅《かたすみ》の方に坐った。

「料理屋の方はな」

と新六は報告した。

「宴会は三日前から山下の名前でとってあった。自分の送別会にそんなことをするのもおかしいが、まあ南課長の部下で永らく庶務の方もみていたから、そうしたのじゃろう。九時すぎには済むという予定がしてあったそうだ」

「九時すぎにね」

太市はうなずいた。

「実際、九時五分には宴会は終り、南課長が自転車にのってそこを出るのが九時十分だった。南課長は、かなり酔っていたそうだ。しかし、自転車に乗れるくらいだから、そうひどい泥酔《でいすい》ではなかろう」

「うむ、うむ。なるほど」

「困ったのは、船の方だよ」

新六は顔をしかめた。

「いや、貨物船の方は分った。ありゃ貨物船じゃなく、泥ざらいの浚渫《しゆんせつ》船だったよ。県の船で四日から一週間ばかりあの位置にいたのだ」

「一週間というと、十一日までか。敵はそれまで計算にいれていたのだな」

「そうだ。それはええが、問題の小さい船の方が分らん。汽船会社は市内に二つしかないが、どっちに訊いても、そんな船を出したことがないというのだ」

「まさか、石井の手が廻っているのじゃあるまいな？」

「あの汽船会社は、どっちともわしは顔じゃ。わしにかくし立てをするようなことはせ

いであろう。新六は不思議な男で、市内の方々に顔が利《き》いている。かれがそういうなら、間違いな

困ったと太市は思った。新六がいう通り、問題はあの小汽船なのだ。山下の手でチャーターされたのは確実だ。市内の汽船会社でないところが、いよいよ変だ。

「どこの船を傭《やと》ったのだろう?」

「分らん。手がかりがない」

「石井か山下の配下だと思うがね」

「調べるのに、これは骨が折れるぞ」

どんなに骨が折れてもよい。太市は調べて突き止めたいと思った。

太市は新六と別れて家に帰った。むろん頼子はいない。ひとりで寝転んで考え込んだ。

石井円吉が撮影会に連れて行くと称して、頼子をはじめ女たちを引具してキャバレー『銀座』を出たのが、夜の八時四十分ごろだった。そのときは、自分もその場に居合せたから知っている。現にあとからついて行ったら、二十人ばかりの素人《しろうと》カメラマンがさかんに閃光《フラッシュ》を光らせていた。頼子の話によると、一時間もつづいたという。

南課長が宴会を終って料理屋を出たのが、九時十分ごろだった。そこから自転車で十字路に到着するのは、十分ぐらいだから、坐潮楼では夜間撮影会の最中だ。充分、石井

の目的には間に合う筈だ。

その目的のためには、あの小汽船は石井か山下の道具に使われているとしか考えられないのだ。どうかして、その船の正体をみつけたいものだ。外燈を撃った空気銃の弾をくれた老人のような援助者は出ないものかな。——

いろいろ考えているうちに、いつの間にか太市は眠くなって寝入ってしまった。

太市は揺り起された。眼を開けると、頼子の顔があった。

「あなた、そんなところに、お蒲団《ふとん》も敷かないで寝ていると、風邪をひくわよ」

「なあんだ。もう、お前が帰ってくる時間か。いま何時だ？」

「もう、十一時半よ」

「へえ、そんなになるか」

太市が眼をこすると、頼子が唇《くちびる》を当てて吸った。

「はい、目覚し」

太市は、それでも半分眼を閉じかけた。

「いやよ、また眠っちゃあ。風邪をひくってば」

「大丈夫だよ」

「いや、いや」

頼子は上から身体を押しつけて揺すった。

「離せよ」

「いけない、いけない。溝口さんみたいに風邪をこじらせて入院したりしちゃいやだわ」

「溝口さんって誰だい？」

太市は懶《ものう》い声でいった。

「石井についてよくお店に来る取巻きよ。市役所の何かの係長ですって。夜、マージャンをやって風邪をひいたそうよ」

「マージャンをやって風邪をひくのか？」

「それがね、あまりここんとこ姿をみせないから、石井の家来のほかの男にきいたら、船の中で十二時ごろまでマージャンをやったんですって。寒い海の風に当てられたんだわ。外聞が悪いから、これは内証だよ、といって教えてくれたわ」

「なに」

太市ははね起きた。

「頼子！」

「何よ、急に」

「たしかに、船の内でマージャンをしたといったんだな？」

「そうよ」

「それは、十日の晩だろう?」

「それは聞かなかったけれど」

「おい。それを教えてくれた奴にもっと詳しく訊けよ。大事なことなんだ。少しばかりサービスしてな。聞き出すためには、それくらいはおれは眼をつぶるよ」

「いやなことをいうわね」

十五

「社長、それでは説明しますよ」

事件がはっきりしたから詳しくいいますと、太市は、畠中社長の前に坐った。二日後のことだった。新六も横に例の表情の無い顔で坐っていた。

老人は蒲団の上に、もう昂奮《こうふん》した顔で坐っていた。

「十日の夜、石井と山下は共謀で南課長を殺すことを計画したのです。計画の第一は、坐潮楼で夜間撮影会を開くこと、それも午後九時前から十時近くまでが条件です。それからこの岸壁から離れたところに、県の浚渫船があったので、それを幸いに、沖側の方に小汽船を置くことも条件です。船にはマストに灯がついていました。これは八時ごろからこの位置に碇泊《ていはく》して、十二時ごろまでいました。一方、山下港湾課長のお膳《ぜん》立てで、料理屋で宴会があり、これに出席した南土木課長は、九時すぎには自転車で帰途につかせる必要がありました。それから、当夜、南課長宅の近所のこの外燈が消えていることも重要でした。以上の四つの条件が、この犯罪の必須《ひっす》構成です」

「ほう、どういうことだ?」

「順を追っていいましょう。南課長は、いつも西から来て、この十字路を左に曲り、わが家に帰っていたのです。昼間なら問題はないのですが、夜はこの辺は商店が無く、真暗です。ただ、南課長宅の近くに外燈が電柱にとりつけてあります。十字路まで来ると、この外燈が光っているのが見えます。それから、ここに大隈鉄工所という工場がありまず、ここでは夜業するときに、いつも電気熔接《ようせつ》の作業をするので、蒼白《あおじろ》い光をぴかぴか出しています。西の方、この図面では左の方から来れば、この外燈と工場の光とは、自然に一つの目標となるでしょう。南課長も夜の帰宅のときには、その気持があったと思います。ここに、この犯罪の着想がありました」

「もし、この十字路から逆の方向に、外燈の光が見え、工場の電気熔接の閃光《せんこう》が見えたら、どうでしょう。日ごろ、それを目標にしている者なら、うっかりして十字路を逆に行くに違いありません。そのまま進んで行けば岸壁になります」

「うう」

老人は、眼を据えた。

「あの夜、南課長は自転車に乗っていました。彼は十字路で左に曲ろうとして一旦《いったん》考え右の方へ自転車で直線に走って行ったのです。自転車の速力だから堪《たま》ったものではありません。課長は跳躍して岸壁から海中へ墜落したのです。あすこには柵《さく》がありませんからね。十字路で課長が、ちょっと考えたに違いないというのは、いつもとは逆の方角に外燈の光と工場の閃光がみえたからです。しかし彼は酔っていました。その意識が錯覚を起しました。外燈と工場の光を間違いの無い目標と信じて、北に行くべきところを、南の海の方へ自転車を走らせてしまったのです」

「反対の方角に、外燈と工場の光があったのか？」

「その十日の夜はそうでした。まず、本ものの外燈は消えていました。それは、或《あ》る男がその夕方、空気銃で撃って電球をこわしたからです。それから、大隈鉄工所はその日は定休日でした。だから犯人は前から大隈鉄工所の定休日を知っていて、十日を決行に択《えら》んだのです」

「うむ」

老人は唸《うな》るだけだった。

「さて、これで本ものの光は消えました。あとは偽装の光をつくらねばなりません。鉄工所の光は、当夜、坐潮楼の庭で夜間撮影会を催し、二十数人の放つカメラの閃光で紛らわしました。南課長は十字路で見て、電気熔接の閃光と間違えました。坐潮楼は十字路を中心にして大隈鉄工所と対角の位置にあります。次は、外燈です。これは海上に小汽船を浮べました。つまり、船のマストの燈が外燈の役目をしたわけです。ここで犯人は周到な心づかいをしています。県の浚渫船がそこにあったので、そのかげに小汽船をつけました。こうすると、マストの灯は、海に映りません。浚渫船は夜は作業が無いのですべての燈火を消して真暗です。つまり、小汽船のマストの燈火がたった一つ目立つだけで、これが外燈の替りをしました」

「よく考えたものだな」

社長はいった。太市はつづけた。

「次は時間ですが、坐潮楼の庭の夜間撮影会は九時まえからはじまりました。約一時間かかっています。一時間の間、絶えず閃光があったわけです。これは南課長が十字路に到着する予定の時刻に多少の誤差があってもいいようにしたのです。だが、南課長は目算通り、九時すぎには宴会を終って料理屋を自転車で出ました。十字路に到着したのは恐らく九時十五分か二十分ごろでしょう。万事、犯人の計画通りです。彼は、偽装の《外燈》と《工場の閃光》を見て、海の方へ向って一直線に突進したのです。このとき、彼の酩酊《めいてい》が、方向を錯覚させる一つの条件でした。左に曲るべき習慣を右に変えたのは、第一が偽装の燈、第二が大酔のため、思考力がぼやけ、燈の目標だけを当てにして進んだことです。自分は酔っているという意識が、目標物を殊《こと》に頼る経験は、われわれにも始終あります。南課長が突進すると、海まで、それを阻止する何の障害もありません。

こうして過失溺死体《できし》となりました」

畠中社長の顔面は、昂奮で赤くなっていた。

「最後に犯人です。外燈の電球を撃ったのは山下の長男で、今年学校を出て、父親のヒキで市役所の吏員に採用されています。これは、はっきり目撃者もあり、証拠の空気銃の弾も持っています。坐潮楼の夜間撮影会の催は石井がやったことで、彼自身にはカメラの趣味がありません。小汽船は当市の船会社のものでなく、F市の船会社の所有船でした。山下がお気に入りの部下四人をそこにやって、それをチャーターさせ、この現場に十二時ごろまで碇泊させてたのです。無論、その部下たちには事情をいっていないでしょう。彼らはいわれた通りのことをしただけで、船の中でマージャンをやっていました。その一人がその夜風邪をひいて病気になり、肺炎を起して入院しています。これで、僕の調べたことは大体終りです」

「よく調べたものじゃ」

老人は感に堪《た》えぬようにいった。眼が、ぎらぎら光っていた。

「まさしく石井と山下と共謀しての犯罪じゃ。もう、捨てて置けん。田村君、君はこれをすぐ記事にまとめ上げろ。新六、お前はその裏づけとなる石井一味の悪事を書き立てるのじゃ。よし、今度の号は全紙面をこれで埋めよう。発行部数は一万じゃ、全市に洩《も》れなく配って市民にこの事実を知って貰《もら》おう。なに、紙代と印刷の費用は、あるだけのものを質に置いてもつくるぞ」

「社長」と新六が、はじめていった。

「警察に先にいわなくてもいいですか？」

「ばか」老人は一喝《かつ》した。

「無能警察は、わが社のあとから、ついてくるわい」

床の上に躍り上らんばかりに真赤に昂奮していた。

一カ月後、太市は、もとの新聞社の先輩の世話で、社の傍系の民間放送会社に就職が決り、東京に戻ることになった。

寂しい駅のホームには、畠中社長の細君と湯浅新六とが見送りに来てくれた。

発車のベルが鳴っている間、新六のやせた手は太市の手を握り、細君は頼子と泣き合っていた。

「田村さん、うちはあの通りの身体なので見送り出来ないといってとても残念がっていました。本当に有難う、有難う、といって泪《なみだ》を流していました」

細君は太市にいった。

「いいえ、僕こそ社長には大へんお世話になりました。僕はこの土地に来て、社長によってはじめて新聞記者の正道というものに目を開けてもらった思いです。このご恩は一生忘れられません」

「いや、田村君、それは本当だ」

新六がいった。

「社長のような人間がいたというだけでも、君はこの田舎に来た意義があったというもんじゃ。東京に帰っても忘れんでくれ」

「忘れるもんか」

太市は握った手に力を入れた。

「忘れるもんか。一生」

汽車が動き出した。

「新六さん。社長を頼むよ」

太市は叫んだ。

「分っとる。わしはあの社長と夫婦じゃ」

新六が胸をたたいた。社長の細君が顔を歪《ゆが》めて笑った。

二人の影は、淋《さび》しい灯にホームに落ちている。それが次第に見えなくなった。

太市は頼子と向い合って、暗い窓をいつまでも見詰めた。この土地が流れるように逃げてゆく。

彼は気づかないうちに泪を流した。ホームに見送ってくれた二人の影がまだ眼に残っていた。しかし、こみ上げてくる感情は、彼と頼子が、何カ月間か、この土地へ残した自分の影への愛情ではなかったか。

カルネアデスの舟板

一

昭和二十三年の早春のことである。

××大学教授玖村武二《くむらたけじ》は、中国地方の或《あ》る都市に講演旅行に行った。玖村は歴史科の教授である。彼をよんだのは、土地の教職員組合であったが、ひどく盛会で、会場に当てられたその大学の講堂は満員になった。聴衆の大部分はその地方の学校の若い教師たちで、遠いところから汽車で駆けつけてきた者も多かった。

型の如《ごと》く講演のあとには座談会がある。それも甚《はなは》だ賑《にぎや》かで、活潑《かっぱつ》な質問がいつまでもつづいた。玖村が解放されて宿に帰って寝たのは遅い夜更《よふ》けであった。彼は宿の者に、朝七時に起すことを命じた。朝ゆっくり寝る習慣の彼には珍らしいことであったが、それは目的があったからである。

玖村は、この講演を依頼された時から、大鶴恵之輔を訪ねることを思いついていた。大鶴恵之輔は玖村の恩師で、同じ××大学の前の教授であった。戦時中、大政翼賛会などに属して、国家的な歴史論を講じたり、著述したことが原因して目下追放の身であった。もとより大鶴恵之輔が大政翼賛会に走ったからそのような主張を述べたというのではなく、以前から持っていた学説の故《ゆえ》に翼賛会に所属したのである。或《あるい》は、所属させられたのである。

大鶴恵之輔は故郷に引込んで百姓をしていた。その郷里というのが、玖村が講演を頼まれた土地からあまり距《へだた》っていなかった。時間表を調べると山奥へ向う支線で二時間ばかり乗ればよかった。玖村が東京から十数時間の汽車の所要時間をいとわずに遠い講演地を承諾したのは、一つは大鶴恵之輔を久しぶりに訪ねたかったのであった。目的というのは、これだった。

宿の者は、翌朝、正確に玖村を七時に起した。八時何分かが彼の乗る汽車の発車時間であった。彼は洗顔と朝食を大急ぎで済まし、輪タクに乗って駅に向った。地方には、まだ自動車は少なかった。突切る朝の空気が寒く、輪タクの幌《ほろ》をかけねばならぬくらいであった。

二等車は無く、きたない三等車ばかりだったが、どの車輛《しやりよう》にも買出しのカツギ屋が乗っていた。この支線は中国山脈をながながと横断して日本海に出るのだが、山脈に突き当るまでに名高い盆地がある。カツギ屋たちの目的地は、その米どころらしかったが、実は玖村の行先も其処《そこ》であった。

カツギ屋の男女は、座席を思い思いに占領して睡《ねむ》ってしまったが、玖村は二時間というものは窓から山ばかり眺《なが》めつづけていた。ようやく汽車が下りに傾斜し、山が遠ざかると川の多い平地を走り、やがて久しぶりにちょっと大きい駅についた。カツギ屋たちは、起床の号令でもかけたように一斉《いっせい》に身を起してばたばたと動いた。

電報を打ってあったので大鶴恵之輔はホームに立っていた。見覚えのある古い背広を着ていたが、二年も会わぬ間に彼はひどく老《ふ》けてみえた。少なくなった真ん中の黒い髪毛を残してあとは白髪ばかりになっていた。

「やあ、よく来てくれたね」

彼は顔中で笑った。歯が欠けていて舌が見えた。

玖村は恩師に向って丁寧に久闊《きゅうかつ》を述べた。が、その挨拶《あいさつ》が終らぬうちに、別な者が三四人、大鶴恵之輔を囲んだ。

「先生。今日も出してつかあさいや。先生とこ、あてにして来たけんのう」

それが手製の大きなサックや袋を持った汽車から下りたヤミ屋たちであった。

「まあそんな話はあとで来てしんさい。いま東京からお客を迎えに来たんじゃけ」

大鶴恵之輔は渋い顔をし、土地の訛《なま》りでそう言うと、玖村を見て少し恥ずかしそうな表情をした。玖村はわざと気づかぬ顔をした。

大鶴恵之輔の家まで二十分を要した。途中、彼は玖村に、ここは水郷で、川の水のきれいさは東京では想像出来ないだろう、とか、この盆地の朝霧の眺めは日本一だとか説明した。その自慢は歴史学者大鶴恵之輔が土地の百姓になり切ったのではなく、玖村に対する負け目の虚勢か、てれ隠しであることはよく了解できた。いくぶん猫背《ねこぜ》で、抑揚をつけたようにゆったりと歩む昔ながらの彼の姿には、前××大学教授の雰囲気《ふんいき》を精一ぱい身体に引《ひ》き止めていた。

大鶴恵之輔の実家は古いが、広い土塀《どべい》を廻《めぐ》して、大百姓家の面影《おもかげ》を残していた。暗い家の中で、彼の妻が彼以上に老いた恰好《かっこう》で玖村を迎えた。その実弟夫婦というのも挨拶に出たが、どうやら大鶴恵之輔は弟夫婦の厄介《やっかい》になっているくせに、かれらの頭を抑えつけて威張っている風に見えた。それはカツギ屋に渡す闇米《やみごめ》の思惑さえも大鶴恵之輔が握っているらしいことでも分る。弟の顔つきは兄によく似ていたが、学者の兄の偉さには意思を失った男のように縮んでいた。

大鶴恵之輔は、玖村を一番上等の座敷に通し、自分で上座に坐《すわ》って大あぐらを掻《か》いた。そんなところは以前の大学の時の態度と少しも変っていなかった。玖村をもてなす馳走《ちそう》はすべて弟夫婦に敷居際《ぎわ》まで運ばせ、彼は取り次いだ妻に顎《あご》で前に置かせた。すべて彼はこの家の首長のように振舞っていた。

「どうだね。講演会は成功だったかね？」

大鶴恵之輔は玖村に手造りの酒をすすめながらきいた。

「はあ、七百人くらいは集ったと思います」

玖村は昔の態度を失わずに答えた。

過去のさまざまな講演会の経験を宙で比較しているようであった。

「七百人か。ふむ。学校の教師ばかり七百人集めるとは旺《さか》んだな」

大鶴恵之輔は、ちょっと眼を閉じてから言った。その眼を瞑《つぶ》った瞬間は、彼自身の過去のさまざまな講演会の経験を宙で比較しているようであった。

二

「何かね、教職員組合というのは、強い勢力があるのかね？」

大鶴恵之輔は、茶碗《ちゃわん》の酒の雫《しずく》を上衣《うわぎ》の衿《えり》に落して訊《き》いた。それから玖村の説明をきくと、

「うむ、それで君の説はその連中の人気を得ているわけだね」

と考え込むような眼つきで言った。

玖村は、来るときからその質問を予期していた。彼は大鶴恵之輔の弟子《でし》である。戦前は師の学説を忠実に遵奉《じゅんぽう》した著書を大ぶん出した。誰が見ても彼は大鶴門の気鋭な若手学者であり、彼が四十にならぬのに同じ大学の教授になった早い出世は、師の推挽《すいばん》であることは誰も認めていた。実際、同じ推薦で彼も言論報国会というものに所属していた。

しかし、戦後になると、玖村は今までの説を棄《す》てた。棄てたというほど際立った印象を与えずに、曖昧《あいまい》に左翼的な歴史理論の方に辷《すべ》り込んだ。恰《あたか》も群衆が立ち騒いでいるときに、気取られずにこっそりと自分の身体を移動させた状態に似ていた。同じ比喩《ひゆ》でい

えば、前からその位置に何となく固定して立っていた姿勢をして、唯物《ゆいぶつ》史観的な歴史理論を徐々に吐き出して行った。

　玖村は前から頭の良い男と仲間に賞《ほ》められてきたし、理論の展開の仕方も明快で、文章も巧みであった。師匠の大鶴恵之輔は古代史が専門で、主として土俗学と神社考古学とをつきまぜた方法で神代の研究をしてきた。玖村も無論それを継承していたが、戦後になるとその方法を「人民的」な史観に採用した。例えば大鶴恵之輔が、農漁村に遺《のこ》っている古い風習は、古代からの床しい淳朴《じゅんぼく》な生活の伝承である、と述べるに対し、玖村は同じ例を挙げて、このような風習が変らずに遺っているのは、いかに農漁村が永い間の被搾取《ひさくしゅ》階級であったかの証明であり、その極度の貧困の故に生活に変化が生じなかった結果である、と説くが如きである。玖村の理論は、文献の採用だけでなく、こういう土俗学的な実証を豊富に綯《な》いまぜたから、大そうユニークな学説となった。その著書を或る前衛的な批評家は、エンゲルスの「家族・私有財産及び国家の起源」を髣髴《ほうふつ》すると評したくらいであった。尤《もっと》も、これは本屋が頼んで書いてもらった推薦文である。

　爾来《じらい》、玖村武二は進歩的な歴史学者として名を知られてきた。彼は年齢が若い。この若さが進歩的な空気を吸っているという他からの空想を手伝わせた。彼は著書を次々と出版し、総合雑誌に日本歴史に関する論文を多く寄稿するようになった。名前は、ジャーナリズムに乗って、一層に有名になった。

そうなると彼は教科書を書かせられるようになった。小、中学用の社会科の日本歴史では、他の多くの進歩的筆者がそうであるように、史上の人物は悉《ことごと》く不在となり、支配階級と被圧迫階級との闘争の発展を叙述した。日本の学校の教職員は厖大《ぼうだい》な組織を結成していて、階級意識に燃えはじめた頃《ころ》だから、玖村武二の書いた教科書は全国の学校に殆《ほとん》ど採用された。教科書会社は彼を大切にした。彼は更に頼まれて参考書をかいたが、これは版を何度も重ね、所謂《いわゆる》、かくれたるベストセラーになった。遥々《はるばる》と遠くから講演を頼まれ、聴衆が会場に溢《あふ》れたのは彼の盛名の故であった。

大鶴恵之輔から、《君の説は、その連中の人気を得ている訳だね》と言われるくらいは玖村は覚悟して来たのだ。いわば彼は背いた弟子であった。無論、彼には正当な主張があったが、先生から叱言《こごと》を喰《くら》ったら素直に謝まるつもりでいた。それは師弟の礼儀だから仕方がないと玖村は心得ている。ただ、追放になって田舎に引込んでいる恩師の様子を見に来た気持を受け取ってもらえば目的は足りると思っていた。尤も、それは必ずしも純粋に慰めにきたと言葉通りにはいえない。慰問者は、いつもどこかに優越の心理をひそめている。

しかし、大鶴恵之輔の今の言い方には、非難の調子も無ければ、皮肉も無かった。自分の学説を裏切った愛弟子《まなでし》への咎《とが》めの様子は微塵《みじん》もなく、むしろ未知のことを知りたがる時の熱心さが見えたので、玖村は少し意外であった。わざわざ遠方から来た自分に遠慮して感情をかくしているのではないか、と一時は思ったくらいであった。

「先生。僕の最近言っていることは、どうも先生の学問から離れたようで、大へん心苦しく思っているのですが」

玖村は、仕方なく、先に廻《まわ》って遠くから謝った。彼は今まで手紙の上でも謝罪する折を失っていたので、それがかねて心の負担になっていた。大鶴恵之輔を訪ねてきたのも、彼の前にその言葉を吐いて、滓《かす》を掻き出したい目的もあった。

「いや、そんなことはない。学問は固定したものじゃないからね。若い人はどんどん自分の考え通りに進むがよい」

大鶴恵之輔は、欠けた歯の間に舌を動かして言った。縁側に射《さ》している早春の陽《ひ》のようにおだやかな言い方であった。これも玖村が曾《か》つて知っている大学時代の大鶴教授のものではなかった。教授は反対の立場にある学者には敵意をもっており、弟子の中に彼の学説の線を踏み外して行く者があると嫉妬《しっと》的な憎悪《ぞうお》を抱く人であった。

玖村の場合は、その異端者でも最たる者であったのだが、今の大鶴恵之輔はそんな徴候は少しも顔に出さず、むしろ弱々しい表情で向かい合っていた。やはりカツギ屋にヤミ米を売る農夫の環境に馴《な》れ切ったのかと思ったが、やがてそうではないことが分った。

「玖村君。実は僕のパージも、もう半年もすれば解除になりそうなのでな。そう知らせてくれた人があったのだ」

大鶴恵之輔は、眼をしょぼしょぼさせて言った。

「それで、どうだろう、僕はまた大学に帰り度《た》いのだが、君が運動してくれないだろうか。君なら発言が有力だと思うがね」

彼の乞《こ》うような眼と、追従《ついしよう》めいた言葉は、玖村の気持を擽《くすぐ》った。大鶴教授は、今まで決してそんな弱気な眼も依頼もしなかった男だったから、玖村を感じさせるのに効果があった。玖村にしてみれば、いまの自分なら実際に相当な発言力があるという自負が促されてその場で湧《わ》いた。

「そうですか、それは、おめでとうございます。先生はまだお若いのですから、そうなれば、ぜひ、うちの大学にお帰り願わねばなりません。微力ですが、僕が学長に極力働きかけます」

玖村はそう言った。彼はその時から、己を師弟愛の主人に仕立てて古風な感動にちょっと陶酔したが、そればかりとは言い切れなかった。自分でも気づいているのだが、その底に慰問者の優越が、相手を多少小馬鹿《こばか》にして働いていた。

大鶴恵之輔は、ぜひ頼む、と勇気づいた顔色で何度も言った。そのあとで、

「ねえ、君。僕だっていつまでも自分の学説に縛られて居やしないさ。やはり時代に合わさなきゃね。これから新しい方向に勉強するよ」

と玖村に媚《こ》びるように言った。

三

それから半年ばかりして、大鶴恵之輔の追放は正式に解除された。彼は大学復帰のことで一カ月置きに三度、中国地方の盆地から出京してきた。その毎《ごと》に、玖村武二の家を宿にした。

玖村の前の家は戦災に焼けて無く、永らくアパートに住んでいたが、教科書や参考書の印税が入るに従って、それを溜《た》めて田園調布の方に家を新築した。建坪三十五坪くらいで和洋折衷の洒落《しやれ》た家が出来た。大鶴恵之輔は初めてこの家に来たときに、露骨に愕《おどろ》きを見せた。

「大した家を建てたね」

彼は家の中をぐるぐる見歩きながら言った。以前は、決してそんなことをする男ではなかったが、やはり永い間の田舎暮しが身についたらしいと、玖村は彼の色の黒くなった皮膚と古い背広を見ながら思った。そういえば、土産だといってトランクに米の袋を詰めて持ってきたところなど、田舎が骨まで滲《し》みこんでいるように思えた。

「で、これは何かね、やっぱり本の印税で建てたのかね?」

と大鶴恵之輔は、盆地の家で見た通り、欠けた歯の間に舌を動かしながら訊いた。

「そうです。まさか学校の給料だけじゃ出来ません。それも普通の単行本や雑誌の原稿料だけじゃ家計の足しと小遣い銭ぐらいなものですよ」

玖村武二は笑って答えた。

「すると、あれだね、教科書と参考書だね？」

覗《のぞ》き込むように訊いた。

「ええ」

「ふうむ。大したものだね」

大鶴恵之輔は、眼を光らせて天井や壁や調度などをじろじろ見廻した。気のせいかその眼の光もいかにも百姓らしいむき出しの羨望《せんぼう》があった。しかし、それも書庫にならべた本を見るに及んで貪婪《どんらん》な瞳《ひとみ》の輝きに変った。

「随分、立派な本を集めたね、君はたしか戦災で蔵書を焼いた筈《はず》だったな？」

「そうです」

「そのあとで、これだけ蒐《あつ》めて揃《そろ》えたのかね？」

「まあ、そうです」

「ふうむ」

大鶴恵之輔は首を傾けて考えるような恰好をした。玖村は彼が同様に戦災で本を大部分焼いていることに気づいた。その後姿を見て玖村は煙草《たばこ》を喫《す》い、あの意地悪な誇った眼つきをした。

後姿は、さらに猫背を曲げたり伸ばしたりして書架の背文字を舐めるように視て行った。他人の蔵書は歯牙《しが》にもかけぬように見て見ぬ振りをしていた大鶴教授の旧《もと》の気取りはどこにも無かった。彼は、玖村に本についてくどいくらいの質問をした。それは多くはマルクス的な理論書であった。

　上京した三度とも、大鶴恵之輔のその態度は変らなかった。もう一つ変らないことは、大学復帰の運動を玖村に頻《しき》りに慫慂《しょうよう》することであった。これはもっと執拗《しつよう》であった。

　学長は、然《しか》し、渋っていた。

「どうも、あの学説ではね」

と気乗りの無い顔をした。学長は考古学者であったが、こんな話をした。戦時中のことだが、天孫降臨地に就《つい》て九州の二つの県が争っていたことがある。この一つの県に、学長（まだ学長にはなっていなかったが）と大鶴教授とが招かれた時であった。大鶴教授は古事記に付会した土地の地名を真剣に学術的に証明した講演をやってのけた、というのであった。そこに考古学者の学長が控えていることなど塵《ちり》ほども気に置かない論断振りだったというのだ。それが大鶴恵之輔に就ての学長の一つ話であった。

「尤も、戦時中だしね。あの辺の神代の御陵を浜田耕作先生が奈良朝に引き下げたというので、激昂《げっこう》した土地の事情もあるがね。しかし、それを割引きしても、僕の前であの勇気には敬服したよ」

学長は顔を撫《な》でて言った。

「いや、然し、今はそうでもありませんよ。この間から会っての話を聴きますと、随分、お考えが変っているようです」

玖村武二はそう弁護した。

だが、玖村は口先では大鶴恵之輔の復帰を奨《すす》めるようだけれども、心の中では、どっちでもいいと思っていた。実現しなければ、しないでいい、面倒臭くなるまで粘るつもりはなかった。後輩だったら勢力を拡張する利益もあったが先生では仕方がなかった。なるほど以前には彼を引き立ててくれたほどの権力をもっていたが、帰り新参ではその勢力は失《う》せていた。もとから子分の無い人である。学内での発言なら、今は玖村の方が実力が上という自信があった。大鶴恵之輔を迎えることは、かえって厄介なものになりそうであった。

が、玖村がその運動を放棄する前に、熱心な同調者が現れた。それは教授の中の二三が玖村の師弟の愛情にほだされた恰好で協力したのであった。それから教授会で一致というかたちになり、学長が動かされる始末になった。

大鶴恵之輔は追放が解けて八カ月後、目出度く前の大学の教授に帰り咲いた。玖村武二には、自分の運動が実を結ぶ、ちょっと意外な結果になった。

「玖村君。君のお蔭《かげ》だ。どうも、有難う、有難う」

大鶴恵之輔は泪《なみだ》を出して感謝した。

然し、かれは大学の中に帰ると、もとの空気を忽《たちま》ち身に捲《ま》きつけてしまったようであった。田舎でカツギ屋に米を売ったり、実弟夫婦に威張っている寄食者の大鶴恵之輔ではなく、恰も長期欠勤のあとに出てきたような、もとのままの大鶴教授であった。顔も姿も、ずっと若く元気に見えた。教授という職業が彼の人間の垢《あか》のように皮膚についていた。

玖村は、はたで眺《なが》めてそう想《おも》った。

四

しかし、大鶴恵之輔に以前の精彩は無かった。時の軍部の受けがよく、翼賛会で幅を利《き》かし、肩で風を切って学内を歩いているといった往年の羽振りはなかった。彼の影は薄く、孤独であった。

大鶴教授は、この遅れを取り返そうと考えているらしく、その焦躁が見えた。もとから人の先に出なければ承知出来ない男であり、前に景気がよかっただけに、一層深刻であった。

彼は、左翼の理論書を読み漁《あさ》るようになった。読み漁るといっても、本を持たない彼は多く玖村の書庫から持ち出して行った。読書は速い方だし、克服のための情熱があった。それは二重の意味があるようだった。一つは、玖村の現在の学説の秘密を探ろうとするみたいだし、一つは、自分も早くこのようなきれいな家と蔵書の詰った書庫を持ちたいという希望を鼓舞するみたいであった。

玖村武二は、師のこのような姿を相変らず鄭重《ていちょう》な冷さで邀《むか》えていた。適当に誇示し、適当に卑屈になった。玖村は、昔の師に絡《からま》りつかれる厄介《やっかい》さを感じ、かれを中国地方の盆地から大学に復帰させた努力に後悔しないではなかったが、無論、顔に少しも出しはしなかった。彼の妻にもである。

玖村の妻は、初めこそ大鶴教授の訪問を歓《よろこ》び、款待《かんたい》をしたが、あまりに度が重なり、その毎に教授の一種の横着さが分ると、浮かない顔をするようになった。

「大鶴先生は、お変りになりましたね」

と彼の妻は言った。

「どう変ったのだ？」

「なんですか、ゆったりとしたところが少しもないじゃありませんか。妙に卑下した図々《ずうずう》しさがありますわ」

やはり女にも分るものだと玖村は思ったが、同意はしなかった。

「そんなことを言うものじゃない。そりゃ田舎で苦労されたから、少しは感じが異《ちが》ってきたかもしれないが、おれの先生だからな。大切にして上げなければいけない。やっぱり学者としては第一人者だよ」

先生想いの感想は妻にだけではなかった。いや、妻でさえそうだったから、外部に向っては、それに輪をかけた。誰でも、玖村は大鶴恵之輔の弟子として、いつまでも先生を大事にする奥床しい学者だと感心していた。

「君は、いい家を建てた。生活が贅沢《ぜいたく》そうだ。君は運をひき当てたね」

大鶴恵之輔は何かと言えば、そう繰り返した。もとから学問には嫉妬の強い人だったが、今は嫉妬も泥臭《どろくさ》くなった。ところで、それを度々聞くと玖村はこっそり意地悪くなった。よし、そんならもっと見せてやろう、と加虐《かぎやく》的な心理になった。

玖村には隠れた遊び場所があった。上野の池《いけ》の端《はた》に近い料亭で「柳月」といった。近所に待合が多いところである。玖村の気持では、銀座や新橋あたりのバーや料亭で金を使うほど馬鹿らしいことはないと思っている。高いし、サービスに心が籠《こも》っていない。

それに、遊んでいることが風聞になる懼《おそ》れがある。噂《うわさ》になるのが厭《いや》なのは、教授のくせに、という体面や、或《あるい》は卑屈からではない。実はその金の出所を臆測《おくそく》されるのを好まないのである。つまり、教科書や参考書を書いて、荒稼《あらかせ》ぎをしていると人に言われるのが怕《こわ》かったのであった。

それにくらべると「柳月」で遊ぶことは、殆ど外部に気づかれなかった。もう、ここに彼は一年以上も通いつづけていたが、誰にも知られなくて済んでいる。

その秘密な遊び場所に、玖村が大鶴恵之輔を連れて来たのは、自分のもう一つの派手な生活を彼に見せつけてやりたいためであった。それによって大鶴教授の劣等意識と嫉妬心を煽動《せんどう》しようとする愉《たの》しみな陰謀であった。

「柳月」は芸妓《げいぎ》も入るが、女中もその代用になった。殆ど芸妓を必要としないくらいであった。というのは、女中の多くが芸者上りであり、座敷で少しも変らないサービスをした。ここでは、客にそういう遊ばせ方をした。

玖村は「柳月」のいい顔であった。身分は知れていたし、金使いはきれいだったから大切にされた。部屋は、都合のつく限り、いつも一番上等の間に通された。

その晩、玖村は大鶴恵之輔を出来るだけご馳走《ちそう》した。彼は滅多に客を連れて来ることはない。しかも今夜は大事な客だと女将《おかみ》にささやいておいたから、女中でもきれいな、座敷馴《な》れたものばかりが来た。彼女たちは客の大鶴教授をとり巻いて努めた。

教授は酔い、女たちの唄《うた》と踊りに合せて手拍子《てびょうし》をうち、卓を敲《たた》いた。

「玖村君。こういう場所に来るのは僕は久しぶりだ。いい目を見せて貰《もら》った。全く有難いよ」

師は景気のいい弟子に言った。弟子は恩師の卑下した言葉の裏にある羨望を見遁《みのが》さなかった。彼は満足し、頭を下げて笑った。

帰りの自動車の中で、大鶴恵之輔は早速言った。

「君は、あの家をよく使うのかね？」

来たな、と玖村は思った。

「ええ。時々です。忙しいあとの頭休めに行きます」

この言葉の刺戟《しげき》は承知していた。二つにかけた内容がある。そんな遊びが出来るということと、忙しいという言葉に、すぐにサイド・ワークを響かせた。大鶴教授は、それを鋭敏に大きく受取るに違いなかった。

「ふうむ、大したものだな。なかなか、あんなところで始終遊べるものじゃない」

教授は座席の後にもたれかかり、酒の臭《にお》いのする息を吹いて言った。羨望の調子は、玖村の思った通りなものに変りつつあった。教授は煙草を口に咥《くわ》え、煙を出してしばらく黙っていた。その沈黙の時間、彼が何を考えているか玖村にはよく分った。

「すると、なんだね、教科書や参考書の印税は随分入るもんだね」

鍵盤《キイ》を敲いて思った通りの音が出た。大鶴教授の独り言のような呟《つぶや》きには、明瞭《めいりよう》に焦慮と妬《ねた》みが韻をひいていた。応《こた》える義務の無い言葉だから、玖村は口だけで笑った。

教授は、それで又、言葉を途切って、走っている遅い夜の通りを眺《なが》めていた。まだ続きを考えているのかと玖村は想像したが、しばらくして耳に聴えてきたのは、予想に外れた。

「ときに、君、僕の右に坐《すわ》っていた女ね」

玖村は、舞台が変ったので、急にその返事のために新しく考えねばならなかった。

「ああ、あれ？」

ようやく呑《の》みこめて、眼を向けた。

「うむ、あの女は少し年増《としま》だが、取り持ちもうまいし、上品な色気があって、なかなかいいじゃないか」

「そうですね」

玖村は相槌《あいづち》を打ち、今度は低く嗤《わら》った。大鶴恵之輔の言ったのは、実は、彼の匿《かく》し女であった。

五

大鶴教授の変貌《へんぼう》はそれから急速に仕上げられた。彼は唯物史観の学徒となり、日本歴史の解明は、その理論の法則で構成されるようになった。彼が以前、その学説の核にした記・紀は石のように無慚《むざん》に捨てられ、新しい理論に都合のよい部分だけが用心深く採り上げられた。

大体において進歩的歴史学者は、その史観を演繹《えんえき》的に現象の理解に当てるため、概史に得意であるが、零細な史料を蒐集《しゆうしゆう》して帰納する小部分の技術を大儀がるようである。そこへゆくと大鶴教授は、持ち前の丹念さで古代史を、それも得意とする神社伝承関係を中心に研究した。資料は大体に以前から蓄積してきたものであるから、さして苦労というほどではなかった。ただ、唯物的な方法論だけで苦心すればよかった。教室の講義は戦中のそれとうらはらとなった。

とに角、大鶴教授は変貌をなし遂げた。勇敢と賞《ほ》めてもよかったし、厚顔と貶《けな》しても通じた。

ある時、学生の一人が起《た》って質問した。

「先生のお説は、終戦前とは随分違うようですが、理由は何ですか?」

教授は、戦後に変った進歩的文化人のように、それは軍部の圧迫があったからだ、という下手な遁辞《とんじ》は言わなかった。

「史観というものは生きたものです。固定したものではありません。時代とともに常に発展しています。死物ではなく、いつも前進しているのですよ」

学生は納得したような、しないような顔をして着席した。

玖村武二は、大鶴教授を冷かに傍観していた。教授の新しい理論は、彼の書庫が教えたという秘密を知っていた。誰でも秘密を知っていれば、当人を小莫迦《こばか》にすることが出来る。ただ大鶴恵之輔の歴史論は、史料的な研究が主であるため、他の粗笨《そほん》なそれと較《くら》べて緻密《ちみつ》に見え、そこにちょっと独自な印象があった。

だが玖村にとっては、その学問は何でもなかった。ただ、大鶴教授は、さすがに悧巧《りこう》だなと思っただけであった。それから臆面《おくめん》もなく気儘《きまま》な振舞の出来る彼の立場を羨望した。

学界には絶えず勢力争いがある。女にも勝る妬心《としん》と、政治家も顔負けする陰謀がある。それが同じ大学の内となれば、嫉妬《しっと》はもっと凝集されたものとなり、陰謀は見えないところで常に小競合《こぜりあ》いをしていた。

玖村武二は、用心深い男であるから、その陰謀に捲き込まれ、足を引張られることを極度に警戒していた。自分は利用される価値のある男だと思っていた。新鋭学徒としての名前と、ジャーナリスティックな名前とを併せ持っていると自覚していた。陰謀に担《かつ》ぎ込まれ、有能なるが故《ゆえ》に、いつも没落の危険に立たされそうだと考えていた。片言隻句《へんげんせっく》でも、身振り一つでも、周囲に慎重な注意を払った。

ところが大鶴恵之輔には、も早、以前の名声は褪《あ》せていた。敗戦前こそ、彼の学説は軍国主義者に尊重されて、先頭に立っていたが、今や第二線にも三線にも後退した存在になっていた。嫉妬しようにも、その対象で無くなり、陰謀に引込もうにも利用価値は無かった。要するに、問題にされないから、どんなことを発言しようと転身をしようと勝手気儘に出来るのである。無論、それは軽蔑《けいべつ》した存在だが、その自由な立場が小心な玖村にはちょっと羨《うらや》しいのであった。

一年ばかりして、大鶴恵之輔は本一冊分の原稿を書き上げた。かれはそれを玖村に持ち込んだ。

「玖村君。君の知り合いの本屋でこれを出してくれないかね、僕の本を出していた出版社は編集長が変ったのでね」

たとえ編集長が変らなくとも、相手にされないだろう、と玖村は内心で嗤った。

「承知しました。話してみましょう」

玖村は、表面だけは熱心にひきうけた。四百枚以上ありそうな原稿紙の包みをうけ取った。両手がその重みを量ったが、そのまま気分の重さでもある。しかし、彼は寛大にその世話を実行した。

「大鶴先生も変りましたね」

原稿をよんだ本屋が来て、玖村に話した。

「そうだろう。当世向きだ」

そう彼はいったが、少し自分にも気がさしたので、あとをつけ加えた。

「これが本当なんだ。今までが歪《ゆが》んでいた」

「しかし、お名前がねえ」

本屋はむずかしい顔をして、首を傾《かし》げた。

「そうこだわることはないだろう」

と彼は説得するようにみせかけて言った。

「いまの進歩的文化人だって、戦前でも、結構、指揮者だったからね。しかし、気が進まなければ、強《し》いて出さなくてもいいんだよ」

実際、世話して置きながら、ここでも玖村は大鶴恵之輔の傍観者であった。全く、どうでもよかった。

数日して、その本屋は、引きうけました、といってきた。その代り、先生の次のご本はうちに下さい、と言った。玖村にとって、窮屈な取引であった。

大鶴恵之輔著「日本古代史新研究」はこうして出版された。唯物史観の公式が展開され、古代に現代のような階級闘争が叙述してあって、甚《はなは》だ戦闘的な歴史観であった。誰も何も言うものは無かった。玖村が予期した通りであった。進歩陣営からさえ、声が上らないのである。

然《しか》し、大鶴恵之輔の努力は大へんなものである。彼はその後、次々と同じ傾向の本を出した。初めの本を手がかりとして、自分で二三流の出版社を開拓して行った。その辺はうまいもので、外交員のように商売上手であった。

最初目立たぬ淡い色でも、積み重ねてゆくと自然に濃度が出るものである。長い期間の末、大鶴恵之輔に対する世間の改変した印象は、そんな固定の仕方をした。相変らず、その経歴のある名前に妨げられて、ぱっとしない、燻《くす》んだ印象ではあったが。

玖村武二は、大鶴教授の泪《なみだ》ぐましい努力を理解していた。教授はもう一度昔の名声にかえりたいのである。教室で学生の数を集める人気教授になりたいのである。いや、名声は手段かもしれなかった。本当は、豊かな生活が欲しいのであろう。五十六歳の彼としては、無理もない欲望である。追放中の不合理な逆境も加算されていよう。大学で貰う給料の何倍という余分な本の収入が懐《ふところ》をふくらませ、きれいな家を建て、沢山な蔵書を揃《そろ》えたいに違いなかった。玖村が見本であった。彼は、玖村の家に遊びに来る毎《ごと》に、その見本を眺め、嫉妬を起し、それが闘志を奮い立たせ、努力に鞭打《むちう》たせ、よろめいて帰るのである。いや、その鞭を求めに、玖村の家に来るのかも知れなかった。

玖村は、髪の毛が逆立ちして居そうな大鶴恵之輔の姿を自分の家の中で眺めて、礼儀深く嗤っていた。

六

昭和二十×年ごろまでは、このようなことであった。しかし、一足飛びのようだが、三十×年の最近の大鶴恵之輔は少し玖村に追いついていた。

彼は、その後もいくつかの本を出し、或《あ》る学習出版社から、社会科の参考書を頼まれるようになった。つまり、彼の努力の効があって、そこまで漕《こ》ぎつけたのであった。

彼の顔は、一息ついていた。

勢いに乗じたというのが、こういう時の形容であろう。（と玖村は思った）大鶴恵之輔は玖村に、教科書の執筆者になりたいが、と希望を述べてきた。この場合、希望というのは無論、玖村の伝手《つて》によって教科書出版会社にワタリをつけてくれ、という例の調子の図々しい要求であった。

「そうですね」

と玖村は額に指を当てて言った。

「教科書会社には、それぞれ編集陣がありますので、なかなかこちらで思うように行きません。向うでは、独自の考えで執筆者を頼んでいるようですから」

教科書会社の編集権に権威をもたせることで、婉曲《えんきょく》な拒絶の理由にした。口実としては、こんなうまい言い方はなかった。

「そうだろうね」

と大鶴教授は、一応、納得してうなずいた。

「しかし、君は売れっ子だから、君の口利《くちき》きでは何とか一つくらい依頼の注文が無いでもなかろう。ぜひ、気にかけておいてくれ給《たま》え」

玖村は、大鶴教授が保険の外交員になっても成功したであろうと思った。しかし、これだけは世話は出来なかった。一歩譲れば二歩も三歩も追いついてくる教授の今までのやり方に、すっかり警戒心を起していた。

自分に頼みさえすれば、何でもしてくれると思い込んでいる大鶴恵之輔の自信に、玖村は反撥《はんぱつ》をもった。そこまで負《お》んぶされては堪《たま》ったものではない。厚かましいのも、いい加減にしてくれ、といいたかった。玖村が最初、彼の復帰を考えたときに危惧《きぐ》した以上に、大鶴恵之輔は、遥《はる》かに面倒な存在になっていた。

然し、玖村は大鶴教授を決して厄介《やっかい》者として扱わなかった。少しでもそれが他の者に気取られることを恐れていた。陰謀派は、私情のささやかな背徳でも、欠点を拡大して足を引張る口実にするものである。あの男は師恩を知らないと蔭口《かげぐち》をきかれるのが玖村には怕かったのである。それが、いつ敵の武器になるか分らないので用心を重ねた。幸い、彼は師に人情の厚い学者だと評判をとっていた。田舎から大鶴教授を復職させ、蔵書を惜しみなく貸し与え、家庭によんで慰めた。それが表面に伝えられたのである。折角の師弟の美徳の幻像を壊してはならない。——学界ほど自由なようで、人間関係の封建的なところはないと彼は信じている。

玖村は、大鶴教授を大切にして冷遇することを覚えた。これなら、誰にも分らずに、或《あるい》は文句を言わさずに、虐待することが出来る。敬して、実を与えないのである。そして隠微な愉しみを味った。

例えば、こういうことである。

大鶴教授は、玖村が三回か四回連れて行った池の端の料理屋「柳月」の女中の須美子が気に入ったらしい。少し年増だが、上品な色気がある、と自動車の中で玖村に感想を洩《も》らしたあの女である。それが玖村の女とは知らない。

「大鶴先生は、近ごろよくうちに来て下さるわ」

と或る夜、須美子が玖村に教えた。

大鶴教授の近頃《ちかごろ》の収入は、玖村には大体見当がつく。彼がひとりで「柳月」に遊びにくる費用ぐらいには困らぬだろうが、それにしても玖村とは収入が桁違《けたちが》いである。それに、あの倹約家がおかしなことだ、とだんだん訊《き》いて見ると、須美子に惚《ほ》れて通っていることが分った。

玖村は、声を上げて嗤った。

「いやだわ」

「大鶴先生は、おれの恩師だからね。あまり冷たくするなよ」

「そりゃ分っているけれど」

分っているけれど何だ、と問うと、お前に亭主か恋人があるか、とか、外で話が出来ないか、とか教授は頻《しき》りにたずねるのだそうである。

「おれのことを訊かなかったか？」

「訊いてらしたわ。玖村君はお前の何かじゃないかって。とんでもない、玖村先生はただのお馴染《なじみ》のお客さんです、この家は堅いのですよ、と教えてやったわ」

玖村武二は、また笑った。

玖村とこの女との交渉は、すでに六七年の久しいものであった。「柳月」の者も確証を摑《つか》んでいない。そこは玖村一流の用心深さで関係をつづけてきた。須美子は通いの女であったが、玖村は決して女の家に行ったことがない。世間に洩れそうなことは、どんな些細《ささい》なことでも警戒した。

玖村は、須美子に月々、三万円か四万円の手当てを与えているが、それが負担にならないだけの収入が彼にはあった。須美子は現在の関係に満足しているが、いずれは一しょになるという玖村の遠い約束を当てにしていた。

二人は、素人《しろうと》貸間の二階を借りて、逢引《あいび》きをつづけていた。決して旅館を利用しない。誰に出遇《であ》うか分らぬ用心からであった。その天井の低い二階で、玖村は女と寝ながら、大鶴教授の話をたびたび聴いた。

「酔うと、どうしても外で会ってくれというのよ。あの方、いくつ？」

「さあ。五十六七かな」

「それほどお爺《じい》さんでもないのね。しつこいのよ。手をいつまでも握ったり、膝《ひざ》に手を入れようとしたり」

そういう告げ口は、刺戟《しげき》にもなり、愉《たの》しみでもあった。彼自身が女といっしょになって、大鶴恵之輔を翻弄《ほんろう》していた。先生の滑稽《こっけい》な動作を、客席から眺めているような面白さであった。

教科書を書きたいという大鶴教授の希望は執拗《しつよう》であった。その世話を玖村に慫慂《しょうよう》する彼の身振りは煩《わずら》わしかった。どこで調査したか、一つの教科書の数十万部という発行部数、著者への印税の割合など数字を詳細に知っていた。

「何だろうね、今ごろの教員は組合組織も強いし、階級意識に目覚めているから、君の書いた社会科の教科書ならすぐに採用する筈《はず》だね」

大鶴恵之輔はいつも何気ないように切り出す癖があった。その分り切った様子が、玖村に妙に焦躁《しょうそう》を起させた。

「そうでもありませんよ、いろいろな人が書きますから。それに情実もあるようです」

「僕の著書も、教員は読んでいるだろうね」

やっぱり遠廻《とおまわ》しな話し方であった。いかにも自分が教科書を書いたら売れそうだと言いたそうな口吻《くちぶり》であった。それから、何故《なぜ》、早く世話をしてくれないか、という催促も含んでいた。

「先生のご希望はいつも考えていますが、やっぱり話し出す機会《チャンス》がありますので。何しろ編集者だけの一存でなく、その上の重役の意見が強いのです」

うっかり先方に話してあるといえば、直接に乗り込んで行きそうなので、いい加減な嘘《うそ》は言えなかった。この言い訳が一番悧巧で効果的であった。

玖村は、苛々《いらいら》している大鶴教授の顔に、申し訳なさそうに謝りながら、相変らず肚《はら》の中で愉しんでいた。

七

昭和三十×年度の小、中、高校用の教科書が改訂されるに当って、旋風が起った。

今まで出版社が文部省教育課に出した教科書原稿は、文部省が委嘱した匿名《とくめい》の、A・B・C・D・Eの五人の調査員によって検定されていた。この匿名の五人というのは、実は、小、中、高校の教師や大学教授など約千四百人の調査員の符号である。ところが、このほかにFという記号がある。これはAからEまでの調査員によって審査されたものを、さらにFによって審査し、検定合格か失格かを決定をする審議会なのである。これは文部大臣に任命された学識経験者、大学教授、現場の教師など十六人によって構成された委員会の称であった。

新年度の異変というのは、この十六人委員会のFが、それまで殆《ほとん》ど無気力だったものが、急に発言を強くした——具体的にいうと、AからEの第一段階の審査で合格した教科書原稿でも、ここで、落しはじめたのである。社会科の教科書についていえば、左翼偏向のものは、いや、その理由で殆ど不合格となった。

何故、Fが強くなったか。その前年に出た民自党の「憂《うれ》うべき教科書の問題」というパンフレット以来、その気配が動いていたが、文部省が積極的に教科書の「偏向」を改めようと乗り出したのである。その積極性は、国定教科書の前触れだという非難が上ってくるほど強いものであった。

単にFが強くなったばかりではない。文部省は更に常勤調査官を新設した。これが最終合格の検定を与える上層機関である。つまり教科書原稿は、検定まで三つの関門をくぐらなければならないことになった。それから十六人の委員で構成されていたFの審議会も五倍の八十人に増員されたのである。

その現れは新年度教科書改訂に当る昭和三十×年初めに早くも表面に出た。或る出版社の中学一年用の社会科の教科書が落第した。筆者は進歩的と言われている某大学の社会学助教授二人であった。

教科書が不合格の場合、文部省はその理由を明示しない。しかし、その出版社が手を廻《まわ》して意嚮《いこう》をきいたところ、「歴史の推移についての取扱い方、問題のとりあげ方などは実力抗争関係を強く印象づけている。基本的人権を強調しすぎる。全体的に明るさがない。戦争を一方的な理論で批判している」などが、不合格の理由であることが分った。

出版社は打撃である。それで再編に当ることになり、その際、問題の二人に執筆をやめるよう申入れた。二人の学者は、それは一種の政治的追放になるから、と拒否したが、結局、執筆をやめることになった。

当然に問題が起った。進歩的といわれる教科書執筆者を含む数百人が、連名して文部省の処置は「思想統制」であると反対した。殊《こと》に常勤調査官の新設は、教科書国定化の準備行動であると非難した。

玖村武二は、困ったことが始まったと思った。彼によると、社会科の歴史記述が「偏向」しているのは、当然だとしている。戦後、今までの旧《ふる》い日本歴史は破壊され、その民主化は唯物史観的な左翼の理論に支えられて今日に及んでいる。それを支持してきたのは現場の学校教員である。若い教員ほど進歩的理論を抱き、全国に厖大《ぼうだい》な組織をもっている。「偏向的」な本が売れてきたのはそのためである。いや、売らんがために教科書会社がそのような内容をつくったのである。出版会社にイデオロギーはない。イデオロギーを教科書に盛ったのは、商売のための手段に過ぎない。進歩的学者に執筆を依頼したのは、その手段の手段である。玖村武二もそれに利用された一人である、と考えていた。

文部省がそのような新しい処置に出れば、教科書会社は恐慌《きょうこう》を来して、その主旨に副《そ》う教科書を作るに違いない。彼らは「思想統制反対」などと文部省に楯《たて》ついても始まらないことを知っている。先《ま》ず商売が第一である。教科書の発行部数は全国で千数百万部に上る。競争会社は互に鎬《しのぎ》を削っている。脱落してはならない。商売が絶対である。——出版社の編集は、教科書執筆陣から進歩的学者を閉め出すようになるだろう、と玖村は目前を憂鬱《ゆううつ》に考えた。

その予感はまさに中《あた》った。

或る日、玖村が執筆している教科書出版社の編集者が彼のところに飛んできて言った。

「先生にご執筆頂いた社会科が不合格になりました」

予期していたことだが、玖村武二は衝撃を感じた。

「やっぱりね。どういう箇所がいけないというのかね？」

さりげなく訊いたが、胸の動悸《どうき》が速くなった。

「全体の記述が左翼的で妥当を欠くというのです。暗過ぎるとも言っています」

「そうか。それなら少しぐらい書き直してもいいよ」

玖村は言ってみた。

「それがね、先生」

と編集者は、どこか冷たい顔をして言った。

「こちらで、そっとコネクションのある役人にきいてみたのです。すると、執筆者のブラック・リストのようなものがあるんですね。それに載っているものは、札つきの左翼陣営の者だから、監修者でも執筆者でも、その本はいけないらしいのです」

「ふうん」

玖村は口先だけは、冷笑を泛《うか》べた。

「それで、僕の名前もリストにのっているのか？」

「いえ、先生のお名前はありませんでした。しかし、R先生が載っているのでいけなかったのです」

「なるほど、Rさんはいけないだろうね」

と玖村は他人事《ひとごと》のように言った。

Rは某大学の助教授で、玖村の執筆した社会科では歴史の中世と近世とをうけもって書いていたのである。彼は著書ばかりでなく、実際に研究グループを結成していて華々しく進歩的な文化運動をしていた。

玖村は、自分の名が、リストに載っていないというので、どこかでほっと小さな安心をした。

「先生のお名前が無いのは、どういう理由か分りませんが」

と編集者は、玖村の進歩的名誉を庇《かば》うように言った。

「うちの社の観測では、おそらく、すれすれのところだろう、というのです。先ず、今回は極印つきの方をリストにのせているだけで、依然として先生はマークされている、という見方をしています」

かれは玖村の名誉をいよいよ重んじた。

「それで、そういう事情ですから、今度の新しい教科書執筆には、お休み願いたいのですが」

玖村は、その夜、睡《ねむ》ることが苦しかった。

八

玖村武二は、ほかの二つの教科書出版社から、ほぼ同じ理由を言われて、執筆の遠慮を申し渡された。

参考書の方も危いな、と思ったら、やっぱりその通りに断ってきた。

玖村は、絶望で、眼の先が昏《くら》くなりそうであった。教科書と参考書を断わられたら、大きな収入を失うことになる。彼にとって、莫大《ばくだい》な収入であった。近代的な家を建てたのも、戦災で焼かれて、一冊も無かった本が、現在のように書庫に一ぱい堆積《たいせき》したのも、銀行の預金がふえたのも、悉《ことごと》くその収入のお蔭であった。

彼の生活は膨脹《ぼうちょう》していた。抑えようとしても収入があれば、空気の詰った袋のように生活の方から膨れてくるものである。遊びを覚え、女が出来れば尚更《なおさら》である。これを学校の給料とそこばくの原稿料だけの昔の生活に収縮することが出来るであろうか。

彼は、教科書や参考書の執筆から、見放されたら、己が生活から見放されることだと思った。彼は自分が、生活にいくらか虚栄になっていると思ったが、実際はその何倍も放漫になっていることが分った。これがもとに還元するであろうか。苦痛を考えることは、それ以上に悲惨であった。

彼のもとにも、「教科書検定新制度反対」連盟の刷り物が廻ってきた。謝絶された執筆者をはじめ、いわゆる進歩的学者、文化人の名前が連記されてあり、一大運動を起す主旨が述べられてあった。彼はそれを破り捨てた。こんなものが何の役に立つであろう。所詮《しょせん》は虚《むな》しい空景気の抵抗である。こんなことで文部省が動くと思っているのであろうか。甘い考えである。教科書会社の方が、もっと現実的に悧巧《りこう》である。玖村は、数日は飲食物の味が分らぬくらい懊悩《おうのう》した。しかし、或《あ》る夜、床の中で、ふと一つの光明を見つけた。

それは、彼の名前が、文部省の役人のいうブラック・リストの中に載っていなかったことである。彼は進歩的歴史学者として、かなり名前を売ったつもりであるが、役人の認識はまだそれほどに至っていぬらしい。一つは、彼がいずれの研究会グループや団体にも属さぬことにあったのかもしれない。全く、あの編集者の言ったように、ブラック・リストの線すれすれの存在であろう。よし、それなら、まだ見込みがあるぞ、と玖村武二は思った。線すれすれなら、その位置を離して行けばよいのだ。安全な場所に移るのだ。つまり、右に帰ればよい。

玖村は、もともと大鶴恵之輔の弟子として、国家的な歴史学者であった。戦時中は言論報国会に加わったくらいである。彼が敗戦後、マルクス主義の理論を適応し、唯物史観に走ったのは、学生の人気を得、著書をかいて、世間に名前を知られたかったのである。進歩的なことを言えば、学生の人気が集り、著書が売れると思った。学生の人気を博することは、大学教授の保身の術の一つである、と考えた。

それは、或る程度成功したが、もっと予期しない成功は、教科書を執筆するようになってからであった。思いもよらぬ収入があった。それから、もっと分がいいのは参考書だった。教科書を執筆すると、本屋は大てい参考書を書いてくれと頼みに来る。教科書の場合は、数人の共同執筆であるが、参考書は単独だから、印税はまるごと入ってくる。よく売れると大そう儲《もう》かる。二つも三つも書けば大したもので、教科書と合せれば莫大な収入となった。家も、蔵書も、預金も、女も悉くそれが基盤であった。

玖村武二にとっては、教科書と参考書の喪失は致命的であった。清貧の学徒になれといっても、とても辛抱が出来なかった。今の生活から落されたら、死んだ方がいいくらいだ。

今度、落されたのは仕方がないが、次の改訂からは、必ず恢復《かいふく》しようと決心した。それには審議会に睨《にら》まれぬよう位置をずらせておくことだ。もともと確かな腕はあるのだから、無難と分れば、本屋は飛んで執筆を依頼に来るに違いない。あの収入をぜひとも確保しなければならなかった。

光栄ある進歩学者の名は、この辺で返上しようと思った。

ただ、困難で厄介《やっかい》なのは、身の動かし方である。目立たぬよう、上手に移さねばならなかった。玖村は、何よりも陰謀に陥るのを懼《おそ》れていた。多少の蔭口《かげぐち》と非難は仕方がないが、それが大きな声にならぬよう注意せねばならない。それはうまくやれると自信があった。戦後、自然に進歩学者になったように、恰《あたか》も、それが本質である如《ごと》く、「公正な」歴史学者にならねばならない。

堕落の意識よりも、あの生活が大切であった――。

或る日、大鶴恵之輔が、玖村の傍《そば》に来て言った。

「玖村君。文部省の風当りが教科書に大ぶん強いようだね」

はあ、と玖村は答えた。

「君の方はどうだったな？」

「やっぱり、駄目でした」

「落第か？」

「そうです」

こういうことになると大鶴恵之輔は熱心であった。彼は眼を走らせ、根掘り葉掘りして事情をきいた。別に自分の意見は言わない。聴くだけ聴いてしまうと、

「そうか、それは大変だね」

と洩《も》らしただけであった。落ちついた顔色であった。どこか他人の不運に満足したような安らぎと、思索に凝る静止が表情に泛んでいた。

玖村は大鶴教授が、いま何を考えているか忖度《そんたく》することが出来た。彼は、静かに歩み

去って行く後姿を不安そうに見送った。

その不安の予感は、数日後に的中した。

「玖村君。僕はこのごろ考えるようになったがね」

と大鶴恵之輔は、頬杖《ほおづえ》を突き、雑談のように述懐した。

「僕は、やっぱり自分の本質を大切にしなければいけないと思った。ここ暫《しばら》く、どうも混乱していたようだ」

彼は簡単に言った。

「それで、僕は、もとの研究態度にかえるよ。まあ、唯物史観も突込んでみると、かなり矛盾や不合理がある。これも併せて批判したいと思うんだ」

玖村は、すぐには声が出なかった。あまりの美事さに言葉の用意がなかった。

「まあ、君にも言いたいことがあるかもしれないが、しばらく黙って僕を見ていてくれ」

言葉ほどの含羞《がんしゆう》は、顔に無かった。反対に、自信めいた安定が身体に漲《みなぎ》っていた。

大鶴恵之輔は鮮かに転回するに違いなかった。行動は彼らしい露骨さで出るであろう。身振りをほかに気兼ねする必要はなかった。誰も正面切って攻撃する者のない便利な立場に彼は居た。あまり問題にされていない者の気易《きやす》さである。無論、蔭口はあろうが、それが彼の生命を奪う性質のものではなかった。嘲笑《ちようしよう》はされても、激しい批判の対象になる学者ではなかった。

大鶴教授の転向の本音は、玖村に分っていた。教授は、欲しいのである。家と、蔵書と、預金とが。玖村が手本であった。その手本を目ざして、大鶴恵之輔という一個の人物は、己に鞭打《むちう》ち、驀進《ばくしん》してきた。教科書と参考書の収入が長い間の狙《ねら》いである。その機会が到来したのである。進歩的執筆者の退却したあとに乗りこんで、割り込もうというのが、彼の唐突な自己批判の本心であった。魂胆は露《あら》わに見え透いていた。

九

玖村武二は、突然の障害の出現に惑乱した。

大鶴恵之輔が宣言した途《みち》こそ、彼が今から歩み出そうとした方向であった。機先を制されては立ちすくむよりほかない。そうではないかという不安が射《さ》したが、その直感は矢張り当った。

彼がしたいと志したことを先にされたのでは、彼は追随者になるよりほか仕方がない。彼が周囲に細心の注意を払って振舞おうとも、こんな露骨な先達がいては、為《な》す術《すべ》は無かった。

一人なら何とかうまく出来るが、二人が歩いたのでは目立って仕方がない。しかも、大鶴教授の転向の追随者とあっては、醜陋《しゅうろう》の限りである。

玖村は、おれと大鶴恵之輔とでは評価に甚《はなは》だしい開きがあると信じている。大鶴教授の行動なら嘲笑だけで済ませるが、現役のおれがそれに追随したとあれば、卑怯《ひきよう》な便乗主義者として袋叩《ふくろだた》きにされる危険がある。いつも誰かに視《み》られている存在なのだ。大鶴教授には敵は無いが、おれには敵がある。——

百姓爺《じじい》め、と玖村は大鶴恵之輔を肚《はら》で罵《ののし》った。田舎から大学に復帰させたときは、面倒な存在になるかもしれないな、と思ったが、こうまで憎悪《ぞうお》すべき厄介者になるとは想《おも》わなかった。自分の思うことを無恥な図々《ずうずう》しさで出来るだけに、始末におえなかった。

玖村は、苛立《いらだ》ちで、また安眠することが出来なかった。

然《しか》し、再びあの生活を取り戻す執着は諦《あきら》めることが出来なかった。大鶴恵之輔のような人物のために、その執念を捨てるなどとは、莫迦莫迦《ばかばか》しく、不法で仕方がない。

何とか、大鶴恵之輔の行動を阻止する方法はないか。度々、考える通り、自分一人なら上手に場所を移せるが、彼の後では動きがとれない。

玖村は、企《たくら》みを考えてみた。

だが、大鶴恵之輔の場合、学問の上の陰謀は効き目がなかった。学者として、それだけの対象にならない。黙殺された価値であった。不死身である。

それでは、彼の公的な生命を失う手段は無いか。玖村は種々な方法を思案した。すると、今まで、有能な学者が失脚した例を思い出した。

或る学者は、子息の破廉恥《はれんち》犯罪のために、或る学者は家庭の紊乱《びんらん》が表面に出たために、或る学者は学校出入りの商人から賄賂《わいろ》を貰《もら》ったがために、それぞれ没落している。これら少数の例が指しているのは、みんな私的な生活の破綻《はたん》からであった。

これに気づくと、玖村は手を拍《う》った。これでゆくより仕方がない。

卑怯のようだが、これは生きるための手段であった。彼は大鶴恵之輔の存在は、自分の災難だと考えた。すでに過去的な大鶴教授よりも、自分の方が、より有能なのだ。大鶴教授には、も早、前途がない。停年を待って、次に田舎に引込んでまた百姓でもしながら死を待つだけの男である。そんな男に前途を妨げられるのは、たしかに災難である。

災難なら、それを避けるよりほかはない。当然ではないか、と思った。犠牲になって自分まで死ぬことはない。災厄からの避難である。不法なようだが、避難なら仕方があるまい。

ここまで考えてきて、玖村は、ふとこんな場合に似た理窟《りくつ》を昔、きいたことがあると思った。避難ということを考えたものだから、その用語を使った理窟であった。

それを思い出したのは、大学の帰りのバスの中でであった。いつも見慣れた単調さが、思索を統一したものらしかった。なるほど昔のことだと思った。高等学校の時代に、教師が外国の古い法律のことで面白い挿話《そうわ》をはなした。海で遭難したとき、一枚の板にすがって浮んだ二人の男が、二人では板が沈むので一人を海中につき落して自分だけ助かった。それが罪にならないという話で、ギリシャかどこかのことだから、何とかデスの板という名前がついていたと思った。

一体、あれは今の刑法の本についているのだろうか。思いつくと知りたくなったので、玖村はバスを降りると、今は弁護士になっている旧友に電話をかけた。

「ああ、それはね、カルネアデスの板というんだ」

と弁護士は教えた。

「なるほど、君は進歩的歴史学者だから、そんなことまで何かの原稿に引例したいのだな」

「そのことを書いた本があるかね?」

「ある。刑法の解説書でね。緊急避難という項に大ていい出ている筈《はず》だよ」

玖村は本屋に行き、その本を見つけて帰って読んだ。

——緊急避難の問題は古くから論ぜられている。

「カルネアデスの板」というのがある。カルネアデスは西暦紀元前二世紀頃《ごろ》のギリシャ哲学者である。大海で船が難破した場合に、一枚の板にしがみついている一人の人間を押しのけて溺死《できし》させ、自分を救うのは正しいかという問題を提出し、身を殺して他人を助けるのは正しいかも知れないが、自分の命を放置して他人の命にかかずらうのは愚であるとした。……

玖村武二は、それにあり合せの小さな赤鉛筆をはさみ、机の上の他の本の上に置いて、煙草《たばこ》を何本も喫《す》いながら、眼を細めて考えていた。

十

料亭「柳月」の女中須美子が、××大学教授大鶴恵之輔に暴行されたと告訴した。

須美子は供述した。

「その夜、大鶴先生は、いつもより遅くお見えになった。いつも一人である。十一時すぎまでお飲みになったが、かなり酔っていた。酔うと、わたしにいろいろなことを言い、肩や膝《ひざ》など触る人であるから、あまり好ましい客ではない。しかし、よく来てくれる客であるから大事にしなければならなかった。十一時半ごろ、先生はわたしを送って行こうといわれたが断った。先生はそれで素直に帰った。帰ったものと思った。ところが、わたしが二十分おくれてお店から帰るため電車通りに出たところ、先生は暗いところにしゃがんで苦しそうにしていた。そのときは、わたしを待ちうけていたのだとは知らなかった。わたしが、気分が悪いのですか、ときくと、うん、済まないがタクシーで家の近くまで送ってくれないか、と言われた。わたしは気持が悪かったが、お店のお客だし、ほんとに悪酔いしているようだから、送らねば悪いと思い、タクシーをよびとめ、一しょに乗った。先生のお宅は××の方だときいていたのでその方角に走らせた。車のなかでは先生はぐったり睡っているようで別段のことはなかった。すると△△のあたりまで来ると、先生は気分がよくないから車を降りて外を歩きたいと言った。十二時を廻《まわ》っていて、そんな人通りのない場所を歩くのは気味が悪いので私は断ったが、先生からちょっとでいいから降りてくれとせがまれた。すぐに車を拾って帰してやる、といった。実際、おそい時刻だったが、流しの車は走っていたので、わたしは少し安心して降りた。するとと先生はわたしの手を握り、広い通りから狭い道を歩き出した。先生、もう勘弁して下さい、というと、なにこの道はまた大通りに出るのだ。出たところで車を拾って見送ってやろう、と言ってきかない。わたしは本当かと思い、いやいやながらついて行った。まさか大学の先生ともあるお方がという考えもあった。家はだんだん少なくなって、畠《はたけ》や雑木林が見えるようになった。わたしは、今度は本当に恐ろしくなって、ひとりで帰ります、と、いうと、先生は、もうすぐだ、といって手に力を入れて引張ってゆく。年よりとは思えない力だった。もう、じきだよ、この小さな林を廻ると大通りに出る近道になるのだといった。わたしが半信半疑でいると、先生はいきなりわたしの肩を押して林の中につれこんだ。真暗くて、足もとも見えないところだった。家は随分離れていて、みんな戸閉りをして寝しずまっている。わたしが声を出そうとすると、先生はいきなり顔を押しつけてきた。そして、わしはお前が好きなのだ。前から好きで仕方がなかった。どうか、わしの言うことをきいてくれ、といった。随分、強い力でわたしを押えつけ、草の上に仆《たお》した。わたしは恐ろしさで気が狂いそうになり、もがいた。すると先生は、いきなりひどい力でわたしの顔を殴った。わたしは意識が遠くなるほど瞬間に感覚が痺《しび》れた。その隙《すき》に先生はわたしが窒息しそうなほど締めつけ、抵抗する力を奪った。——私を水商売に勤めている女と侮《あなど》って、侮辱したと思う。あんまりひどいので告訴した」

訴えられた大鶴恵之輔の供述はこうである。

「訴えられる覚えはない。あれは全く合意の上である。あの女は頭がどうかしているのではないか。しかも誘惑されたのは、私の方である。あの料理屋に行きはじめたのは二年くらい前である。或《あるい》は、もっと前かもしれない。とにかく、はじめは玖村武二教授に初めて連れられて行った。その後、私はひとりでしばしば行くようになった。それはあの女が好きになったからである。それは否定をしない。酒をのんで、あの女の手を握ったり、肩に触ったりしたのも事実である。私はあの女が好きだったから、誘いをかけたことも度々あった。だが、女はいい加減にあしらって決して私の言うことをきかなかった。こんな商売に働いているのに似ず、固い女だと思った。それで私はいよいよ好きになって、月に一、二度は必ず来るようにした。これも事実である。しかるに、あの夜の前々晩であったか、女の素振りが極めてよい。今までにないことだが、私に抱きついたりした。私は自己の年齢を顧みず有頂天になった。だから二日置いて私はあの料理屋に行った。その晩も、あの女の態度は甚だ私に媚態《びたい》を示した。私が十時すぎに切り上げようとすると、両手を私の肩において、もっと永く居てくれといった。そして自分ももうすぐ看板になって帰るから、一しょに帰って下さいませんかといった。私はよろこんで承知した。女がその辺で待っていてくれと言ったので、その通りにした。私が暗い電車道の端で三十分ばかり待っていると、女は果して出て来て、お待たせして済みません、といった。それから約束の通りに送ってくれというから、お前の家はどこだときくと△△だと答えた。私はタクシーを停《と》めて、一しょに乗った。十二時すぎだったと思う。△△まで三十分くらいかかった。女は車のなかで、私の手をとったり、身体でもたれかかったりした。それから車を下りると、女は私を引張って暗い通りを歩いた。甚だ寂しいところで、人家が途絶えては大きな畠があり、また人家があるようなところであった。こんな寂しいところにお前の家はあるのかときくと、女は私の身体に歩きながら密着し、いいえ、といった。私がおどろくと、女は小さい声で、ねえ先生、今夜は私を好きなようにして下さっていいわ、といった。それまでの女の素振りで、その言葉が私に唐突に響かなかった。寧《むし》ろ期待をもっていた。それで、この辺に旅館があるのか、ときいたら、女は旅館なんか遠くて今から行けるもんですか、それにわたしは一晩でも家を空けられない、どんなに遅くても帰らなければ、アパートの人たちがうるさいのよ、といった。私は周囲を見廻した。すると女は私の手を強く引張って、雑木林のようなところに入った。暗くて足もとが見えなかった。そこで女はいきなり両手を私の首に捲《ま》きつけ、キッスをした。そして身体を前からぐんぐん押してきた。眼が慣れてくると下は草地であった。私はいいね？といった。女は、ええ、とうなずいた。私は若い者のようにこんな場所で、と思い少し気恥ずかしくなった。すると、女は私の手を自分の懐《ふところ》の中に差し入れ、黙って私を引張った。――これが全くの事実である。あの女の言うことは全くの出鱈目《たらめ》である。第一、私は五十六歳である。そんな膂力《りょりょく》があろう筈がない。まさに私は誘惑されたのだ。女は何のためにあんな嘘《うそ》をつくのであろうか。気狂《きちが》いとしか思えない。あんな気狂い女にかかり合って、私は取り返しのつかない立場になった。こんな最大の被害がどこにあろうか。よしそれが誣告《ぶこく》であるにせよ、私は大学教授の職から退かねばならない。私の不徳の身の錆《さび》とはいえ、新聞に出てしまっては退職しなければならない。でなかったら、誰かが私を追い出すだろう。あの時、あの女と関係したのが私の一番の弱点である。今となっては、これが致命的であった。相当な地位にあり、いい年齢をして嗤《わら》いものになる。こともあろうにこんな醜悪な事件で大学を追われるとは、実に情ない。郷里にも恥ずかしくて帰れぬ。私は自殺したいくらいだ」

大鶴教授は係官の前で歔《すすりな》いた。

十一

　この告訴がされてほぼ一カ月後、まだ事件の審理が続行中、玖村武二は「柳月」の女中須美子を扼殺《やくさつ》して、警察署に自首した。場所はかねて彼ら二人が逢引《あいび》きのために借りていた某家二階の部屋であった。昼間の出来事である。玖村武二は蒼《あお》い顔をして次のように自供した。

「私は須美子と長い期間にわたって交渉をもってきた。私は職業上、誰にも知られたくなかったから、この関係を極めて秘密につづけてきた。だから他人には気づかれていない。大鶴先生も勿論《もちろん》知っていない。私たちは互に愛情をもっていた。このことを私は別段悪いとは思っていない。職業のことを考慮する必要はない。誰でもやっていることである。私も市井《しせい》の社会人の一人である以上、そんなことぐらいしても別段悪いとは思っていない。ただ、運悪く、こんな事態になったから、いけなかったまでである。大鶴先生が須美子にあのようなことをされたとは全く意外であった。私は実際驚愕《きょうがく》した。はじめ、私は須美子の口からそれをきいたとき、信じられぬくらいだったし、事実と分ると、大鶴先生に対して腹を立てた。私は顔色を変えて慄《ふる》えた。今から考えるとそれがいけなかったのである。私は、あの場合、もっと冷静にすべきであった。須美子は私の衝動を見て恐怖したらしい。つまり、私の愛情が醒《さ》めると思ったのである。須美子は私にこのようなことを言った。わたしはあなたを裏切るまいと思って正直に告白した。大鶴先生はあなたの恩師だし、私が黙っていれば分らないで済むことかも知れない。しかし、それでは私の良心が済まない。私は苦しんだ。が、結局あなたを裏切るより一切を告げた方がよいと思って、勇気を出して話したのだ。それなのに、あなたはそんな目つきをする。わたしは自分の良心に従って大鶴先生を告訴すると言い出した。私はおどろいて制《と》めた。そんなことをしては困る。それは奇禍だからおれの心に変りはない、大鶴先生はおれの恩師だからそんなことで疵《きず》をつけてはならない、と言い聞かせた。しかし、須美子は強情な女で言い出したら聞かない。わたしが大鶴先生に愛情をもっているとあなたに疑われては堪《たま》らないという。そんなことを疑いはしないよ、といっても承知しない。そんなヒステリックな強情さが彼女にはあった。それで、遂《つい》にあのような告訴をしてしまった。その後、私は何度も彼女に会って、あの告訴だけは取り下げろと強要した。彼女は相変らず承知しなかった。聞いて見ると、その言い分にも一理はあった。大鶴先生が自分の非行を認めるならまだしも、反駁《はんばく》して言っていることは嘘ばかりだ。あれでは自分だけがいい子になって、わたしは淫婦《いんぷ》のようだ。わたしが先生を誘惑したなんて、卑怯な言い逃れには呆《あき》れる。誰があんな助平爺を相手にするものか。あなたは告訴を取り下げろというが、どうしてこのまま引込まれるか、というのである。私は、それはそうかも知れないが、相手はおれの恩師だから困るのだ。おれが納得しているのだから、お前もいいではないか、となだめるが、更に承引しない。果は、わたしより先生の方に味方するのか、と訳の分らないことを言って喰《く》ってかかる。それでいつも喧嘩《けんか》分れになっていたのである。そのうち、裁判の方がいよいよ進行しそうなので、これは放《ほう》ってはおけないと思い、少し強く言うようにした。何といっても大鶴先生は私の恩師であるから、こんなみっともない裁判を開かせてはならないと思ったのだ。ぜひ、示談にもってゆきたかった。あの日も私はどうしても思い止《とど》まらせる決心をして女の家に出かけた。ところが須美子は一向に言うことをきかない。だが、今日はいつもの物別れではなく、決心をしてきたのだから、私も強硬に出た。どうしても言う通りになれ、おれの言うことが聞けないかと、肩を摑《つか》まえて揺すぶった。すると女は眼を吊《つ》り上げて私に武者ぶりついてきた。私は思わず嚇《かっ》となった。手に力が入ったらしい。どこに手を当てていたか覚えなかった。かなり長い間争ったように思ったが、やがて女がぐったりとなって仆れたのに気がついた。私は、はじめ女が気を折って泣き崩れたのかと思った。しかし女は声も立てず、動きもしなかったので、はじめて容易ならぬことが起ったと思った。女の身体を力一ぱい揺り動かしたが、反応が無い。私は須美子が死んだことを知った。

——」

玖村武二の身柄《みがら》は検察局に廻った。二カ月ののち、公判が開かれ、彼は法廷に立った。

傍聴に行った知人の印象では、玖村は思ったより痩《や》せてはいず、ぼんやりした顔をしていた。

検事は、玖村武二を傷害致死罪で起訴していた。検事は中年の人だったが、次のように論告した。

「本件は、傷害致死罪として起訴したが、かなりの疑問がある。自分は、初め被告の陳述を真実であろうと判断した。被告は大学教授として知能的にも社会的地位からも一般の犯罪被告人と同一視することが出来ない。自分は被告の人格を信じていた。被告の申立てには不自然さがみられない。第一に、供述に従って捜査したところ、悉《ことごと》く申立てに合致している。つまり被告の供述には充分信憑性《しんぴょうせい》を置けるものと思った。但《ただ》し、被害者須美子との対話は果してその通りや否《いな》やは第三者の証言がないから、死人に口無しで、被告の一方的申立てを聴くより以外は無い。自分は大体、これも信じてよかろうと思った。筋道が立っている。尚《なお》、被告と大鶴恵之輔の関係を調査するに、被告は大鶴教授を恩師として甚《はなは》だ厚い情義をもっていることが分った。即《すなわ》ち、大鶴恵之輔が公職追放解除になるや、これを現在の大学の復職に運動し、しばしば家庭によんで款待《かんたい》し、書籍を貸し与え、所謂《いわゆる》恩師を厚遇するところ尠《すくな》くなかった。これは大鶴恵之輔についても質問したところ、本人もその通りだと感謝していたし、周囲の知る人はみなそれを認めた。従って、被告が被害者須美子に向って、恩師のため速かに告訴を取り下げるよう、頻《しき》りに促したという言葉は信頼していいと思った。自分が何故《なぜ》に、そう思う、といわずに、思った、という過去形を使うかといえば、被告の申立ては誠に筋道が立ち、傍証もそれを証明したにかかわらず、その後に至って疑問を生じたからである。大鶴恵之輔に対する告訴事件は原告人である須美子が死亡したが、判決が無いため何《いず》れの側の言い分が正当なりや不明のままである。従って、ここに類推する自由を持たぬが、あの告訴事件は本件を考えるに切り放せない事柄である。ただ単に被告と被害者との間に、告訴を取り下げろ、取り下げぬの争いが昂《こう》じて被害者が殺害された点を言うのではない。本件の発生はあの告訴事件と因果関係に於《お》て何らかの影響があったのではないかと考えられるからである。よって自分は試みに須美子が大鶴恵之輔に対する告訴事実の発生した×月×日の夜の被告の行動を調べてみた。調査によると、当夜被告は十時頃家を出て銀座方面の酒場に遊びに行っている。被告の妻の話によると、家を出るまで被告は甚だ落ちつかぬ態度で苛々《いらいら》していたという。銀座では三軒の酒場を呑《の》み歩き、更に午前一時ごろ新宿の酒場に至り、二軒を廻って帰宅したのは三時ごろであった。この五軒の酒場について訊《き》いてみると、被告はいずれも初めての客であって、甚だ乱暴な酒の呑み方をしたと証言した。或る一軒の酒場では客との喧嘩まで起している。女給の話では、何やらやけ酒みたいだと言っていた。被告がタクシーで帰宅したのは午前三時ごろで、歩行も出来ぬくらい泥酔《でいすい》し、妻に扶《たす》けられ匍《は》うように家の中に入り就床したということである。被告についてこのことを質《ただ》すと覚えておらぬといっているが事実とみてよいであろう」

十二

「これは奇異なことである。被告の性格をみるに几帳面《きちようめん》で冷静な方である。酒は嗜《たしな》むが、まだ曾《か》つてそのような飲み方をして大酔したことを知らないと家族も知人も語っている。午前三時まで飲んで泥酔して帰宅したなど初めてであると妻は言った。これが自分の注意を惹《ひ》いた。当夜、午前一時ごろ須美子は△△に於て大鶴恵之輔によって、告訴状によれば、暴行されたのである。被告のその時刻を前後とする数時間の奇異な泥酔は、一体、何を語るであろうか。被告が甚しく心理的に動揺していたことは推測出来るが、その動揺の原因は何であるか。思うに被告は、須美子と大鶴恵之輔との当夜の出来事を知っていたのである。被告が須美子からその事実を打ち明けられたのは、翌日の夕刻であると申立てているから、勿論、その時に分っている筈《はず》がない。のみならず、被告が銀座方面の酒場で飲んでいるときは、未《ま》だ大鶴恵之輔は須美子に何事もして居《お》らぬ時刻である。恐らく『柳月』を出るときか、タクシーの中であったであろう。須美子が大鶴恵之輔によって暴行をうけた午前一時頃は、被告は新宿の酒場で甚しく荒れて飲み、喧嘩をしている位である。以上のことから考えて、被告は、予《あらかじ》めそのことのあるのを知っていたと想像されるのである。但し、被告は否定しているが、前後の事情から考えて事実と思う。

その精神的な動揺とは何であろう。須美子は被告の愛人である。その愛人が現在、他人に冒されている、或は、されんとしていることを知っているから、その時刻の前後数時間、全く落ちつくことが出来なかったのだ。女給は、被告の飲み方がやけ酒のようだったといったが、こう考えると、適切な表現である。然《しか》し、これは不思議なことである。被告は何故に予め知っていたであろうか。被告は大鶴恵之輔とも須美子とも知っている。しからば、そのいずれかから予め聞いていたのであろうか。それでなければ、それを知る訳がない。この場合、須美子から聞いたと考える方が最も自然である。端的に言うと、被告と須美子とがそのことを相談したということも考えられるのである。或は、臆測《おくそく》をもってすれば、被告が須美子に指示したことも考えられるのである。甚だ奇怪なことである。これは大鶴恵之輔を意識して陥《おとしい》れんとする計画ではないか。それよりほかに考えようのないことである。果してそのような事由が、被告と大鶴恵之輔の間に在ったか、自分はそれを調査したが、全くそのような反証を得ることは出来なかった。前にも触れたように、被告は大鶴恵之輔を恩師として厚遇し、大鶴恵之輔もまた甚だ感謝しているところである。周囲も悉くそれを認めている。自分の推測とは甚だ矛盾する。にも係《かかわ》らず、自分はこの推測を捨てることが出来ない。次に、被告の書斎を調べたところ、刑法に関する書籍が一冊あった。被告の書庫はその専門とする歴史学に関係した書籍ばかりであるが、刑法に関した本はこれ一冊だけであった。それも、新しいもので、心覚えのためか赤鉛筆がはさんであった。その箇所は、緊急避難の項であった。被告は、ただ何となくよんだのだ、といっているが、刑法の本はそれがただ一冊であること、赤鉛筆を挟《はさ》んでいることなどからして、漫然とではなく、かなり熱心によんでいたものと思う。何故に緊急避難の箇所が必要であったか、判断は出来ないが、何となく本件に関係があるように思える。鉛筆をはさんだ本の頁《ページ》は詳細に言えば、『カルネアデスの板』の論述の箇所であった。一枚の板にすがりついた海中の遭難者が、一人を落して自分だけが助かるという、あの比喩《ひゆ》のところである。被告は何故にそれに興味をもったのか。板に残ったのは被告であろうが、海中に突き落されたのは、須美子であろうか、大鶴恵之輔であろうか。以上からして、自分は被告があやまって須美子を死に至らしめたと供述しているることに強い疑念を持っている。つまり殺害の意志があったものと考えたい。しかし残念ながら、被告の真の目的を知ることが出来ない。明確な証拠もない。推測だけでは起訴し得ないので、傷害致死罪として起訴することにしたのである。——」

この論告を聞きながら、玖村武二は、何という莫迦《ばか》なことを言う検事であろう、と思った。そこまで考えたら、どうしてもっと突込まないのだ。

須美子を殺したのは、彼女がいやになったからである。おれの指示によってあのことが行われたが、それからは須美子が全く他人に思えてきた。ふしぎなことである。他人の血があの女の身体に入ったかと思うと全然別人の感じであった。しかも、あの軽蔑《けいべつ》すべき大鶴恵之輔の血なのである。女の体内に汚物が満ち、臭気さえ臭《にお》うようであった。捨てられると直感すると女は真剣にとりついてきた。おれは遁《に》げた。女は追い廻《まわ》して来た。それで最後の話をするためにいつもの家の二階で会った。女は、あなたはあまりに利己的だ、わたしはあなたの言う通りにしたではないか、いやで仕方がなかったが、あなたが泣くように頼むから引きうけてしたのだ。わたしだって死にたいくらい辛《つら》かった。それなのに、今になって捨てるなどとひどいことを言うのならば、裁判所に行って大鶴先生の告訴をとり下げ、先生にあやまって、みんなに全部本当のことをいってやるのだ。あなたの企《たく》らみをぶちまけてやる、と血相変えて駆け出そうとした。ヒステリーで、一たん逆上すると本当にそうしかねない女であった。おれは、必死になってなだめて制《と》めたが、もう追っつかない。女はおれを突きのけて走ろうとする。それで争いになり、夢中に力が入ってとうとう女を殺す結果になった。

検事は、板の上に残ろうとしたのは、おれだろうといったが、それに違いなかった。大鶴恵之輔と二人では、おれは沈まねばならなかった。前途は無かった。それで彼を海中に突き落した。不当だと非難されるであろうか。「カルネアデスの板」だって不合理ではないか。海中に突き落されるのは弱い者であり、板に残るのは力の強い者か、機転の利《き》くものである。結局は、その不合理を合理化し、正当化したにすぎない。不合理はギリシャの世から現世に及んでいる。いつも、生きるために、力の強い者が勝ちなのである。おれは不当とは思っていない。それを非難するのは、没落者の資格である。ただ、須美子のことは災厄《さいやく》だった。これは避けられない突風のようなものだった。計算が出来なかった。いや、出来なかったのではない。どのような計算でも、感情の突風には狂って了《しま》うものだ。おれが最後まで須美子に忍耐すれば、こんな破綻《はたん》は起らなかったであろう。それが我慢出来なかった。破滅の予感はあっても、あの女を嫌悪《けんお》する感情はいかに抑えても辛抱し切れなかった。おれは眼を掩《おお》うつもりで、その絶対な感情を実行した。それは抵抗出来ない運命的なものだ。人は、おれの計算の頭脳と考え合せて、嗤《わら》うかもしれない。それも承知だ。どうせ現代は、不条理の絡《から》み合いである。

解説

平野謙

本巻は現代小説、歴史小説、推理小説とわけた短篇シリーズの第五巻にあたる。つまり、著者の推理小説の最初の巻にあたるわけである。そこでまず最初に著者の推理小説の特徴みたいなものを概観することにしたい。昭和三十三年ころから著者の推理小説を中心としていわゆる推理小説ブームが巻きおこったのは、まだ私どもの記憶に新しいところである。水上勉が新しい推理小説家として文壇にカムバックしたのも、著者の推理小説の新風に影響されるところすくなくなかったという。そういう著者の推理小説の性格を、まず概観しておきたいのである。ただし、各巻の解説と多少重複することになるかもしれない。あらかじめ読者の諒承《りようしよう》を得たいと思う。

著者の年譜をみると、その処女作は昭和二十六年に「週刊朝日」の応募小説に入選した「西郷札」であり、つづいて翌二十七年に木々高太郎のすすめによって「三田文学」に「記憶」「或る『小倉日記』伝」を発表している。これが著者の初期作品のリストだが、早くもここに著者の後年の文学志向の芽がことごとくそなわっている、ともいえるのである。「西郷札」は歴史小説の一種であり、「或る『小倉日記』伝」は著者独特の現代小説の正系だが、すでに第一巻の解説にふれたように「火の記憶」と改題された「記憶」は、巧みな推理小説ともよび得るものである。つまり、著者は出発当初から早くも歴史小説、現代小説、推理小説と書きわけているのである。現代小説、歴史小説、史伝というように作柄《さくがら》を必然的に変貌《へんぼう》させていった森鷗外の作家のコースなどとは、はじめから話がちがうのである。現代小説にゆきづまって、推理小説に転じたなどというのではないのである。

そこで、まず第一巻所収の「火の記憶」についてふれておきたい。無論、著者はこれを推理小説として書いたのではない。事実、作品の出来ばえとしても、たとえば佐藤春夫の秀作「オカアサン」にも匹敵するような好短篇ということができる。しかし、新しい推理小説として優に翫賞《がんしょう》するにたえることもまた明らかだ。ある男の幼年時代の記憶の断片から、その男の両親たちの不幸な過去の実体を推理してみせる義兄の眼力はいかにも鮮かである。それは推理小説的骨法にそのままのっとっている、といえるだろう。探偵《たんてい》小説という名前が推理小説という呼び名にかわったのは、戦後いつごろのことか、いま審《つまび》らかにしないが、「火の記憶」が探偵小説ならぬ推理小説の新しいタイプを示していることは疑いない。犯罪と犯罪の発覚を主要な条件とする探偵小説ではないけれど、ある過去なり事件なりの実体をあばいてみせる推理小説として、上乗のものである。しかし、「火の記憶」の好短篇たる所以《ゆえん》は、その推理の鮮かさにだけあるわけではない。孤独で不幸な過去をまつわらせている男と、その男に惹《ひ》かれて結婚にまで踏みきってゆく女の組み合わせを通じて、私どもはそこに人生の哀《かな》しみみたいなものを感得せざるを得ない。ボタ山の燃える火に眺《なが》め入る三人の孤独なすがたは、その象徴である。そういうリアリティの手ごたえが、この作を佳作たらしめているのである。

そういう資質の作者が、推理小説の領域に赴くのはひとつの必然だし、その推理小説が従来の探偵小説と趣きを異にした新風を切り拓《ひら》いたのもまたひとつの必然だろう。つまり、著者の推理小説にはあるしたたかな人生的な手ごたえがある。著者の初期の推理小説の佳作たる「張込み」などは、その一例である。平凡な日常生活をおくっている家庭の主婦に、突然非日常的な危機が訪れる。しかし、刑事のはからいによって、その主婦はまたダルな日常生活に復帰してゆくことができた。一瞬の非日常的な危機に火を燃やしたことが幸福か、平凡な日常性に埋没することが幸福か、というようなことを読者は考えざるを得ないが、犯人逮捕という本筋のプロットのかげに、それだけの人生的な厚みをもりこんだところに、著者の推理小説の特徴がある。

しかし、著者の推理小説の特徴はそれだけにとどまらない。すでに「或る『小倉日記』伝」にも明らかなように、調査、踏査という地味な手段をとおして、歩一歩と事件の真相に近づいてゆく過程そのもののおもしろさということがある。よく知られているように、コツコツと足で捜査して事件の真相に到達するというリアリズムの新風を確立したのは、アイルランド生れのフリーマン・ウィルス・クロフツだった。クロフツの創造したフレンチ警部によって、デュパンやホームズなどの超人的な天才探偵の活躍は、地に足をつけた着実な捜査方法にまでアウフヘーベンされたのである。探偵小説のリアリズムがここに定立され、わが国の蒼井雄も鮎川哲也も松本清張も、そのクロフツ流の推理小説にそれぞれ影響されるところがあった。地道な調査によって歩一歩と事件の真相に近づいてゆく過程そのもののおもしろさという方法を、いちばんよく生かす道は、いわゆる倒叙形式によるアリバイ崩しだろう。松本清張の本格的な長篇「点と線」はそういう倒叙式のアリバイ崩しの推理小説として、もっとも代表的な秀作ということができる。真犯人は誰かという興味ではなく、犯人が周到にはりめぐらせたアリバイの壁をいかにつきくずすか、という過程そのものに主眼をおいた倒叙推理小説の一代表作として、「点と線」は推理小説の専門家をぬく秀作にほかならない。クロフツ流のリアリスティックな倒叙推理小説は、ここに見事によみがえっている。

しかし、クロフツとわが松本清張との最大の相異点は、今日ふうにいえば、体制的と反体制的との一点にかかっている、といえよう。四十歳をこえて職業作家の道に踏み入ったという点では、クロフツも松本清張も共通しているが、一年一作のペースで探偵小説を書きつづけ、円満な生涯《しょうがい》を終えたらしいクロフツには、反体制的なところは全くなかったようだ。晩年園芸や大工仕事などに専念したクロフツは、一口にいって、保守的な人だったらしい。すくなくともフレンチ警部が法秩序の擁護を生命とするスコットランド・ヤードの忠実な僕《しもべ》であることは明らかである。松本清張の推理小説に登場する本職の刑事らも法秩序擁護の末端につらなっていることに変りはないが、全体として著者の作品には既存の官僚組織なり学閥組織なりにたたかいを挑《いど》まざるを得ないような反社会的な人物が主人公にえらばれていて、その点で保守的なクロフツとはいささか面目を異にしている。反社会的な叛骨《はんこつ》が一本とおっているところに、著者の推理小説の大きな特徴がある。

犯罪というものはそれ自体反社会的なものであって、いわば社会通念に反する犯罪をあばき、その犯人をこらしめるところに、探偵小説一般は成立している。だから、犯人はすべて反社会的といえるわけだが、しかし、著者の推理小説の反社会的はそういう一般的な意味においてではない。普通の推理小説では、殺人なら殺人という反社会的行動は作品成立の大前提であって、関心はもっぱら真犯人の追及にかかっている。つまり、山があるから登るまでであって、なぜそこに山が横たわっているか、その山はいかにして形成されたか、についてはほとんど不問に付されている。著者の推理小説はそういうものではない。なぜ特定の犯罪が犯されなければならなかったか、がいわばその社会的必然と個人的必然の両側面から追及されている。つまり、犯罪のやむを得ざる動機がまず追及されるのである。その動機は社会的な場合も個人的な場合もその混淆《こんこう》の場合もあるけれど、いずれにせよそれが一種のやむを得ない必然悪に由来していることが、まず基礎づけられているのである。それを私は著者独特の反体制的な叛骨とよびたいのである。たとえば、長篇「零の焦点」の犯罪は、おお根のところ、アメリカ進駐軍という当時の支配的な社会的背景と切りはなすことができない。また長篇「黒い福音」におけるスチュアーデス殺しは、カソリックという犯すべからざる社会的宗教的タブーとの大胆な対決なしには成立することができない。こういう著者の態度が、すくなくとも山があるから登るのだ、殺人事件が勃発《ぼつぱつ》したから捜査を開始するのだ、という一般の推理小説から、みずからをわかつ大きな特徴となっている。つまり、犯罪の動機を重視するのは、犯人のやむを得ざる反社会性を重視することであって、いわば犯人の特定の人間性を重視することとなる。ここに著者の推理小説の人生的あるいは社会的な幅と厚みが生ずるのである。

思いつくままに、著者の推理小説の特徴を列挙したが、こう列挙してみると、それが著者の推理小説だけの特徴ではないことに、改めて気づかされる。すでに第一巻の解説にふれたように、それは著者の現代小説の性格から必然に派生したものにほかならない。つまり、著者の現代小説も歴史小説も推理小説も、おお根のところはただ著者のオリジナリティ一本から分岐した花々にほかならぬのである。現に、本巻に収録されてある「鬼畜」にしても「カルネアデスの舟板」にしても、推理小説的であると同時に推理小説的でないことは、第一巻の「火の記憶」とほぼ同断である。

最後に、本巻所収の作品に関する著者自身の回想を、以下すこし摘記しておきたいと思う。

「(昭和)二十九年夏、ようやく練馬区関町一丁目に借家を見つけ、九州から一家を呼んで初めて家を持った。このとき書いたのが『張込み』である。私は推理小説は以前から好きだったが、いわゆるトリック本位の絵空ごとの多い小説に慊《あきた》らないものがあり、ここに倒叙的な手法でそれらしいものを書いた。もっとも、これを書いたときはこれが推理小説だとは考えていなかったが、今ではこの作品が私の推理小説への出発点だとされているようである。張込みの刑事の眼から見た一人の女の境涯というものが、私の意図だった」

「『声』は、新聞社時代にベテランの交換手がいたことから思いついた。いったい、会社の交換手を長く勤めていると、社員の声をほとんどレシーバーを通して憶《おぼ》えている。社外からかかってくる電話でも、その頻度《ひんど》数が多ければ社内の人間と同じように記憶している。極端なのは、もしもし、と言うだけで何百人の社員の声の区別がつくから、職業的に馴《な》らされた耳はこわい」

「『鬼畜』は、今をときめく某検事から聞いた話が素材になっている。当時、彼は世間に有名な二つの汚職事件を手がけて、その名前は、広く知れわたっていた。だが、検事として有名になるのと、その出世コースとは別ものである。二つの疑獄事件は、政財界をゆるがすほどのものだったが、例によって圧力がかかり、結果的には竜頭蛇尾《りゅうとうだび》のものとなった。その検事は左遷《させん》せられ、司法研修所の教官になってクサっていた」

「『カルネアデスの舟板』は、刑法でいうところの〝緊急避難〟の原則から暗示を得た。某検事と雑談中にそのことを聞いて、さらに大学教授の話をこれに当ててみた。もっとも、モデルは無いと断わっておこう」

「『一年半待て』は、『カルネアデスの舟板』と同様に刑法の条文からヒントを得た。裁判には一事不再理といって、判決の確定したものに対しては、あとで被告にそれ以上の不利な事実が出てきても裁判の仕直しはしないことになっている。これを逆手に取ったのが、この小説の主人公である」

この「一年半待て」などに、著者の推理小説の人生的社会的な特徴がイローニッシュにうきでていると私は思うが、読者諸君の印象はどうであろうか。一見ヒューマニスティックな女流評論家に対するイロニーとしても、まことに痛烈である。

（昭和四十年十二月、文芸評論家）

松本清張著

点と線

一見ありふれた心中事件に隠された奸計！列車時刻表を駆使してリアリスティックな状況を設定し、推理小説界に新風を送った秀作。

松本清張著

黒い画集

身の安全と出世を願う男の生活にさす暗い影。絶対に知られてはならない女関係。平凡な日常生活にひそむ深淵の恐ろしさを描く7編。

松本清張著

霧の旗

兄が殺人犯の汚名のまま獄死した時、桐子は依頼を退けた弁護士に対する復讐を開始した。法と裁判制度の限界を鋭く指摘した野心作。

松本清張著

蒼い描点

女流作家阿沙子の秘密を握るフリーライターの変死――事件の真相はどこにあるのか？代作の謎をひめて、事件は意外な方向へ……。

松本清張著

影の地帯

信濃路の湖に沈められた謎の木箱を追う田代の周囲で起る連続殺人！ふとしたことから悽惨な事件に巻き込まれた市民の恐怖を描く。

松本清張著

時間の習俗

相模湖畔で業界紙の社長が殺された！容疑者の強力なアリバイを『点と線』の名コンビ三原警部補と鳥飼刑事が解明する本格推理長編。

松本清張著
砂の器（上・下）
東京・蒲田駅操車場で発見された扼殺死体！新進芸術家として栄光の座をねらう青年の過去を執拗に追う老練刑事の艱難辛苦を描く。

松本清張著
Dの複合
雑誌連載「僻地に伝説をさぐる旅」の取材旅行にまつわる不可解な謎と奇怪な事件！　古代史、民俗説話と現代の事件を結ぶ推理長編。

松本清張著
死の枝
現代社会の裏面で複雑にもつれ、からみあう様々な犯罪——死神にとらえられ、破滅の淵に陥ちてゆく人間たちを描く連作推理小説。

松本清張著
眼の気流
車の座席で戯れる男女に憎悪を燃やす若い運転手、愛人に裏切られた初老の男。二人の男の接点に生じた殺人事件を描く表題作等5編。

松本清張著
渦
テレビ局を一喜一憂させ、その全てを支配する視聴率。だが、正体も定かならぬ調査による集計は信用に価するか。視聴率の怪に挑む。

松本清張著
共犯者
銀行を襲い、その金をもとに事業に成功した内堀彦介は、真相露顕の恐怖から五年前に別れた共犯者を監視し始める……表題作等10編。

松本清張著

渡された場面

四国と九州の二つの殺人事件が、小さな同人雑誌に発表された小説の一場面によって結びついた時、予期せぬ真相が……。推理長編。

松本清張著

水の肌

利用して捨てた女がかつての同僚と再婚していた——男の心に湧いた理不尽な怒りが平凡な日常を悲劇にかえる。表題作等5編を収録。

松本清張著

天才画の女

彗星のように現われた新人女流画家。その作品が放つ謎めいた魅力——。画壇に巧妙にめぐらされた策謀を暴くサスペンス長編。

松本清張著

憎悪の依頼

金銭貸借のもつれから友人を殺した孤独な男の、秘められた動機を追及する表題作をはじめ、多彩な魅力溢れる10編を収録した短編集。

松本清張著

砂漠の塩

カイロからバグダッドへ向う一組の日本人男女。妻を捨て夫を裏切った二人は、不毛の愛を砂漠の谷間に埋めねばならなかった——。

松本清張著

黒革の手帖 (上・下)

横領金を資本に銀座のママに転身したベテラン女子行員。夜の紳士を相手に、次の獲物をねらう彼女の前にたちふさがるものは——。

松本清張著

状況曲線（上・下）

二つの殺人の巧妙なワナにはめられ、追いつめられていく男。そして、発見された男の死体。三つの殺人の陰に建設業界の暗闘が……。

松本清張著

けものみち（上・下）

病気の夫を焼き殺して行方を絶った民子。疑惑と欲望に憑かれて彼女を追う久恒刑事。悪と情痴のドラマの中に権力機構の裏面を抉る。

宮部みゆき著

魔術はささやく

日本推理サスペンス大賞受賞

それぞれ無関係に見えた三つの死。さらに魔の手は四人めに伸びていた。しかし知らず知らず事件の真相に迫っていく少年がいた。

宮部みゆき著

返事はいらない

失恋から犯罪の片棒を担ぐにいたる微妙な女性心理を描く表題作など6編。日々の生活と幻想が交錯する東京の街と人を描く短編集。

宮部みゆき著

龍は眠る

日本推理作家協会賞受賞

雑誌記者の高坂は嵐の晩に、超常能力者と名乗る少年、慎司と出会った。それが全ての始まりだったのだ。やがて高坂の周囲に……。

宮部みゆき著

本所深川ふしぎ草紙

吉川英治文学新人賞受賞

深川七不思議を題材に、下町の人情の機微とささやかな日々の哀歓をミステリー仕立てで描く七編。宮部みゆきワールド時代小説篇。

大岡昇平著　俘虜記
横光利一賞受賞
著者の太平洋戦争従軍体験に基づく連作小説。孤独に陥った人間のエゴイズムを凝視して、いわゆる戦争小説とは根本的に異なる作品。

大岡昇平著　武蔵野夫人
貞淑で古風な人妻道子と復員してきた従弟勉との間に芽生えた愛の悲劇――武蔵野を舞台にフランス心理小説の手法を試みた初期作品。

大岡昇平著　野火
読売文学賞受賞
野火の燃えひろがるフィリピンの原野をさまよう田村一等兵。極度の飢えと病魔と闘いながら生きのびた男の、異常な戦争体験を描く。

村上春樹著　海辺のカフカ（上・下）
田村カフカは15歳の日に家出した。姉と並んだ写真を持って。世界でいちばんタフな少年になるために。ベストセラー、待望の文庫化。

梅原猛著　隠された十字架
―法隆寺論―
毎日出版文化賞受賞
法隆寺は怨霊鎮魂の寺！　大胆な仮説で学界の通説に挑戦し、法隆寺に秘められた謎を追い、古代国家の正史から隠された真実に迫る。

内田康夫著　黄泉から来た女
即身仏が眠る出羽三山に謎の白骨死体。妄念が繋ぐ天橋立との因縁の糸が。封印されていた秘密を解き明かす、浅見光彦の名推理とは。

神坂次郎著

縛られた巨人

―南方熊楠の生涯―

生存中からすでに伝説の人物だった在野の学者・南方熊楠。おびただしい資料をたどりつつ、その生涯に秘められた天才の素顔を描く。

神坂次郎著

今日われ生きてあり

―知覧特別攻撃隊員たちの軌跡―

沖縄の空に散った知覧の特攻隊飛行兵たちの、美しくも哀しい魂の軌跡を手紙、日記、遺書等から現代に刻印した不滅の記録、新装版。

桐野夏生著

ジオラマ

あたりまえのように思えた日常は、一瞬で、あっけなく崩壊する。あなたの心も、変わってゆく。ゆれ動く世界に捧げられた短編集。

桐野夏生著

冒険の国

時代の趨勢に取り残され、滅びゆく人びと。同級生の自殺による欠落感を埋められない主人公の痛々しい青春。文庫オリジナル作品！

桐野夏生著

魂萌え！（上・下）

婦人公論文芸賞受賞

夫に先立たれた敏子、五十九歳。「平凡な主婦」が突然、第二の人生を迎える戸惑い。そして新たな体験を通し、魂の昂揚を描く長篇。

桐野夏生著

残虐記

柴田錬三郎賞受賞

自分は二十五年前の少女誘拐監禁事件の被害者だという手記を残し、作家が消えた。折り重なった虚実と強烈な欲望を描き切った傑作。

荻原浩著 **コールドゲーム**

あいつが帰ってきた。復讐のために――。4年前の中2時代、イジメの標的だったトロ吉。クラスメートが一人また一人と襲われていく。

荻原浩著 **噂**

女子高生の口コミを利用した、香水の販売戦略のはずだった。だが、流された噂が現実となり、足首のない少女の遺体が発見された――。

荻原浩著 **メリーゴーランド**

再建ですか、この俺が？　あの超赤字テーマパークを、どうやって?!　平凡な地方公務員の孤軍奮闘を描く「宮仕え小説」の傑作誕生。

荻原浩著 **押入れのちよ**

とり憑かれたいお化け、No.1。失業中サラリーマンと不憫な幽霊の同居を描いた表題作他、必死に生きる可笑しさが胸に迫る傑作短編集。

荻原浩著 **月の上の観覧車**

閉園後の遊園地、観覧車の中で過去と向き合う男――彼が目にした一瞬の奇跡とは。過去／現在を自在に操る魔術師が贈る極上の八篇。

小川洋子著 **博士の愛した数式**
本屋大賞・読売文学賞受賞

80分しか記憶が続かない数学者と、家政婦とその息子――第1回本屋大賞に輝く、あまりに切なく暖かい奇跡の物語。待望の文庫化！

新潮文庫の新刊

万城目学著
あの子とQ
高校生の嵐野弓子の前に突然現れた謎の物体Q。吸血鬼だが人間同様に暮らす弓子の日常は変化し……。とびきりキュートな青春小説。

川上未映子著
春のこわいもの
容姿をめぐる残酷な真実、匿名の悪意が招いた悲劇、心に秘めた罪の記憶……六人の男女が体験する六つの地獄。不穏で甘美な短編集。

桜木紫乃著
孤蝶の城
カーニバル真子として活躍する秀男は、手術を受け、念願だった「女の体」を手に入れた！ 読む人の運命を変える、圧倒的な物語。

松家仁之著
光の犬
河合隼雄物語賞・芸術選奨文部科学大臣賞受賞

やがて誰もが平等に死んでゆく——。ままならぬ人生の中で確かに存在していた生を照らす、一族三代と北海道犬の百年にわたる物語。

池田渓著
東大なんか入らなきゃよかった
残業地獄のキャリア官僚、年収230万円の地下街の警備員……。東大に人生を狂わされた、5人の卒業生から見えてきたものとは？

西岡壱誠著
それでも僕は東大に合格したかった
—偏差値35からの大逆転—

成績最下位のいじめられっ子に、担任は、東大を目指してみろという途轍もない提案を。人生の大逆転を本当に経験した「僕」の話。

張《はり》込《こ》み 傑作短編集(五)

新潮文庫 ま-1-6

昭和四十年十二月十五日 発行
平成十三年八月二十日 七十一刷改版
令和七年三月三十日 九十九刷

著者 松《まつ》本《もと》清《せい》張《ちょう》

発行者 佐藤隆信
発行所 株式会社 新潮社
郵便番号 一六二—八七一一
東京都新宿区矢来町七一
電話 編集部(〇三)三二六六—五四四〇
読者係(〇三)三二六六—五一一一
https://www.shinchosha.co.jp
価格はカバーに表示してあります。
乱丁・落丁本は、ご面倒ですが小社読者係宛ご送付ください。送料小社負担にてお取替えいたします。

印刷・錦明印刷株式会社 製本・錦明印刷株式会社

ISBN978-4-10-110906-0 C0193